Marina Iuvara

Vita da hostess

Saggistica

Oakmond Publishing

Illustrazione di copertina: Nicky Persico

Scelto per voi da: *The Eagle*

ISBN: 978-3-96207-158-5

Günzburg – Deutschland
www.oakmond-publishing.com

12.12.2019

Indice

L'abbinamento

Che cosa c'è di divino nel vino?
La mano dell'uomo.

Il vino, simbolo di divinità e sangue, di benedizione e di vita, non nasce solo dall'uva ma dal duro lavoro e dalla sapienza di chi lo produce.

Fin dalle origini, dagli egiziani ai greci, dai testi biblici al vangelo, dai persiani all'antica Roma, dai monaci medioevali a Omar Khayyam, il vino è stato simbolo divino e umano.

Siduri, la fanciulla che fa il vino nella tradizione sumera, è una semidea che vive nel mondo di mezzo fra la terra e il cielo. Ma non vivono forse in un luogo del tutto simile anche l'artista e il poeta?

Solo la padronanza della tecnica, la costanza, la creatività e il lavoro producono un buon vino. Lo stesso accade nell'arte e nella letteratura.

Per questo motivo, alla *Oakmond Publishing* abbiamo deciso di consigliare un vino da abbinare a ciascuno dei nostri libri, due prodotti da gustare con i sensi e l'intelletto in quanto piaceri divini creati entrambi dalle capacità e dalla conoscenza dell'uomo.

Con ***Vita da hostess*** consigliamo di abbinare un leggiadro, minerale, con tannini setosi Nerello mascalese.

il mondo, è la mia casa

Questo libro è la rivisitazione della prima edizione di *Vita da hostess*.

È trascorso qualche anno dalla prima pubblicazione di questo libro, e ho così deciso di rinnovarlo e integrarlo.

Benvenuti a bordo: *this is the next flight.*

Marina Iuvara

Angeli dell'aria

Donne indipendenti, in uniforme, in giro per il mondo.

Icone glam di libertà.

Donne, soprattutto, che svolgono una professione con peculiarità uniche, e per questo fonte di gioie e soddisfazioni irripetibili, ma anche densa di risvolti difficoltosi e riflessi molto importanti sulla propria vita.

Le assistenti di volo sono tradizionalmente identificate nell'immaginario collettivo per quel che esteriormente appare: le loro uniformi eleganti, le soste in ogni luogo del mondo, il contatto e la conoscenza con innumerevoli persone, o gli acquisti in ogni dove. È facile accada di incontrarle in aeroporto, insieme a tutto l'equipaggio: sono guardate ancora oggi, talvolta, con ammirazione e un pizzico di invidia. «Avrei tanto voluto fare anche io questo lavoro», pensano segretamente in molti, oppure l'opposto: «Non potrei mai fare questo lavoro.»

In realtà le hostess - gli assistenti di volo in generale, naturalmente - svolgono con efficienza e professionalità un ruolo impegnativo, e sono effettivamente una componente fondamentale della linea di sicurezza del volo, capaci di gestire con tecnica e pazienza emergenze di ogni tipo, devono essere sempre pronte a risolvere i più impensabili e complicati imprevisti, sostenendo inoltre la lontananza dagli affetti e da casa, o la difficile organizzazione della gestione del loro tempo, e anche gli effetti del fuso orario.

In questo libro ho provato a raccontarne gli aspetti meno noti e difficilmente immaginabili.

Lo dedico, per questo, a tutte noi.

Introduzione

La figura della hostess appare per la prima volta negli anni '30 su una linea aerea americana.

All'inizio in molti dubitavano dell'utilità di questo ruolo: fragili e graziose ragazze, il cui peso non doveva superare i 52 chilogrammi, l'altezza i 163 centimetri, di età inferiore a 25 anni, vestite con la stessa uniforme, rigorosamente diplomate come infermiere, che invitavano gentilmente i passeggeri a occupare il proprio posto in aereo.

La loro figura ed il loro ruolo hanno subito molti cambiamenti, negli anni.

Nel 1940, dopo l'attacco di Pearl Harbour, le hostess furono arruolate su aerei militari per servire la patria.

Nel 1950 venne redatto il primo manuale della perfetta hostess: forte come un soldato, affettuosa come una madre, disponibile come una geisha, informata come una guida turistica.

Negli anni '60 e '70 le hostess furono motivo di orgoglio nel rappresentare le compagnie aeree e vennero paragonate alle modelle.

Erano viste come donne dotate di bellezza, desiderabili e invidiabili, che avevano la possibilità, non ancora alla portata di tutti, di viaggiare e conoscere il mondo.

Nel 1960 sul quotidiano New York Times una statistica americana descrisse le hostess come *mogli perfette* perché, camminando 300 miglia su e giù per le poltrone, appaiono molto allenate e di provata resistenza alla fatica.

Con l'arrivo della rivoluzione femminista e delle ulteriori conquiste in materia di diritti femminili, nel 1971 venne abolita la regola che vietava loro di sposarsi; nel 1974 lo stipendio divenne pari a quello degli uomini; nel 1975 venne eliminato il divieto di maternità e nel 1979 furono aboliti i limiti di peso.

Ad oggi, la responsabilità primaria di una hostess è garantire la sicurezza dei passeggeri a bordo degli aerei, nonché assisterli durante il volo.

Prefazione

Perfettamente addestrate nel campo della sicurezza aerea, abilitate e certificate al primo soccorso medico, competenti in lingue straniere, abili nuotatrici, curate, sorridenti, ben educate, le hostess hanno la necessità di avere, oltre che una predisposizione ai rapporti interpersonali, anche un eccellente equilibrio emotivo e un forte senso pratico.

Lo stile di vita è frenetico, il lavoro è faticoso e stressante, anche a causa dei fusi orari, l'ambiente in cui operano è pressurizzato e il suolo su cui si muovono durante il lavoro non è sempre in posizione orizzontale, e tuttavia agiscono con padronanza di sé, e devono essere sempre pronte a districarsi in situazioni imprevedibili.

Le hostess sono a contatto con persone di ogni etnia, cultura, educazione, provenienza e carattere.

Incontrano bambini splendidi come raggi di sole o, a volte, anche più turbolenti delle turbolenze, persone avanti con gli anni a cui riservare tatto e sensibilità, personalità che richiedono discrezione e riservatezza, uomini d'affari, divi dello spettacolo, gruppi di vacanzieri allegri e spensierati, romantiche coppie in viaggio di nozze, malati da accudire, emigranti in paesi lontani, professanti e cultori di fedi diverse. Tutti devono essere trattati con cura e professionalità

Esse devono gestire le urgenti incombenze da terminare prima di ogni decollo e atterraggio, seguire le disposizioni riguardanti la sicurezza ed i relativi compiti e adempimenti, attenersi a precise gerarchie da rispettare, adoperarsi per le molteplici richieste da esaudire, sono sottoposte a lunghe e continue permanenze lontano da casa, e a rapporti sociali privati resi difficili a causa delle peculiari assenze determinate da questa attività lavorativa.

Gli aspetti gravosi di questa professione unica sono molteplici, almeno quanto sono poco immaginati e conosciuti da molte delle persone che le osservano dall'esterno.

Eppure ogni hostess, nonostante tutto, avverte principi di malinconia e nostalgia, quando non vola.

Splendide cartoline vengono immagazzinate nei loro pensieri a ogni avvicendamento, e anche il volo più difficile è sempre un'esperienza che arricchisce.

Il sushi giapponese, la sabbia delle Maldive, i grattacieli di New York, la movida argentina, l'allegria brasiliana, i cieli di Londra e i profumi parigini si affacciano all'orizzonte, prendono vita, e regalano emozioni uniche, anche se in ristretti spazi di esistenza, anche se intrisi di stanchezza per il fuso orario, anche se sempre più frettolosi per il poco tempo a disposizione.

Spettacolari si presentano i tramonti visti dall'alto, sopra le nuvole.

A bordo degli aerei può succedere di tutto: molti passeggeri si distinguono per la loro classe e lo stile ineguagliabile, alcuni si rivelano meno eleganti, altri suscitano tenerezza.

Può capitare che alcune persone perdano il controllo se nervose o stressate, molti hanno bisogno di un supporto con riflessi psicologici perché soffrono di patologie aerofobiche o claustrofobiche. Eccezionalmente, ad esempio, gli episodi di chi, alzando il gomito, rischia di diventare violento. È comunque molto ampio, lo spettro delle possibilità.

In aereo, di fatto, anche il più piccolo ed apparentemente insignificante episodio o incidente, può trasformarsi in qualcosa che necessita della massima attenzione.

I bisognosi di cure devono essere immediatamente assistiti, le emergenze mediche spesso vengono brillantemente risolte.

E praticamente su ogni volo, immancabilmente, si verificano commoventi esperienze impregnate di profonda umanità e solidarietà.

Da cosa è possibile riconoscere una hostess?

- Controllate gli oggetti che possiede in casa: non capite che cosa siano, a cosa servano, da dove provengano?

- Guardate le foto che espone: gli scenari sembrano appartenere all'altra parte del mondo?

- Indagate se ha mai assaggiato il pollo fritto dalle bancarelle di Bangkok, frequentato i migliori ristoranti francesi e consumato room-service davanti a uno specchio in un lussuoso albergo.

- Fate caso agli orari in cui mangia o dorme: non rispettano ritmi abituali?

- Osservatela nell'ora di pranzo: mangia spesso in piedi, ma non vede l'ora di sedersi?

- Verificate il frigo: ha messo dei bicchieri di plastica accanto alle bottiglie d'acqua?

- Chiedetele dove ha acquistato un capo di abbigliamento che indossa: dovreste prendere un aereo per averlo anche voi?

- Non può rinunciare a quel paio di jeans a zampa d'elefante visti a Londra sull'Oxford Street, conosce le date dei saldi di Gap a New York, acquista abiti firmati Gucci negli outlet di Miami, le borse di Luis Vuitton in saldo a Tokyo, il palmito per l'insalata in Argentina, il succo di açaì, il pan de queso e la tapioca in Brasile?

- Riesce ad acquistare abbigliamento attuale ai convenienti saldi di stagione nei luoghi dove le stagioni sono invertite rispetto le sue?

- Fa i colpi di sole solo dal suo parrucchiere preferito a San Paolo o in alternativa a Milano?

- È convinta che le creme di Tel Aviv e gli shampoo organici acquistati a Toronto siano i migliori?

- Osservatela con attenzione: toglie o si sfila appena le scarpe con il tacco appena le è possibile? (Spiate sotto il tavolo o in macchina.)

- Guardate dentro la scarpiera: sono presenti molte décolleté dello stesso colore?

- Parla con eccessiva disinvoltura di luoghi per te raggiungibili solo con la fantasia o dei quali non basterebbe una vita per visitarli tutti?

- Domandatele quale sia il luogo più allettante e attraente di tutti i posti che abbia mai visitato: il divano di casa è il primo in classifica?

- Chiedete la recensione su notizie di attualità sia culturali che politiche, ma soprattutto scandalistiche: ha sempre un ultimo inedito aggiornamento?

- Verificate il contenuto della sua borsa personale: si possono trovare gli oggetti più disparati per ogni evenienza? (Limetta, libro, trucchi, piccola torcia, ombrellino, navigatore, macchina fotografica, pc portatile, calze di riserva, spazzolino da denti)

- Ha un'infinità di numeri telefonici e contatti di colleghi e conoscenti, ma non riesce a ricordare luogo, anno e modalità in cui si sono conosciuti o frequentati?

- Ogni volta che sente odore di fumo, ne controlla la provenienza e si attiva per la ricerca dell'estintore più vicino?

- Riconosce a prima vista qualsiasi tipologia caratteriale e sociale di ogni persona, riuscendo a relazionarsi con ciascuno, dal più giovane al più anziano?

- Non si perde d'animo se deve soccorrere qualcuno in difficoltà?

- Sa socializzare brillantemente in ogni occasione, pur amando i momenti di solitudine?

- Non prova neanche un briciolo di quell'improvviso attacco allo stomaco che vi prende appena l'aereo inizia il suo decollo?

- Curiosate in camera da letto: ha sempre una valigia a portata di mano in attesa di una partenza improvvisa, riesce a far entrare tutto l'occorrente che potrebbe essere utile per più di una settimana in poco spazio, e non si confonde se ha solo un'ora di tempo di preavviso per fare un viaggio imprevisto da Roma a Santiago del Cile?

Se tutte le risposte fossero affermative non abbiate dubbi: si tratta di una *donna con le ali*.

Buon volo

Come eravamo.

Ritorno nella mia terra, in Sicilia, almeno due volte l'anno, per le festività e durante il periodo estivo, turni e ferie permettendo.

Viaggiare in aereo è per me ormai abituale, fa parte del mio lavoro.

Anche se sono trascorsi molti anni, ogni volta che arrivo, insieme ad un intenso odore di zagara che cosparge gli aranceti e il vento di scirocco proveniente dall'Africa, mi avvolgono silenziosi anche i ricordi della mia infanzia.

Oggi è un giovedì di luglio: i trentasei gradi sono nella norma.

Durante l'estate questa terra è calda, luminosa e assolata: tutto appare più lento e si fatica a mantenere un ritmo di vita dinamico a causa di questa temperatura che io amo, pur essendo a volte invadente.

I raggi del sole si spargono su ogni spazio libero della pelle, penetrano fino nelle ossa, spesso mi rinvigoriscono, e a volte mi rilassano fino a stordirmi per poi addormentarmi.

La *pausa pomeridiana*, usuale in questa regione, interrompe la produttività diurna.

Ascolto il suono ripetitivo e quasi ipnotico delle pale del ventilatore, poggiato sopra una cassapanca antica; la sua brezza contrasta l'aria calda e afosa di questo pomeriggio dal cielo azzurro, privo di nubi.

La sera la temperatura subisce un lieve calo, e amabili venti lievi leniscono il clima della sera.

Sono ospite a casa dei miei genitori e ogni particolare sul quale i miei occhi si soffermano fa riemergere nella mia mente scene vissute e ricordi ormai lontani.

Intravedo una sottana di seta color crema con delicati ricami di un tono leggermente più chiaro, appesa nell'armadio in stile Luigi XVI che mia madre scelse più di quaranta anni fa per arredare la sua camera da letto che da allora è sempre la stessa, immutata nel tempo; io mi accorgo, invece, di essere così diversa da quando mi accovacciavo sotto le coperte di quel lettone per ascoltare le favole raccontate da lei prima di andare a dormire, e diversa anche da quando, parecchi anni dopo, appena adolescente, di nascosto riuscivo a provare le sue collane più preziose, specchiandomi in quella grande cornice dorata, collocata al centro della stanza, mentre ballavo in modo spontaneo e libero da sola, come una *svergognata*, così avrebbe detto mio papà, se mi avesse visto.

Ricordo di aver posseduto, allora, una sottoveste di un colore identico a quella di mia madre, io amavo indossarla per la sensazione di leggerezza e freschezza che mi procurava durante le giornate più umide.

Nell'educazione da me ricevuta questo indumento era permesso solo in casa, e indossato avendo cura di socchiudere le serrande, onde evitare indiscreti sguardi esterni, poiché il balcone si affacciava su un grande cortile.

Mi hanno indotto fin da piccola a nascondermi, e a coprirmi per bene, di fronte a qualsiasi persona.

A poco a poco venivano instillate gocce di pudicizia nel mio animo, giorno dopo giorno.

«Copriti, copriti che qualcuno può vederti!» mi sentivo dire se talvolta temporeggiavo in camera mia a vestirmi, dimenticando di tirare le tende per chiuderle.

A tutt'oggi, prima di togliermi gli abiti, controllo che tutto sia chiuso e che nessuno possa vedermi, ma questo non l'ho mai confessato neanche a Valentina, una mia cara collega con la quale per anni ho condiviso un appartamento, vicino all'aeroporto, nella città in cui attualmente risiedo: Roma.

Da piccola obbedivo con scrupolosa attenzione alle regole, per evitare di subire castighi, spesso eccessivamente severi.

Vi era un'austerità di vedute e costumi tramandata di generazione in generazione.

Mia zia Carmela, soprannominata Lina, raccontava che la prima volta che osò dire una parolaccia fu invitata ad aprire la bocca e tirare fuori la lingua.

«Che strano gioco!» pensò.

Sua madre, mia nonna Giuseppina, prese una delle forcine che raccoglievano i suoi lunghi capelli raccolti, e con essa infilzò la sua lingua.

Viste le conseguenze, poche tra figlie e nipotine della mia famiglia dicono le parolacce, nonostante, nei momenti opportuni, le pensino.

Sono qui a Catania in vacanza per una settimana e ritrovo gli antichi sapori, odori, sensazioni.

Mi accoglie il solare sorriso di mia madre, che si trattiene dall'abbracciarmi forte quanto vorrebbe, forse per paura di stritolarmi.

Accarezza ripetutamente i miei capelli neri come la pece simili ai suoi, lunghi fin sotto le spalle, lasciati sciolti per liberarli dalle costrizioni delle legature imposte dalle regole del mio lavoro.

La pelle di mamma è bianca e delicata, morbida come la sabbia, e profuma come petali di rosa, misti ad agrumi.

Sempre le appaio troppo sciupata - pur essendo, dal mio punto di vista, appesantita di almeno ben uno o due chili, rispetto al mio utopistico peso ideale - quindi mi invita a mangiare le prelibatezze iniziate a cucinare sin dal giorno prima, quasi obbligandomi a consumare quello che abbondantemente mette nel mio piatto.

Oggi ha preparato per me, la *sua Annuzza*, i miei piatti preferiti: linguine al nero di seppia e pesce spada al cartoccio.

Lei non è mai sazia di guardarmi e coccolarmi, euforica ed emozionata al solo pensiero di rivedermi.

Anche le mie zie e cugine dimostrano il loro affetto con ogni gesto tutte le volte che mi rivedono, volendo sentire tutto sui miei viaggi e sul mio lavoro.

Io sono, nel loro immaginario, una parte del loro mondo che è andata in un altro: quel mondo fatto di sogni davanti ad una rivista, attraente eppure descritto come pericoloso, tentacolare, in grado di traviarti irreversibilmente. Io sono quella, di loro, che come loro aveva gli occhi illuminati, e che un giorno è partita. Io sono la prova vivente che il mondo sì, ti cambia, ma restando te stessa, perché quello dipenderà solo da come sei fatta dentro. E loro sono, per me, la parte più importante di quel che ho imparato in tutti questi viaggi: che puoi andare lontano solo se hai un luogo interiore da dove sei partita, e dove tornare. Ho imparato che potrai essere dovunque, ma invero resterai sempre dove sono le tue radici emotive.

Sono rimaste affascinate dalle foto che ho fatto a New York e vorrebbero partire con me per visitare la *Grande Mela*. Desidererebbero anche che le portassi ad Hong Kong per fare un giro allo *Stanley Market* e al *Lady's Market*, i mercati notturni dei quali ho parlato loro molte volte e con entusiasmo, o passare da Casablanca dove c'è la Medina con i suoi colori e le sue spezie, dove la menta per il tè ha un sapore più forte e un odore più persistente della nostra mentuccia locale, e assaggiare quei datteri eccezionali che gli avevo donato al rientro da un volo. O girare con me nei vicoli brulicanti di Shanghai, immersi in quella folla variopinta e quei mille colori che cerco di descrivere, e non ci riesco mai come vorrei.

Loro hanno un grande senso dell'ospitalità, un'arte naturale di accoglienza tramandata nel corso dei secoli, e mi salutano sempre con il solito pizzicotto sulle guance, tirando non proprio delicatamente da entrambe le parti, e con un abbraccio seguito dalla stessa frase fin da quando ero bambina: *Annuzza bedda, sangu miu!*, *Zzuccheru miu!*

Mio padre, pur essendo felice di rivedermi, è sempre molto silenzioso, poco espansivo ed estremamente riservato.

Abbiamo lo stesso colore degli occhi, azzurro ceruleo, ma nei suoi una lievc sfumatura violacea fa trapelare costantemente riflessi che a volte mi rattristano.

Lui è spesso incline a fare previsioni sfavorevoli, intrise di ansia e preoccupazione, come la mia migliore amica Stefania, anche lei siciliana.

È un uomo molto istruito, ama studiare ed è sempre informato su tutti gli avvenimenti sociopolitici attuali.

Discreto nei modi e formale nel suo comportamento, sta per ore chiuso nel suo studio, ma all'ora di pranzo e di cena ci si ritrova tutti insieme a tavola.

Quello che i miei genitori, parenti e la società in cui ho vissuto mi hanno insegnato è la grande importanza della famiglia, il rispetto delle regole e, in particolare, il vincolo inviolabile del matrimonio: un valore da difendere sempre, a tutti i costi, spesso con enormi sacrifici.

Un'unione da salvaguardare in ogni caso, pur in presenza di problemi, che dovranno essere superati o repressi, a volte persino ignorati.

Questo legame indissolubile ha una sacralità assoluta che solo la morte può sciogliere.

Finché morte non ci separi.

Una promessa che non può essere più disattesa, a partire dal momento in cui viene stipulata.

Un impegno rigoroso e costante, opportuno per conservare solidamente le radici della famiglia.

Non sono soltanto il sentimento d'affetto, la cerimonia ufficiale, il profondo dovere che ti viene inculcato con l'educazione fin da piccola, a legare il rapporto matrimoniale, anche il giudizio pressante della società in cui vivi ti induce e lavora assiduamente affinché si mantenga integro il legame familiare.

Nella coppia, la figura femminile ha un ruolo molto importante: la devozione, verso lo sposo e i figli, è assoluta.

L'uomo si impegna nel condurre al meglio il ruolo di capofamiglia, ha l'obbligo di farsi carico della tutela e del sostegno della stessa.

Devozione e obblighi, amore e rispetto.

Non importa se venissero a mancare le due ultime voci, capita che possano affievolirsi.

Il matrimonio è qualcosa su cui contare per tutta la vita, i figli sono il bastone della vecchiaia, la fine non è permessa, o è soltanto cosa folle, qualcosa che va *fuori dall'ordine prestabilito*, che bisogna evitare, trovando un qualsiasi rimedio: nel rito del matrimonio la dichiarazione di fedeltà è una promessa che si onora, nella sua forma assoluta.

Queste sono le norme che mi sono state inculcate fin da piccola. Il mio destino, ne ero certa, avrebbe rispettato questi insegnamenti.

Ho avuto un'educazione molto rigida, fatta di atteggiamenti autoritari, ordini, obblighi e punizioni senza avere la possibilità di replicare o di chiedere chiarimenti, arrivando, ormai adolescente, ad avere seri dubbi e confusione su cosa fosse davvero giusto o decisamente sbagliato.

Le ferree regole seguivano le direttive dell'educazione che fu impartita a mio padre negli anni '40, senza tener conto delle profonde trasformazioni avvenute e dei movimenti del '68, ai quali ho partecipato solo con la mia nascita.

Nonostante ciò, la rivoluzione sociale degli anni '70 pareva non sfiorare minimamente la nostra realtà, allora.

Tutto era bianco o nero, giusto o sbagliato, concesso o vietato e non esistevano colori sfumati, deroghe, vie di mezzo.

I modelli e lo stile di vita condotti erano antiquati e superati, a parer mio.

Per me bianco e nero erano solo gli estremi di una molteplice varietà di colori, eppure gli insegnamenti dovevano essere seguiti, senza repliche e opposizioni.

Dall'orientamento scolastico e fino alle amicizie, agli orari, ai posti da frequentare, all'abbigliamento, allo sport, tutte le decisioni seguivano pareri, tendenze e gusti non miei e nemmeno simili alle mie inclinazioni: solo a quelle di mio padre.

Lui deliberava le persone che potevo frequentare, dopo un'accurata selezione preceduta da un colloquio di presentazione iniziale, a cui i prescelti dovevano sottostare.

Mi sono chiesta tante volte quale fosse la mia strada, cosa fosse davvero importante, quali i miei reali desideri e obiettivi, e spesso le mie risposte erano totalmente diverse da quelle imposte dai miei genitori, che sicuramente agivano a fin di bene e per una migliore formazione della mia persona, rispecchiando soltanto sogni: i loro.

Seguivo diligentemente le *direzioni suggerite* e spesso mi ritrovavo impegnata a recitare un ruolo che sicuramente piaceva agli altri, ma non a me, e sentivo nascere e svilupparsi desideri che non rappresentavano il ruolo che interpretavo, e che non avrei potuto svelare, perché sapevo che sarebbero stati mal sopportati: ero affascinata dalla libertà e dall'indipendenza, dai viaggi e dai luoghi lontani.

Ho quasi sempre tentato di chiudere a chiave questi desideri e sogni, come in un cassetto, con un grande lucchetto, dentro di me, dentro la mia mente, dentro il mio cuore che batteva forte per quelle attrazioni che venivano considerate troppo spregiudicate e sconvenienti.

I miei sogni di viaggiare, voler vivere all'estero, staccarmi dalla famiglia per andare a vivere da sola, erano spesso soffocati e così li avevo ben imprigionati e nascosti; all'interno di quel cassetto non riuscivo a percepire urla né alcun dolore dato dal dispiacere di quella rinuncia.

Ero fiera di aver trovato loro un luogo sicuro e, restando in quel posto così buio, non avevo la possibilità di prenderli in visione in modo consapevole.

Non desideravo che le mie vere passioni uscissero allo scoperto, e non volevo che nemmeno esistessero, poiché avrebbero procurato solo problemi, qualora fossero state rese note: non solo avrebbero deluso le aspettative, ma, in ogni caso, non avrebbero avuto vita facile e sarebbero state troncate sul nascere.

Il mio papà, avvocato, era certo che avrei seguito le sue orme.

Ho vissuto così gran parte della mia adolescenza senza grandi sofferenze, e brillantemente superavo i problemi grazie al mio arguto procedimento segreto, cioè soffocando e nascondendo i miei reali desideri e cercando di accontentare gli altri.

Un giorno, però, uno dei tanti cassetti si è riempito un po' troppo e, per maggiore sicurezza e non senza fatica, ho provato a mettere un altro lucchetto.

In maniera inaspettata è scoppiato, si è aperto, ho sentito urla, pianti, singhiozzi come se fossero di una bambina che, chiedendo aiuto, supplicasse di uscire, di essere se stessa.

Ho rinchiuso a forza ancora una volta, quel cassetto.

Ma quei suoni e quelle immagini tentavano di fuoriuscire e liberarsi.

Erano insopportabili.

Il mio cuore batteva sempre più forte per sopraffare il tutto e stordirmi per dimenticare.

Era un cassetto, solo uno!

Ne avevo stipati così tanti di sogni, pensando così di poter essere una donna serena e felice.

Mi sarei dovuta preoccupare?

Cosa sarebbe successo se si fosse spalancato anche un'altra volta, e poi magari un'altra ancora?

La cosa mi terrorizzava, ma non posso non riconoscere che iniziò a tentarmi sempre più.

Mi sono chiesta, un giorno, chi fossi io veramente.

Mi sono chiesta dove stessi andando e chi avesse scelto la mia strada.

Cosa avrei scoperto nell'aprire quei cassetti?

Sarei riuscita a rianimare la mia vera essenza ridotta all'agonia dai condizionamenti esterni?

Sarei mai stata in grado di superare le mie debolezze e di affrontare le mie paure?

Sono una persona ottimista, amo la vita; sono socievole e ritengo importanti quanto fondamentali le amicizie.

Tra donne, purtroppo, non è insolito l'instaurarsi di fastidiosi quanto inutili sentimenti d'invidia e di gelosia, per questo, arrivare alla speciale solidarietà e alla complicità che rende veramente unite diventa estremamente raro.

Non è facile trovare una vera amica, ma quando si ha questa fortuna spariscono orgoglio e competizione e nasce il rispetto totale, cresce la fiducia cieca e la lealtà.

L'unione diventa indissolubile, l'amicizia diviene un bene da salvaguardare da improbabili quanto rari ed eccezionali eventi negativi che avrebbero la forza di indebolirla, ma che normalmente nulla possono contro il piacevole benessere che si prova nello stare uniti, nel confidarsi i segreti più intimi, nel condividere le risate, le prove della vita, le emozioni, anche nel criticarsi a vicenda e trovare soluzioni comuni: l'obiettivo principale è l'unione e la forza della coppia.

Conosco una persona speciale che rispecchia queste caratteristiche. Stefania non è solo un'amica, a volte fa da madre che elargisce consigli, a volte è la figlia cui dispensare il mio amore; può sembrare strano, ma vederla interpretare il ruolo della fidanzata gelosa non è improbabile, soprattutto se la trascuro un pò, ma lei rimane una spalla su cui poggiarsi, una parola di conforto, il rispetto del mio silenzio, la comprensione delle mie debolezze, nonché un dolce peso da sopportare.

Stefania ha un fisico atletico, è molto alta, qualche centimetro più di me.

I suoi capelli sono castani e lucenti, con delle sfumature tendenti al rosso cupo simili a quelle del legno d'amaranto, spesso raccolti in una treccia che si muove sinuosa sopra la sua schiena. Veste abitualmente in modo casual, predilige la praticità in ciò che indossa; io, invece, preferisco indossare abitini più femminili, a parer suo vezzosi e sdolcinati.

La sua esuberante sincerità congiunta a una naturale schiettezza confluisce, a volte, in spietati giudizi.

Nonostante una strada di centinaia di chilometri adesso ci separi, so sempre di poter contare su di lei, e viceversa.

Ci sopportiamo, ci critichiamo ostinatamente, ci emettiamo dure sentenze, ci elogiamo e ci mandiamo a quel paese... sempre con grande affetto, ed è difficile vivere l'una senza l'altra.

La sicurezza reciproca rende speciale questa vera amicizia, un ingrediente che di solito sfugge nei legami amorosi.

Ci accomuna una grande passione: partire verso mete lontane.

Ho sempre adorato viaggiare, mi dà un senso di felicità.

Quando mi allontano da tutto e da tutti ritrovandomi in dimensioni e fusi differenti è come se riuscissi a valutare il resto *da fuori*: da lontano, con effettivo distacco sia fisico che mentale.

Tiziano Terzani ha scritto *La nostra destinazione non è mai un luogo, ma un nuovo modo di vedere le cose*: ed è così anche per me, anzi, per noi due.

In viaggio riesco a guardare meglio dentro me stessa, a vedere con chiarezza chi sono, e a migliorarmi.

È come se il mondo con tutti i suoi problemi si allontanasse, cambiasse orizzonte, e io ritrovo le mie forze, le mie energie.

Staccandomi dalla realtà abitudinaria, una carica di adrenalina mi rinforza così tanto da darmi vitalità e positività enormi, aiutandomi a ritrovare le giuste risposte.

Viaggiare è un'evasione in mondi che non sono i miei, è sempre una gioia che mi procura un inebriante senso di libertà, e mi aiuta a riscoprire parte della mia autonomia.

Da tempo ho realizzato quel grande desiderio che avevo fin da piccola: sono diventata una hostess di volo.

Sono passati anni, ma ricordo come fosse ieri il momento in cui ho deciso di cambiare la mia vita. Quel giorno è impresso nella mia memoria. Ero con Stefania.

Vorrei fare la hostess

«Basta, sono stufa! Mario è diventato insopportabile, è arrivato a pedinarmi persino quando prendo il caffè con le mie amiche, non vuole che vada in palestra e mi proibisce anche solo di salutare il mio ex!

Voglio pensare più a me stessa e rendermi indipendente. Perché non creiamo qualcosa di nostro e apriamo un'attività insieme?»

«Tu cosa prevedi per il futuro, Anna? Che lavoro ti piacerebbe fare?»

Così mi disse Stefania, al solito appuntamento mattutino per un caffè al *Bar della Finanza*, di fronte casa, scontenta della sua prospettiva di futura casalinga, tanto desiderata dal fidanzato gelosissimo più che da lei.

Non mi ero mai posta seriamente quella domanda, né avevo fatto esatti progetti lavorativi futuri.

Dopo aver frequentato il liceo classico ed essermi iscritta all'università alla facoltà di giurisprudenza, dato che le materie scientifiche non erano le mie preferite, cercai un lavoro da segretaria per potermi mantenere agli studi e cercare di soddisfare qualche piccolo capriccio.

Allora mi svegliavo tutte le mattine alla stessa ora e, dopo una velocissima colazione, m'immettevo nel caotico traffico cittadino affrontando i tre quarti d'ora d'interminabile fila davanti ai semafori, e le rumorose code d'auto agli incroci che cercavano di superarmi da ogni parte per riuscire a risparmiare manciate di minuti, necessarie per arrivare in orario in ufficio.

Ogni giorno in viale Barriera del Bosco, dove ero imbottigliata nel solito caldo punto cruciale, al semaforo, per almeno una quindicina di minuti, io incontravo spesso un uomo: un barbone seduto sempre su una piccola montagnola di terra, forgiata con le sue mani.

Accovacciato sotto l'ombra di un albero, osservava quell'interminabile andirivieni, sempre uguale ogni giorno.

Lo sguardo di questo individuo era dall'aria serena, e sbirciava una realtà lontana dalla sua: tutti quegli uomini, donne e bambini che passavano imprigionati dentro le loro auto.

Lui era abbastanza discreto, come se non volesse far notare che stava lì a guardarli attentamente, stupendosi nell'incontrare ogni mattina le stesse facce nervose e spossate, le stesse auto imbottigliate una dietro l'altra con incastri sempre differenti, e tutti quei clacson che suonavano per protesta; credo si chiedesse come fosse difficile per questi uomini ritrovare quella tranquillità che lui sembrava aver raggiunto.

Le sue pupille si muovevano attente e rivolgevano sguardi quasi di benevolenza e indulgenza a quei tanti guidatori che, a loro volta, scrutavano con compassione e disprezzo lui e i suoi stracci depositati sul prato, spesso umido.

Ogni mattina mi chiedevo chi dei due fosse davvero fuori di testa, io nervosa guidatrice o lui.

Pensai tutta la notte alla domanda che mi fece Stefania riguardo il mio futuro.

La risposta arrivò nel tardo pomeriggio, alla solita ora di rientro dal lavoro, dentro la mia *macchinetta*, dopo aver evitato uno scontro frontale con un deficiente che mi aveva tagliato la strada, alla fine di un'interminabile giornata lavorativa alle prese con un capoufficio amante dei soprusi nonché attaccabrighe, con colleghi che avrei volentieri evitato di incontrare: falsi e prevaricatori.

Uscendo dall'ufficio, abbandonai quel parcheggio a lungo cercato durante la mattina, ottenuto dopo aver litigato in modo abbastanza violento con un altro maleducato convinto di aver visto il posto prima di me, che m'intimava sgarbatamente di andare via ostruendo il mio ingresso.

Quel pomeriggio riscontrai solo un piccolo graffio alla carrozzeria e il tergicristallo posteriore girato in malo modo.

Ogni giorno, arrivata a casa stanca, rimettevo in ordine e preparavo la cena di fretta per via di quella *fame famelica* che riuscivo a far zittire provvisoriamente arraffando dal frigo avanzi freddi del giorno precedente e pezzi di formaggio ingialliti, poiché mal riposti nelle confezioni di plastica rimaste aperte.

«Vorrei volare!» urlai all'improvviso.

«Sì! Ho trovato! Vorrei volare!»

Quello che mi seduceva in assoluto era evitare la solita routine quotidiana, il traffico cittadino, il vedere sempre le stesse facce e i medesimi posti. Avrei amato stringere relazioni con persone ogni volta diverse, cambiare i miei spazi, allargare le mie vedute, avere la possibilità di andare in giro per il mondo e deliziarmi di ricette di cucina internazionale.

Lo pensai masticando un cracker e l'ultima oliva rimasta.

Il mio sogno era quello di volare, avrei voluto fare la *hostess di volo*.

Chiamai subito Stefania.

Stefania fu entusiasta dell'idea e mi annunciò che avrebbe voluto seguirla anche lei, la sua unica preoccupazione era quella di affrontare il fidanzato.

Tempo dopo, con gli occhi che brillavano e con in mano la pagina strappata di una rivista, ci ritrovammo a leggere attentamente e piene di entusiasmo quelle indicazioni su:

Come si diventa assistente di volo

L'assistente di volo è sinonimo di affidabilità e impegno, stile e cordialità. Spiccate capacità organizzative, tenacia, resistenza alla fatica, e soprattutto passione di lavorare per gli altri nonchè di confrontarsi con le culture e i paesi diversi sono doti necessarie per affrontare al meglio il lavoro.

Nella selezione si ricerca concretezza, predisposizione ad anticipare e risolvere i problemi, capacità relazionali, responsabilità, autocontrollo, stabilità emotiva, apertura mentale e disponibilità alle novità.

Caratteristiche:

Età compresa tra i 18 e i 32 anni

Statura minima: 164 centimetri donne, 172 centimetri uomini

Titolo di studio: diploma scuola media superiore

Lingue: italiano e inglese a ottimo livello, preferibile la conoscenza di una terza lingua

Buone capacità atletiche e natatorie

Assenza tatuaggi visibili.

Tutto coincideva con le nostre caratteristiche e aspirazioni. Potevamo provarci, potevamo riuscirci.

«Mandiamo il prima possibile una domanda alla compagnia aerea con i nostri curriculum» dissi.

Detto fatto.

Stefania compilò i moduli di partecipazione, pur ricevendo velate minacce dal fidanzato, e noi insieme inviammo il tutto, corredato con foto preparate con diligenza e attenzione.

Io non dissi nulla ai miei genitori che, ne ero certa, non avrebbero approvato né assecondato questa mia idea.

«Dai scatta, scatta adesso!»

Avevamo scelto con cura i nostri abiti: il look è importante in questi casi, il *business-dress* era l'ideale.

«Chiudi la camicetta, per favore.»

«No, gira un po' il viso a destra e tieni le braccia leggermente piegate con le mani dietro la schiena.»

Tolti i jeans strappati, la maglietta vintage scelta al mercatino di Aci Trezza del venerdì durante la sagra dell'arancino, e le Superga in cotone rosa shocking, indossammo un orrendo tailleur blu messo in occasione del matrimonio di Agata, una lontana parente, e ormai dimenticato nell'armadio per anni; una bella camicia bianca, calze velate di tonalità naturale e décolleté in tinta con l'abito completavano l'opera.

Raccogliemmo i capelli e li fissammo con lacca ed elastici neri, trucco leggero, uno smagliante falso sorriso e via:

«Vai con lo scatto.»

«Perfette!»

Dopo circa un mese ricevemmo le lettere con gli inviti per partecipare alle prime selezioni.

Le mie gambe tremarono nell'aprire quella busta, Stefania per poco non svenne.

Sfruttammo qualche giorno per partecipare a un corso accelerato per rinfrescare il nostro inglese piuttosto impolverato.

Fui determinata a convincere i miei almeno a partecipare alle selezioni, la mia ostinazione ebbe la meglio sulla loro; non riuscirono a impedirmelo e sperarono, come il fidanzato di Stefania, che io non riuscissi a superare le prove.

Prendemmo un aereo per poter raggiungere Roma, la città designata per quel nostro importante incontro.

Stefania dovette acquistare un abito adeguato all'occasione. Scelse un tailleur nero, ben avvitato ma un po' rigido poiché non le donava naturalezza e comfort nei movimenti, io riparai per bene il mio.

In aereo non era la prima volta che guardavamo con devota ammirazione quelle donne in divisa che passeggiavano nella cabina con gran disinvoltura e professionalità, quella volta provai una benevola invidia.

Appena dopo il decollo, guardai dal finestrino dell'aereo.

Vidi rimpicciolirsi le stesse autovetture sempre in fila che vedevo ogni mattina andando a lavoro e strinsi forte la mano di Stefania.

Superammo, senza fatica, quasi tutte le selezioni, che si svolsero in varie giornate, spinte da carica, grinta ed entusiasmo inimmaginabili, abbattendo la nostra timidezza e mostrando, anche a noi stesse, un'inconsueta propensione verso la leadership.

La prova con lo psicologo fu, per Stefy, la più dura.

Io fui la prima a entrare in una stanza luminosa dove trovai un uomo che ebbe il compito d'ultimo esaminatore, prima dell'accurata visita medica finale.

Fu, per me, una piacevole e rilassante chiacchierata, ma notai che quell'uomo cercava di mettermi in imbarazzo, mentre io provavo a non cedere alle sue intenzioni.

Ero felice.

Inaspettatamente e dopo un breve colloquio iniziale di presentazione, lui sostenne che non credeva che io fossi quella persona positiva, corretta e socievole nella quale io mi ero descritta, gli risposi che questo mi dispiaceva, ma che non mi preoccupava e che il suo giudizio, forse, era scaturito dalla nostra frettolosa conoscenza.

Fui invitata a partecipare alla prova successiva.

Uscendo feci l'occhiolino a Stefy.

«Nulla di cui preoccuparsi, vai tranquilla» le dissi.

Stefania entrò subito dopo.

Passarono pochi minuti e la vidi uscire scura in viso.

«Al diavolo, ma chi pensa d'essere questo maleducato?»

«Stefania, dimmi, cosa è successo?»

«Non capisco chi sia costui, ma di sicuro non vorrei mai più avere a che fare con un tipo come questo!»

«Ha affermato che i miei capelli sono in disordine e i miei vestiti inadeguati!»

«Capelli in disordine? Vestiti inadeguati?»

«Che maleducato!»

«Come si permette?»

«Ha fatto domande a dir poco inopportune, molto private, e io gli ho risposto che non erano affari suoi! Poi mi ha detto: *Ma chi ti credi di essere?* E io, a quel punto, inviperita e su tutte le furie, gli ho risposto di badare meglio alle sue parole. Poi gli ho sbattuto la porta in faccia!»

Era la prova che testava il nostro grado di sopportazione allo stress, con un lavoro a continuo contatto con il pubblico questa è una dote necessaria.

Inutile dire che Stefania non fu invitata alla prova successiva.

Ritornò indietro a casa esterrefatta, chiedendosi cosa avesse sbagliato. Il suo fidanzato fu l'unico felice dell'esito negativo della prova, e i suoi interrogativi rimasero per sempre senza una risposta.

Iniziò per me, invece, un corso durato tre mesi dove fui addestrata a estinguere gli incendi, e a come comportarmi in casi d'emergenza.

Studiai, inoltre, gli aspetti tecnici di vari tipi di aereo e la composizione degli equipaggi, qualche cenno di medicina per l'abilitazione ai compiti di primo soccorso e, dopo aver superato gli esami di tecnica, medicina e inglese presso Civilavia (ente competente per il rilascio dei brevetti), fui pronta a salire in aereo nei panni che avevo tanto sperato di indossare: quelli della hostess.

Durante il corso incontrai tre ragazze e diventammo amiche: Eva, Valentina e Ludovica.

Dividemmo per quel periodo la stessa camera d'albergo e, dopo essere state assunte, decidemmo di affittare una casa a Fregene, località marittima situata vicino l'aeroporto di Roma Fiumicino, la nostra base di partenza.

Iniziò così la nostra avventura.

Io, Eva, Valentina, Ludovica

La casa aveva due camere, ciascuna con un letto matrimoniale, e l'unico bagno era frequentatissimo: difficile riuscire a trovarlo libero, così come il telefono di casa.

Cercammo di adattarci a quella situazione e riuscimmo a convivere non senza piccoli screzi, cercando di scendere a qualche minimo compromesso, quello più difficile era decidere quando e chi dovesse lavare i piatti sporchi.

Eva aveva dei bellissimi capelli rossi, mossi e morbidi che scivolavano sopra le spalle, i suoi occhi di colore marrone chiaro apparivano verdi nelle giornate più soleggiate, la sua corporatura era esile e snella; proveniva da *Bergamo alta*, come diceva lei, e aveva un animo da *napoletana verace*, espansivo e caloroso; amava il suo disordine, aveva sempre una maschera per il viso da provare e spesso girava per casa con la sua preferita, quella all'argilla ventilata di colore verde, e metteva l'olio alle mandorle dolci per ammorbidire i capelli.

Ludovica non smetteva mai di parlare e non sapevo in nessuna occasione come fare per bloccare quel fiume in piena di parole che t'investiva non appena avesse aperto bocca.

Lei era bionda con dei bellissimi boccoli, occhi azzurro intenso e una pelle levigata e chiara, le sue forme erano burrose e armoniche; molto ordinata e accurata - l'opposto di Eva - indossava tailleur firmati e custodiva i suoi maglioni ognuno in buste di plastica trasparente; cucinava benissimo.

Proveniva dalla Sardegna, ed era fidanzata con un ragazzo, suo conterraneo, che spesso si fermava da noi, talvolta costringendo la compagna di stanza, Eva, a dormire sul divano del soggiorno.

Ludovica era fanatica della messa in piega dei capelli.

Io dormivo in camera con Valentina che era una ragazza piena di vita ed entusiasmo, molto sensibile, onesta e generosa.

I suoi capelli erano scuri e dritti, tagliati a caschetto, gli occhi neri, molto profondi e sensuali, la conformazione fisica era asciutta e ben modellata.

Valentina amava, la sera, fare tardi prima di andare a dormire, meglio se in compagnia del suo amaro preferito: Montenegro con ghiaccio. La mattina temporeggiava in bagno perché le sue lenti a contatto le davano molto fastidio.

Eravamo molto affiatate.

«Oggi siamo invitate alla festa di benvenuto a casa di quei piloti che vivono in via Masotta, di fronte casa nostra!» esultò Eva.

«Perché non fare un salto?» dissi.

«Sì» annuì Valentina.

«Sono curiosa di conoscere meglio i nostri vicini.»

Ludovica andò subito a *phonarsi*, io provai quasi tutti i vestiti che erano dentro l'armadio e mi chiesi se mai sarei riuscita a chiudere la cerniera sui fianchi di quei fantastici pantaloni azzurri. Eva mise il suo nuovo olio profumato al mughetto e Valentina corse a truccarsi per prima.

Felici facemmo i primi passi verso quel piccolo mondo a sé, fino allora sconosciuto: il regno dei *volatili*, diverso da quello dei soli *passeggeri*, come usa distinguere chi lavora sugli aerei.

Quello che notammo subito in *loro* fu la conoscenza e la frequentazione di luoghi che noi avevamo solo sognato di visitare e la facilità estrema nel raggiungerli dovuta all'abitudine di viaggiare; la capacità di adattarsi in qualsiasi parte del mondo data la conoscenza della popolazione e dei territori, della cultura e delle tradizioni; la moltitudine di amicizie in svariati posti che potevano mantenere in vita poiché costantemente frequentati; l'apertura mentale necessaria per stare in contatto con il mondo e i suoi abitanti, la capacità di entrare immediatamente in empatia con estranei appena conosciuti senza gli usuali imbarazzi iniziali, oltre che tante manie e fissazioni che ognuno portava con sé dalla propria dimora dentro la valigia, la loro piccola seconda casa.

Una volta che diventerete volatili, lo sarete per tutta la vita ci dissero sottovoce, come fosse una verità nascosta, un marchio che avremmo portato per sempre. Capimmo che iniziare a *volare* sarebbe stato come vivere due vite parallele che si alternano ogni qualvolta si parte per lavoro e non appena si rientra nella singola realtà privata, sarebbe stato come parlare una nuova lingua, incomprensibile agli altri, dove il mondo è la tua casa, e la casa è il tuo mondo.

Scoprimmo che quasi ogni sera si organizzava qualcosa. Eravamo una sorta di grande famiglia che si riuniva tra coloro che rientravano dai voli e si riposavano tra un turno e l'altro, ma se l'indomani bisognava partire ci si riprometteva, ogni volta, di andare a dormire presto e di non eccedere con cibo e bevande, per evitare fastidiosi mal di testa e nausee mattutine che, in volo, sarebbero raddoppiate con l'altitudine e l'aria condizionata.

Durante il lavoro bisognava essere impeccabili, i voli e i passeggeri da affrontare sarebbero stati una dura prova, lo sapevamo bene.

Dopo aver firmato il contratto di assunzione nell'ampia sala di un maestoso palazzo e, con grande sorpresa, designato il destinatario della polizza di assicurazione in caso di decesso, con forte emozione constatammo che anche noi saremmo diventate presto *volatili volanti*.

Il primo volo

Il primo volo è per tutti indimenticabile.

Mi assegnarono un avvicendamento su Parigi, ero emozionatissima, impacciata nell'entrare per prima su quell'aereo, tutto vuoto, pronto ad accogliere il nostro equipaggio prima dei passeggeri. Iniziai a conoscere finalmente i *segreti del galley*, che sarebbe una specie di cucina di bordo, dove si trovano i forni per riscaldare i pasti, il frigorifero per tenere le bevande fresche, tutti i carrelli con le vivande, la zona adibita a contenere i rifiuti, e le dotazioni necessarie per l'andamento del volo. In questa area viene allestito tutto il servizio prima del suo inizio e, per le hostess, è il posto più confidenziale e intimo, l'unico luogo sufficientemente riservato che concede pochi minuti di divisione dai passeggeri, grazie a una tenda che regala preziosi momenti di privacy soprattutto sui voli eccessivamente lunghi. Rivelazioni e confidenze effettuate sottovoce vengono spesso raccontate e svelate qui, nello *scrigno dei segreti delle hostess*.

Controllai, insieme all'equipaggio, che tutto fosse stato pulito in modo accurato, che il catering avesse rifornito adeguatamente tutti i carrelli, i forni e il frigo, che gli equipaggiamenti e le luci di emergenza fossero efficienti e in regola.

Io ero l'opposto delle mie colleghe, così disinibite e sicure nei movimenti, ormai *anziane di compagnia*, si dice così.

Al corso avevamo preso visione di tutti gli sportelli, i carrelli, e i cassetti stipati all'interno di un aereo: erano un'infinità, completamente pieni di materiale necessario per il buon andamento del volo.

Decisi di aprirli tutti per guardare cosa contenessero e memorizzarli per un più rapido utilizzo.

Li richiusi, e dimenticai la posizione e il contenuto di ognuno, erano troppi, tutti uguali all'esterno.

Lo feci una decina di volte. Spesso la fortuna mi aiutò a indovinare l'alloggiamento di ciò che cercavo, spesso mi sono arresa al mancato ritrovamento delle tazze di plastica dopo una parziale vittoria sulle bustine del caffè e del latte in polvere. Le mascherine per gli occhi credo che cambiassero di posto in ogni volo, quasi come un gioco di prestigio: dopo averle viste in un cassetto, mi pareva, le ritrovavo in un altro.

Mi guardavo la gonna che copriva appena il ginocchio, le calze lisce e velate color carne fino allora mai utilizzate e le scarpe modello décolleté classico di pelle, della stessa tonalità della borsa, con tacco di foggia classica, una camicia ben stirata, foulard al collo, giacca corredata di fregio e targhetta nominativa obbligatoria.

Erano addosso a me, ora.

Indossai per la prima volta quella divisa, nella maniera più accurata che potessi, su quella spilletta era inciso il mio nome, questo era un grande onore, e la portavo con orgoglio, entusiasmo, quasi con solennità: era l'inizio di un magnifico sogno.

Avrei voluto fare un'altra fotografia e mandarla alla mia Stefania; il sorriso apparso sulla foto e incollato alla mia faccia questa volta sarebbe stato sincero rispetto a quello dei nostri scatti fatti per partecipare alla selezione, le avrei scritto che mi mancava e che avrei voluto fosse stata con me.

In quel momento l'imbarazzo e l'emozione del primo volo mi *regalarono* un'estrema rigidità.

Il colore della giacca della divisa era molto simile a quello dello schienale delle poltrone, e io m'identificavo più a quello che a una hostess di volo *vera*.

Fortunatamente me la cavai bene e nessuno, credo, si accorse della mia apprensione durante tutto il volo. Forse si notò durante la mia prima dimostrazione del briefing, per visualizzare gli equipaggiamenti di sicurezza e le varie uscite dell'aeromobile.

Tutti gli occhi erano rivolti verso di me ed ero impreparata ad affrontare in maniera disinvolta quegli innumerevoli sguardi che mi fissavano in ogni mia parte.

Sentii un rossore sulle guance e le mani iniziarono a tremare, un po' a sudare, quando mostrai come agganciare la cintura.

Non avevo mai avuto problemi nell'infilare la fibbia metallica dentro la fessura, ma in quel frangente diventava difficile farlo, cercai di bloccare quel tremolio incessante delle dita che m'impediva di individuarne il giusto accesso.

Stillante di invisibili gocce di sudore, riuscii a finire quella strana dimostrazione, come una danza eseguita dai movimenti delle mie mani.

Mi sentivo come un'attrice di un film muto, con tanto di pubblico, che seguiva il testo letto e diffuso dagli altoparlanti dell'aereo, con me che enfatizzavo con i gesti le indicazioni date.

Durante gli annunci di benvenuto, fu strano e inusuale sentire la mia voce profusa su tutto l'aereo e solo dopo svariati voli riuscii a modularla sempre meglio, cercando di evitare accuratamente ogni mia inflessione dialettale, soprattutto quella pessima vocale *o* da pronunciare, che da larga doveva assumere una fonetica stretta e chiusa, e che frequentemente dovevo ripetere:

«Buongiòorno e benvenuti a bòordo.»

«Benvenuti a Ròoma.»

Mi accorsi che stringendo le guance, socchiudendo la bocca e la mandibola, contraendo le labbra e sporgendole verso l'esterno, ed evitando il passaggio dell'aria dalle fosse nasali, riuscivo bene ad accorciare quel suono.

Buongiòorno, *bòordo* e *Ròoma* divennero finalmente: *Buongiorno*, *bordo*, *Roma*.

Dopo una tratta nazionale Roma-Bologna e una successiva internazionale Bologna-Parigi, io arrivai alla destinazione finale, anche se quella maledetta *o* era onnipresente.

Salutati tutti i passeggeri, un pullman parcheggiato sottobordo accompagnò me e il mio equipaggio in albergo a Parigi e, come solitamente avveniva, dopo aver ritirato la chiave della camera, prendemmo appuntamento per andare tutti insieme a cena.

«Ci vediamo alle 20.00, senza impegno.»

Così mi dissero i colleghi prima di andare in camera a cambiarsi d'abito.

Ho imparato, a mie spese, che è importante essere puntuali.

Ero contenta di essere in buona compagnia e di poter essere guidata da loro che conoscevano bene la zona.

Avremmo cenato nel famoso ristorante *La Coupole*, su Boulevard Montparnasse, rinomato per l'entrecote e il buon vino rosso.

Avrei assaporato le ostriche con l'aperitivo, e avrei fatto tante, tantissime foto per ricordare l'evento, le avrei mostrate a Stefania, alla mamma, a papà, alle cugine, sarei stata la loro principessa a cena in un famoso ristorante francese, in compagnia di persone che viaggiano, che conoscono il mondo e risiedono in alberghi lussuosi, e io ero lì, facevo parte di questo sogno che diventava realtà.

Pensai, quindi, di non arrivare perfettamente in orario all'appuntamento nella hall dell'albergo, poiché *una signora deve sempre farsi un po' desiderare*, almeno dalle mie parti.

Ho imparato che non può farlo una *collega*, perché quel *senza impegno* vuol dire: *cinque minuti al massimo di ritardo concesso*.

Cenai da sola nella brasserie dell'albergo, che serviva solo i sandwich gratinati: presi il *croque monsieur* al prosciutto e una *soupe d'oignons*, volgarmente detta zuppa di cipolle: tutto mi appariva diverso e attraente, persino i panini e la zuppa.

Allora non ero abituata a mangiare da sola al ristorante e quasi mi vergognavo, nascosi il mio imbarazzo con un libro di Hemingway, aperto accanto al piatto, e il telefonino in mano, i tavolini erano tipici, piccoli e vicini l'un l'altro, avevo accanto una elegante signora dai capelli raccolti e vestita con un completo di Chanel.

L'indomani mattina, dopo aver visitato la torre Eiffel, fatto un giro velocissimo all'arco di Trionfo e ammirato le scintillanti vetrine degli *Champs Elysèes*, pranzai in fretta dal rinomato *Relais de Venice* a *Porte Mallot in Rue Pereire*, e non mi privai di passare dallo stimato parrucchiere *Carita* esperto nel rifare il look, che tagliava i capelli dopo aver studiato i lineamenti e adattando il taglio al viso.

Mi era stato consigliato da una mirabile collega che *di beauty care se ne intende* con un taglio di capelli strepitoso, incontrata in transito in aeroporto.

Seppure a volte estremamente preziosi, *mai seguire a occhi chiusi i consigli delle colleghe*, ho imparato anche questo. Con una frangetta orrenda, qualche centimetro sopra le mie sopracciglia, e il conto in banca agli sgoccioli - fortuna che avevo la carta di credito e che lo champagne e quelle stuzzicanti tartine di salmone erano state offerte dal parrucchiere - ritornai in albergo giusto in tempo per infilare la divisa, tentare di mascherare la frangia con gel e mollette e provare a richiudere la valigia che, chissà per quale oscuro motivo, sembra non avere mai, al rientro, la stessa capienza dell'andata, nessun volo fa eccezione.

Questa volta la mancanza di spazio era causata da quel cappello stile retrò, con banda larga circolare plissettata che, nonostante fossi quasi certa non sarei riuscita mai a indossare, mi ha fatto sognare e che, quindi, non ho resistito e ho acquistato, dopo averlo visto al mercato delle pulci di Saint Queen.

Una collega di quel volo di rientro, mi disse di essere stata, durante la sosta, ai grandi magazzini *Lafayette*, e anche in un negozio in *rue du Bac* in cui si può trovare dal divano di P. Starck alla pila tascabile non più ingombrante di una carta telefonica, dalla shopping bag più stravagante all'armadio fatto di corda e bottoni. Presi i miei primi appunti sulle *dritte delle colleghe*, ne seguirono una lunga serie: sarei andata a curiosare lì anche io, la volta successiva.

Subito dopo essere atterrati, i colleghi prepararono *l'happy landing* in mio onore, un drink a base di spumante e succo d'arancia per festeggiare insieme la mia *prima volta.*

Rientrai a casa esultante, pronta a mostrare il mio nuovo cappello a Eva, l'unica che, più delle altre, avrebbe apprezzato l'acquisto e che me l'avrebbe sicuramente chiesto in prestito … almeno sarebbe stato usato.

Valentina dormiva sul letto, esausta dal suo volo di lungo raggio e non abituata a quel repentino cambio d'orario e di temperatura.

A Buenos Aires è inverno quando qui in Italia è estate, il fuso orario è di cinque ore.

Il suo corpo sentiva che fosse notte, dato che era stato sveglio per ben tredici ore - all'incirca la durata del volo - ma la luce del sole e quei raggi così prepotenti confermavano l'ora del pranzo, cosa insolita, dato che aveva da poco consumato a bordo la sua cena.

Questa notte non sarebbe riuscita a dormire, purtroppo nemmeno io, dato che condividevamo la stessa camera.

Il trucco sbiadito dal viso di Ludovica e i suoi boccoli, come volessero ribellarsi agli elastici ormai esausti dalla lunga tenuta, confermavano che anche lei aveva bisogno di riposo, viste le sue gambe gonfie come due palloncini a causa della pressurizzazione dell'aereo.

Non è una novità che il suo fidanzato *non volatile* -come gran parte dei futuri mariti delle hostess che non vedono l'amata da giorni- al mattino vorrebbe fare una bella gita fuoriporta a Civita di Bagnoregio, oppure riterrebbe l'ora di pranzo ideale per una breve fuga a Santa Marinella, o vorrebbe approfittare del pomeriggio libero per un giro in città e, grande idea, *un cinemino dopo cena*?

Inutile anche solo tentare di spiegare la necessità di un lungo e necessario riposo per recuperare il sonno perso, qualunque orario stabilisca il meridiano di Greenwich.

È spesso difficile far capire al fidanzato/a la nostra reale stanchezza di fine volo al limite della sopportazione, e che non si è andati a fare una vacanza di piacere, che quelle poltrone soft con braccioli e schienali reclinabili sono destinate ai passeggeri, non alle hostess, e che non abbiamo tempo per deliziarci con quel film che proiettano in prima visione.

Arriviamo esauste, il nostro unico desiderio è quello di dormire, senza distrazioni di alcun genere, perché lavoriamo incessantemente per un lunghissimo periodo, superando anche le venti ore consecutive in piedi e attraversando i fusi orari di molteplici paesi.

Apro il frigo e già degusto il *bife de lomo* (filetto di manzo) che Vale ha portato dall'Argentina e conservato in aereo all'interno di un carrello con il ghiaccio secco durante il volo.

In cucina, vedendo il nuovo coltello con la lama in ceramica e varie bustine di tè verde, intuisco il perché dei riccioli ribelli di Ludovica: il volo per Tokyo dura almeno dodici ore, neanche la sua messa in piega sempre perfetta ha resistito. Ludovica, prima di congedarsi da noi per il necessario *riposo dopo volo*, descrisse le sue impressioni su quella città così frenetica in contrasto con la delicatezza degli abitanti, con quella loro estrema timidezza che li porta spesso a ridere mettendo le mani davanti la bocca, con i loro mille inchini per salutare. Rimase colpita dai vertiginosi grattacieli, dalla moltitudine di auto e pedoni nelle strade, denominate dalle scritte incomprensibile degli ideogrammi giapponesi. Raccontò di essere stata al mercato del pesce di *Tsukiji*, il più grande del mondo, così più pulito e ordinato, di aver visto cartolerie a nove piani e bar che contengono al massimo cinque persone; di essersi persa a *Harajuku*, un quartiere alla moda nella minuscola stradina *Takeshita*, tra i negozietti di tendenza, frequentata da giovanissimi dall'abbigliamento appariscente e stravagante; di aver saputo che esistono ristoranti chiamati *Maid Cafè*, dove le cameriere imboccano i clienti, per dimostrare la loro sottomissione, li massaggiano e li intrattengono con balli e canzoni, come delle antiche geishe; invece nei *Butler Cafè* a servire le donne, in modo simile, sono i maggiordomi. Ci informò che lì i prezzi sui nuovi modelli di macchine fotografiche e videocamere sono molto competitivi e che si possono trovare anche usate, ma in perfette condizioni, come pure le ultime novità tecnologiche non ancora arrivate in Italia, e che gli orologi di prestigiose marche hanno prezzi inferiori del 35% rispetto ai listini italiani, e si trovano, anche usati con la garanzia, nei negozi denominati *Best*. Disse infine, prima di crollare sul letto per la stanchezza, che in un ristorante chiamato *Al dente*, gli spaghetti sono eccezionali, quasi più buoni di quelli italiani, e che rimase entusiasta del massaggio chiropratico fatto nella zona di *Shinjuku*.

Riportai anche queste informazioni sulla mia *lista delle dritte*.

Imparammo, con i primi voli, semplici, ma necessarie regole da seguire, che io scrissi diligentemente su un foglietto di carta e appiccicai al frigo con il magnete preso da Valentina a Buenos Aires, rappresentante due tangueri, e la scritta *Bienvenido in Argentina*, il primo dei tanti magneti provenienti da ogni parte del mondo che sommerse letteralmente il frigo, facendo in seguito perdere di vista quel promemoria che inizialmente ci fu utilissimo da consultare prima di ogni volo. Negli anni è entrato a far parte di me.

Quel memorandum diceva così:

Cose da non fare:

- Non dare mai l'impressione di aver fretta.
- Non parlare mai tra colleghi durante il servizio di episodi personali.
- Evitare espressioni annoiate o svogliate e atteggiamenti scostanti.
- Cercare di non usare mai frasi autoritarie tipo:

«Chiuda il tavolino!»

«Cintura!»

«Telefonino!» ma invitare gentilmente a seguire le direttive.

- Non parlare ad alta voce con i colleghi.
- Non scoraggiarsi nel trovare dei posti vicini a persone che viaggiano insieme facendo eventuali spostamenti e suggerire di recarsi al check-in con un certo anticipo per avere maggiori possibilità di assegnazione dei posti.

Cose da ricordare

A- Requisiti base personale navigante: capacità di garantire la sicurezza a bordo, responsabilità e professionalità.

B - Il passeggero ha bisogno di comfort psicologico, protezione dallo stress e dalla paura di volare.

C - Elementi immancabili: cortesia, attenzione e disponibilità per tutta la durata del volo.

Capimmo con il tempo, che il nostro atteggiamento è fondamentale per contribuire a risolvere un problema a bordo.

Alcuni inconvenienti e disservizi erano giustamente oggetto di lamentele da parte dei passeggeri e implicavano la necessità di un intervento: riuscire a comunicare chiaramente e cercare di risolvere difficoltà e problemi che si presentavano a bordo non era sempre facile.

Bisognava tener conto della gravità del problema, del contesto al momento, del carattere e dello stato psicofisico dell'individuo con cui ci si relazionava, perché non si conosceva mai la persona con cui ci si rapportava, la situazione che si sarebbe potuta verificare e le possibili ulteriori degenerazioni che sarebbero potute insorgere.

Con calma e determinazione era fondamentale assistere facendo proprio il problema dell'altro e presentandosi come un riferimento sicuro, capire i motivi di quanto successo e centrare il problema.

Era importante ascoltare ciò che diceva l'altro, ma anche osservare obbiettivamente la situazione, informare e spiegare con sensibilità e responsabilità, esponendo con trasparenza le possibili soluzioni.

Bisognava ricordare che spesso l'insoddisfazione del passeggero era influenzata da fattori esterni quali ritardi, transiti difficili, imbarchi disordinati, aeromobile scomodo, pulizie frettolose, quindi uno stile comprensivo e propositivo poteva aiutarci nella risoluzione del problema.

Paura di volare

Eva, un giorno di un lontano ottobre, diventò insopportabile dopo le solite discussioni che si facevano sull'ordine da tenere in casa, perché gli ammonimenti erano rivolti soprattutto a lei.

Sentivo le sue imprecazioni, condite con citazioni in lingua napoletana, in contrasto con il suo eloquio solitamente privo di inflessione dialettale.

Saranno le frequenti radiazioni cosmiche, i campi magnetici, le vibrazioni o il rumore degli aerei a darle questi cambiamenti di umore?

Ludovica, nel frattempo, decise di prenotare un massaggio ayurvedico per tonificare i muscoli, rilassare il corpo e stimolare la circolazione dall'estetista indiana che aveva adibito un locale nelle vicinanze, e mi informò che da lunedì si sarebbe messa a dieta perché Eva le aveva detto che ultimamente le appariva appesantita.

Io ero raggomitolata sul divano, con comodi abiti da casa e un cardigan maschile informe color vinaccia, un plaid sopra le gambe mi riparava dai primi spifferi invernali ed ero intenta a concedermi un distacco mentale, un rilassamento.

Non riuscivo a dormire perché l'adrenalina del *dopo volo* non era ancora passata.

All'improvviso mi assalì il ricordo della giornata appena trascorsa.

Avevo conosciuto a bordo i coniugi Lucherini: la signora Lucrezia e il dottor Massimo.

Durante l'imbarco io avevo subito notato dei segnali di tensione dai loro comportamenti: i due si accingevano a occupare il loro posto, con la schiena un po' ricurva, camminando in modo rigido, con il mento basso, il capo chino e un atteggiamento passivo, arrendevole.

Le braccia di lui erano dritte e distese rigidamente lungo i fianchi, quelle di lei erano incrociate, quasi a proteggersi istintivamente, ed entrambi si guardavano intorno, come se stessero cercando qualcosa, una via di fuga; le pupille di entrambi erano talmente dilatate da sembrare affetti da midriasi.

I movimenti del corpo erano lenti e notavo un leggero sorriso a me rivolto, che ricambiavo con garbo.

Si sedevano rigidi, appoggiati al bordo esterno della sedia, con un piede poggiato in avanti e l'altro dietro, quasi loro avessero il desiderio di scappare, cambiando continuamente posizione, come se la sedia bruciasse.

Il mio responsabile, in apparenza il sosia di James Dean, sempre allegro, ma con una nota triste quasi impercettibile nel suo sguardo, mi fece segno di occuparmi di loro.

Mi avvicinai alla coppia, chiedendo se avessero bisogno della mia assistenza, e la signora disse di no, mentre scuoteva la testa come per dire sì, e iniziò a dondolare con il busto, trattenendo il fiato quasi per non farsi notare.

Mi resi subito conto della situazione. La signora soffriva di un disturbo, abbastanza comune a molte persone, che crea svariati problemi e colpisce in modo indiscriminato: la *paura di volare.*

Avevo studiato al corso come comportarmi in questi casi: la paura eccessiva rischia di sfociare nel panico, il timore può diventare insormontabile e portare persino a una mancanza di controllo.

I sintomi provocano vertigini, nausea, nodi alla gola, palpitazioni, sudorazione fredda, tachicardia.

Pur non richiesti, diedi loro alcuni consigli sul comportamento da adottare in caso di malessere: sopprimere l'ansia non fa altro che aumentarla e bisogna, invece, accettare le proprie paure e mostrarsi a esse con un atteggiamento positivo per riuscire a gestirle e controllarle.

Inoltre, suggerii loro niente caffeina, un bel libro o un cruciverba per tenere la mente occupata.

Durante il decollo vidi i loro visi sbiancarsi e un avviso di chiamata proveniente dalla loro postazione.

Dopo essermi slacciata la cintura di sicurezza, mi avvicinai per controllare la situazione.

La signora cominciò ad aprirsi: «Scusi se la disturbo» timidamente insorse.

«Vorrei informarla che sono terrorizzata, appena avverto il minimo sbalzo ho l'impressione che il mio stomaco si spezzi in due. Il mio problema è che il vuoto d'aria mi provoca sensazioni spiacevoli. Ho necessità di prendere l'aereo per andare a trovare mia madre, molto anziana, in Germania, e non posso farne a meno.»

Vidi che si passò le mani tra i capelli e iniziò a tormentarsi una ciocca con un arrotolamento frenetico.

Il marito la cinse quasi per coccolarla, un po' ingobbito e impacciato con le labbra contratte e le mani sudate, mostrava, anche lui, chiari segni di disagio.

«È pericoloso il temporale?» mi chiese con un volume molto basso, mangiandosi pezzi di parole, a sillabe e con continui movimenti dei muscoli facciali.

Le mani del marito iniziarono a tamburellare con le dita sopra il tavolino di fronte.

Con tono fermo e deciso dissi: «No, è tutto sotto controllo, non saremmo partiti se ci fosse stato un qualsiasi pericolo. È tutto sotto controllo» ripetei.

«La pioggia non creerà nessun problema alla nostra sicurezza, qualche spiacevole sensazione di fastidio sarà data dal vento, che provocherà un normalissimo dondolio.»

Rientrai nel *galley* per organizzare il lavoro insieme al collega.

La signora mi raggiunse poco dopo.

«La prego, mi aiuti! Vorrei urlare, piangere. Ogni volo è una tragedia e io inizio a essere nervosa anche un mese prima della partenza, al solo pensiero di fare la valigia. Ho vergogna di questo, ma non so come fare. Vorrei sparire!» implorò con fervore e umiltà.

«Stia tranquilla, potrebbe avere l'impressione che l'aereo sobbalzi, ma è solo l'aggiustamento della quota.»

Mi accostai lentamente, fino ad arrivarle accanto, senza esitazioni.

Con tono basso, in modo chiaro e scandendo bene le singole parole: «Non si preoccupi, ci sono qua io» le dissi, incurvando leggermente le spalle e avvicinandomi per provare a dare l'aiuto desiderato, cercando di dissolvere quel suo imbarazzo, rilassare le sue ansie.

Rispettavo la sua paura irrazionale e comprendevo il disagio.

Le afferrai il braccio fermamente, stringendolo delicatamente con entrambe le mani e la guardai negli occhi per stabilire un maggiore contatto.

La riaccompagnai al suo posto.

La signora assomigliava alla mia mamma, stessa età, molto educata, apparentemente fragile e in questa occasione fu facile entrare in sintonia con i suoi sentimenti.

Durante il volo, io passai in cabina più volte, accompagnandola con lo sguardo per tranquillizzarla.

Mi richiamò all'ennesima vibrazione e io cercai di togliere quei dubbi e timori che persistevano e trasparivano dalla sua postura sempre irrigidita.

Le dissi che la sicurezza in aereo ha un livello altissimo, che i controlli tecnici e la manutenzione sono continui, e i piloti perfettamente addestrati.

Durante la preparazione della cabina per l'atterraggio chiese con finta nonchalance:

«Saranno normali, questi frastuoni, o c'è qualcosa che non va bene?»

La informai sulla provenienza di tutti i rumori che avrebbero potuto provocare diffidenza: il posizionamento del carrello, l'apertura dei portelloni, l'accelerazione e le variazioni dei motori, la fuoriuscita dalle ali dei *flaps* e *slats*, lo scampanellio del nostro microtelefono, gli avvisi di chiamata dei passeggeri.

Sentivo che apprezzava sapere queste notizie, pur continuando a rosicchiarsi le unghie, senza accorgersene.

La invitai a inspirare ed espirare profondamente e lentamente per ossigenare il corpo affinché i muscoli si rilassassero, aggiungendo cenni sulla tecnica del *training autogeno* per un rilassamento progressivo.

La signora adesso appariva seduta in maniera più comoda, più a proprio agio, come anche il dottor Lucherini, seppur nel suo volto permanesse un'espressione incerta, un po' di plastica, con la parte destra del suo sorriso leggermente posizionata più in alto di quella sinistra.

«Lei è il nostro *angelo dei cieli*» disse.

In discesa ci fu solo qualche lieve scossone dovuto all'attraversamento della perturbazione e il volo terminò con un atterraggio morbido.

«Signore e signori, benvenuti. Vi auguriamo un piacevole soggiorno.»

Arrivammo in perfetto orario a Francoforte.

La signora, prima di varcare la porta d'uscita, mi abbracciò con discrezione ed eleganza e mi disse: «Grazie.»

Ero io a provare riconoscenza per la sua amabilità.

Il marito mi strinse la mano con vigore e con una ritrovata forza, sprigionando la classe che lo aveva contraddistinto fin dall'inizio.

«Arrivederci!»

Questi erano i ricordi del volo appena fatto, che riappaiono improvvisi in mente quando stai per riassaporare il tepore di casa. Improvvisamente sentii la porta sbattere.

Eva era uscita.

Poggiai la coperta sopra il viso per attutire la luce che entrava dalla finestra.

Finalmente a casa.

Questo è ogni volta il momento in cui pian piano i pensieri iniziano a scivolare via: altrove.

E' tutto finito. Per oggi è tutto finito.

Il mio lavoro ha molteplici difficoltà, ma di sicuro un lato apprezzabile: quando hai finito non te lo porti a casa. Non hai più nessun compito da svolgere una volta arrivata – eccezion fatta per gli studi da compiere ricorrentemente per l'addestramento - e questo è molto rasserenante. Quando scendi le scalette dell'aereo lasci tutto lì, da quello stesso istante puoi tornare a te stessa.

Restano solo i ricordi.

E io ogni volta chiudo gli occhi, e quando sto per addormentarmi, il buio donato dalla mascherina sugli occhi mi pervade come una tessuto che pian piano ricopre ogni cosa: è invitante, ravviva la memoria delle cose belle, mi avvicina dolcemente alla quiete e mi aiuta a riappacificarmi con la stanchezza: a riavvicinarmi a me stessa, a ritrovarmi. In quei momenti, quella pace e quel silenzio reidratano la mia anima.

Era giunto, così, il momento di rilassarmi.

Stavo quasi per assopirmi perdendomi tra i miei pensieri, considerando che volare molto frequentemente - delimitati e costretti all'interno di un aereo - possa essere considerato innaturale, il timore di sviluppare individuali paure inconsce e remote è del tutto lecito.

E come spesso accade ancora oggi, nella ricerca di me rammentai in quel momento, episodi del mio lontano passato, comprendendo ancora una volta quanto sono capaci di influenzarti praticamente per tutta la vita.

L'adolescenza

Da giovane, l'avere sempre poco tempo a mia disposizione fu motivo di sofferenza perché mi sentivo come prigioniera dei pochi spazi personali e dei brevi momenti di libertà concessi, poiché dovevo attentamente e assolutamente rispettare gli orari imposti.

Non ero padrona del mio tempo.

Ricordai che fino ai diciotto anni il mio orario di ritorno, nei pochi sabato sera in cui mi era permesso uscire, era al massimo le ventidue e trenta.

I miei amici si riunivano alle ventuno per decidere dove andare a mangiare, inesorabilmente eravamo tutti seduti a tavola non prima delle ventidue.

Avevo sempre fretta, diventavo nervosa se il cameriere tardava ad arrivare, non riuscivo a godere della compagnia degli altri perché sapevo che sarei dovuta rientrare troppo presto.

Mi era concesso solo il tempo per ordinare, sperando in un celere servizio che mi permettesse almeno di assaggiare quella pizza, anche se avevo perso l'appetito perché il mio stomaco iniziava a essere teso e i succhi gastrici a rimescolarsi per l'agitazione.

In ogni modo, io mi alzavo da tavola già in perfetto ritardo per raggiungere casa all'orario concordato.

Era sempre difficile convincere qualcuno ad accompagnarmi interrompendo la cena, ma l'orario di rientro era inderogabile e categorico e io non possedevo nessun mezzo di trasporto.

Durante il tragitto fino a casa non veniva osservato nessun divieto di velocità, sotto mia incosciente supplichevole richiesta. Spesso la luce rossa dei semafori veniva superata con sconsiderata incoscienza.

Avevo il terrore della velocità in auto, e mi è rimasto anche adesso. Vedevo sfrecciare, come dentro un incubo, quelle luci serali; i fari delle altre macchine e quei lampioni passavano troppo velocemente ai miei occhi.

Era il prezzo da pagare per evitare le umiliazioni e i feroci rimproveri al mio ritorno; se solo mi fossi azzardata a sgarrare, avrei trovato la porta di casa chiusa dall'interno e io sarei stata costretta a inventare qualsiasi scusa per cercare di non vedere quella smorfia minacciosa sul viso di mio padre, indispettito della mia disobbedienza, della mancanza di rispetto, oltre che sicuramente preoccupato.

Intimidazione, punizione e condanna si manifestavano ripetutamente con urla, schiaffi e nuovi e più rigidi divieti.

Tutto questo anche solo per un ritardo di pochi minuti.

Pochi minuti.

Sicuramente papà è stato troppo severo.

Ricordai il giorno in cui ero felicissima di aver avuto il permesso di poter partecipare alla festa di compleanno della mia migliore amica, erano giorni che cercavo di persuaderlo.

Lì avrei incontrato un ragazzino, un compagno di classe che mi piaceva tanto.

Pur facendo attenzione che il mio abbigliamento tenesse conto delle preferenze paterne, o forse sarebbe meglio dire rigidezze, quindi gonna non troppo corta, vestiti non attillati e scarpe senza tacco, decisi di sperimentare una trousse da trucco che mi era stata regalata.

Le mie mani inesperte esagerarono nello spennellare sulle guance quel fard così rosa e così piacevole ai miei occhi, e quel rossetto così brillante, così rosso sulle mie labbra mi faceva sentire più bella, un tocco di rimmel sulle ciglia avrebbe completato l'opera.

Avevo sedici anni e quel trucco risultò orrendo agli occhi di papà, inadeguato per la sua bimba che aveva tentato di apparire una ragazzina troppo seducente.

Stizzito, strofinò la sua mano con forza sopra la mia bocca distribuendo il rossetto sulle guance per cercare di cancellare quello che avevo accuratamente dipinto sul mio volto.

I miei occhi cominciarono a lacrimare e un alone nero si formò sulle palpebre ormai gonfie dal pianto; mi guardai allo specchio del bagno e vidi la maschera di un clown.

Dopo essermi lavata con un sapone che bruciava gli occhi, ma che tolse tutte le macchie residue del mascara e del rossetto, ebbi finalmente il permesso per poter partecipare e andai a quella tanto agognata festa un pò arrossata e tumida, ma priva di trucco.

Non riuscii a divertirmi.

In quel periodo adolescenziale quanto avrei desiderato fuggire, andare lontano, partire, viaggiare, vivere da sola.

I sogni, armati di caparbietà e forza d'animo, si avverano, non sempre, ma ho capito, quel giorno, dove e quando nascono.

A poco a poco, giorno dopo giorno, mese dopo mese, anno dopo anno, apprendevo notizie importanti ed esperienze necessarie per riuscire a relazionarmi meglio con i miei colleghi e con i passeggeri che avevano personalità e caratteristiche multiformi ed eterogenee.

Ben presto compresi, tuttavia, che l'organizzazione base della mia vita si decideva a fine mese, attraverso l'atteso, sempre con molta impazienza, *foglio turni*: un tabulato apparentemente anonimo e freddo che rende nota la programmazione lavorativa del mese successivo.

La compagnia aerea inseriva le comunicazioni ufficiali nelle caselle personali, una sorta di distesa di infinite cassette della posta collocate in una stanza degna di un film giallo presso l'aeroporto, ultimamente sostituite attraverso le e-mail.

Il *foglio turni*, vagheggiato mese dopo mese, mi regalava ansia, spesso entusiasmo e grandi aspettative, a volte delusioni per quei riposi , quei voli richiesti, quelle agognate ferie richieste che non venivano sempre approvate.

Tutti gli appuntamenti, gli impegni, i matrimoni di cui sarei potuta essere anche la testimone, le eventuali finali delle partite di calcetto, i biglietti prenotati per la prima a teatro, l'addio al nubilato della mia migliore amica, il compleanno di un eventuale fidanzato, il pranzo di Natale, l'anniversario dei miei genitori, la settimana in multiproprietà in montagna, il corso di tango del giovedì pomeriggio avevano spesso ben poche possibilità: la partecipazione a tutti gli eventi doveva ogni qualvolta adattarsi alle decisioni prese dal computer della Compagnia del gruppo lavorativo.

Da quel momento era possibile accettare o declinare inviti, prendere appuntamenti importanti, stabilire orari destabilizzanti per andare in palestra, fare i salti mortali per arrivare in orario in qualsiasi posto, o raggiungere, seppur in ritardo, la riunione di condominio, dire addio al torneo di briscola, ma in compenso avere la soddisfazione di vedere Gigi Marzullo, svegli come lepri dato il fuso orario.

I giorni di riposo in un mese erano all'incirca dieci, mentre per i residui venti si metteva la divisa.

Io, Eva, Valentina e Ludovica speravamo sempre di avere orari e giorni di partenza sfalsati l'una dall'altra, sia per avere maggiore spazio in casa, che per una migliore organizzazione dei tempi sul principale inconveniente: soggiorno prolungato nel bagno.

Era facile che un volo iniziasse molto presto la mattina e la sveglia, all'alba, si metteva abitualmente un'ora prima.

Dopo una colazione velocissima e una bella doccia rinvigorente, s'indossava la divisa preparata il giorno precedente, controllando che le scarpe fossero lucide e le calze non fossero stinte dai lavaggi o danneggiate.

Gran parte di noi aveva un *segreto inconfessabile*: la camicia era indossata dentro gli orribili collant, spesso graduati per evitare l'insorgere di vene varicose e gonfiori dovuti alla pressurizzazione, perché solo così si poteva evitare la fuoriuscita della camicia dalla gonna quando venivano alzate le braccia per sistemare i bagagli per aiutare i passeggeri.

Sotto la gonna eravamo inguardabili!

Sistemato l'abbigliamento, si passava al trucco accurato, ci si preoccupava che i capelli fossero in ordine, poi si controllavano i documenti.

Nella borsa a mano non dovevano mancare abitino di volo, torcia, libretto annunci, manuale operativo, calze di ricambio, scarpe con tacco più basso per le tratte più lunghe, guanti di pelle da indossare. In aeroporto al *Crew Briefing Center*, centro di raccolta di tutti gli equipaggi, in ciascuna delle salette riservate iniziava appunto il *briefing*.

Ci si riuniva per conoscere l'equipaggio, ci si presentava, si discuteva sulle criticità del volo, sulle condizioni meteorologiche, si veniva informati sugli aspetti commerciali, sul tipo di servizio e sui passeggeri che ci sarebbero stati a bordo.

L'inquadramento era di tipo quasi militare, esisteva una gerarchia e come tale doveva essere rispettata.

A capo di tutto l'equipaggio vi era il comandante, poi il copilota, a seguire gli assistenti di volo, in base al loro grado.

Tutti gli assistenti di volo, per quanto riguarda il servizio fornito e il rapporto con i passeggeri, avevano come punto di riferimento il responsabile del proprio settore lavorativo che collaborava con il capo cabina, il quale dirigeva tutto l'andamento del volo e manteneva i contatti con il cockpit, la cabina di pilotaggio, cioè i piloti.

A fine volo, ogni assistente era sottoposto a un giudizio scritto e controfirmato, dove venivano valutate la professionalità, le competenze tecniche, la conoscenza della lingua straniera, l'assistenza data ai passeggeri e se l'aspetto estetico era conforme alle normative.

E fu così che gli anni passarono, volo dopo volo, incontri su incontri, fusi orari e notti insonni, lingue diverse tra loro, paesi torridi e continenti gelidi, cibi speziati e sapori delicati, cieli sereni e turbolenze insospettabili.

Una vita imprevedibile

Arrivò la primavera e dopo un rigidissimo inverno avrei finalmente ritrovato asciutta la valigia che sottobordo è indifesa contro le precipitazioni atmosferiche, in quel breve lasso di tempo che gli addetti al carico necessitano per posizionarla nel vano cargo.

Sarebbe stato splendido passare il periodo pasquale con Valentina che era di riposo quel weekend.

Mi era stata assegnata una *riserva* a casa ed ero nell'attesa di sapere in quale città del mondo avrei dovuto dormire quella stessa notte.

Avevo ormai ben compreso che la vita privata e le necessità di tutti i giorni si caratterizzavano per la loro mutevolezza e variabilità: dovevano adattarsi continuamente ai cambiamenti.

È davvero difficile, per un navigante, stare dietro a tutto - specialmente per chi ha famiglia e figli - e questo accade soprattutto in quel periodo in cui viene assegnata la famigerata *riserva*, cioè la possibilità di affrontare immediatamente un volo a causa di una sostituzione improvvisa del personale in servizio dovuta ad infortunio, indisposizione, o altro.

Per riserva si intende l'attesa giornaliera, senza certezza, di poter partire per un qualsiasi turno di una qualsiasi destinazione, con un preavviso di un'ora per potersi preparare, fare la valigia e organizzare un'assenza da casa, per una durata anche di sette giorni.

Non è quindi così piacevole sentire lo squillo del telefono che potrebbe disattendere le tue tormentate speranze di un pranzo in famiglia o una cena da passare con amici.

L'ufficio turni, che regola e organizza tutte le partenze, ha questo compito e, date le varie difficoltà operative dovute a occasionale assenza di personale di volo, distribuisce gli avvicendamenti provvisoriamente scoperti di persone in servizio. La riserva può iniziare anche alle cinque della mattina e il trillo del telefono a quell'ora è davvero agghiacciante, quindi la valigia base con il minimo essenziale indispensabile dovrebbe già essere pronta per evitare facili dimenticanze, nella fretta di essere pronti in tempo.

Un maglioncino di lana e un costume da bagno saranno comunque utili per qualsiasi destinazione.

Il beauty case deve essere sempre a disposizione e bisogna ricordarsi di sostituire il dentifricio, quando sta per terminare.

Importantissime le camicie di ricambio della divisa pulite e stirate per il volo di ritorno e un paio di scarpe comode adatte per ogni temperatura, camicia da notte e trucchi.

Ormai riempivo la valigia quasi a memoria.

Comunque sia, ero - e ancora oggi sono - convinta di fare uno dei lavori più belli del mondo: pur con tutte le difficoltà e i lati negativi, pur con il continuo fare e disfare le valigie, o con la voglia di ritornare a casa, pur con il desiderio sempre presente di rivedere le persone care. Non sono fatta per la routine e il mondo non smette mai di incuriosirmi, la condivisione di vedute con altri mondi e con persone sempre diverse mi galvanizza, inoltre i rientri a casa mi regalano sospiri e gioia inusuale rispetto a coloro che la frequentano giornalmente, le piccole cose quotidiane acquistano valori immensi.

La quotidianità, intanto, incalzava.

«Partirò, non partirò?», mi chiesi quel giorno.

Nulla, nessuna comunicazione, non una telefonata da parte dei turni.

«Almeno oggi potrebbero avvertirmi con un pò d'anticipo, è Pasqua!»

Nervosa e leggermente spazientita, provai a mettere in valigia le cose che mi sarebbero servite per qualsiasi destinazione, piegai le camicie e, se da una parte speravo ardentemente di non partire, dall'altra avevo il desiderio di scoprire immediatamente la destinazione, qualora non avessi avuto la possibilità di restare a casa.

Alle quindici di un lunghissimo pomeriggio, Valentina corse ad avvertirmi: «Ha chiamato la *guardia operativa*, ti hanno cambiato il turno, sei di *riserva in campo* e hai la presentazione alle diciassette! Beh, direi che tu sia fortunata, hai quasi due ore per prepararti e raggiungere l'aeroporto.»

Aprii immediatamente l'uovo di cioccolato per vedere la sorpresa e, per avere la sensazione di aver passato quella festività a casa, ne mangiai quasi la metà, poi mi *fiondai* in camera con il cuore che iniziava a battere sempre più forte per la fretta.

Cercavo nei cassetti pezzi molto pratici, da mettere tutti i giorni, versatili: con la *riserva in campo* questa volta si parte in modo immediato e con solo pochi minuti di preavviso direttamente dall'aeroporto, con già la divisa addosso: bisogna quindi fare la valigia ancor prima di sapere la destinazione.

Nel medesimo momento in cui i miei parenti riuniti per la festa avrebbero assaggiato una meravigliosa colomba farcita alle mandorle, io non sapevo nemmeno se mi sarei ritrovata a guardare Parigi dalla torre Eiffel, ai piedi dell'Empire State Building oppure su una spiaggia di Copacabana.

«I jeans, una cintura, l'intimo di riserva, una camicia blu, sì una maglietta bianca, anche quella nera perché porterò la borsa e le scarpe nere che si abbinano su tutto, un costume da bagno, una sciarpa grigio perla e un pullover dello stesso colore che sopra una gonna dà un look ordinato e sobrio... e se dovessi incontrare quel bel collega pendolare su Milano?»

Buttai dentro anche la camicetta a fiorellini rosa e verdi che era appoggiata sulla sedia.

Non avevo tempo di fare la piastra, non avrei incontrato proprio oggi quel tipo.

Partendo si è comunque costretti a mettere in valigia il minimo indispensabile, e così rinunciavo per giorni al mio cuscino preferito, alla vista dei fiori del giardino, ai libri sparsi sul comodino che dovevo ancora leggere, al caffè che bevevo la mattina affacciata alla finestra della cucina, ai miagolii del mio gatto quando fa le fusa, ai quadri colorati del soggiorno, a quelle bellissime scarpe con il tacco che già sapevo sarebbero state comunque troppo scomode dopo il volo.

Avevo tuttavia sempre la tentazione di portarmi tutto il possibile, e presi con me anche una scatoletta di tonno, che non si sa mai: avessi fatto tardi e trovato tutto chiuso, mi avessero abbandonato i colleghi, o fosse scoppiato un terremoto, in qualche modo quel piccolo recipiente di latta mi infondeva sicurezza.

Arrivai trafelata in aeroporto e realizzai che, secondo i turni assegnati, avrebbero potuto impiegarmi per quattro giorni consecutivi.

Io, nella fretta, avevo portato solo un paio di pantaloni, avevo dimenticato persino il caricatore del cellulare e l'immancabile *trench bon ton* con gli interni leopardo.

«In Europa la temperatura sarà già abbastanza calda?» mi chiesi.

Il caso contrario sarebbe stato, peraltro, un'ottima scusa per un eventuale shopping.

Raggiunsi il *briefing* - il nostro centro di accoglienza - firmai la mia presenza e mi disposi nella sala adibita dove, su comode poltrone di pelle nera reclinabili, attesi insieme con altri colleghi in divisa di essere chiamata per partire nell'eventualità di qualche urgenza o malore improvviso di un altro membro d'equipaggio.

Squillò dopo qualche ora il telefono: *vinsi* una Roma/Tunisi.

Decisi di andare prima in aeroporto alle partenze nazionali per comprare in farmacia dei cerotti da mettere sopra il tallone, per il dolore lancinante provocato dalle scarpe nuove appena acquistate, che scoprii, solo allora, non perfettamente adatte.

Mi accinsi a fare un'altra scoperta.

Mai provato a passare in divisa in un qualsiasi aeroporto?

Rimasi bloccata per una ventina minuti, rispondendo a tutte le domande che chiunque mi incontrasse, mi rivolgeva: dove fossero dislocate le farmacie, le fermate dei taxi, gli autobus per Ostia, le toilette, i gate d'imbarco; le richieste si susseguirono, benché io spiegassi di essere una hostess di volo, non di terra, peraltro in ritardo sul volo.

Dovetti quindi rinunciare ai cerotti e corsi trafelata e zoppicante a bordo.

Il gruppo dei colleghi era già formato, erano affiatati perché in avvicendamento già da due giorni, e io, arrivata all'ultimo momento come un *jolly*, ero vista inizialmente quasi un'intrusa, trattamento peraltro abituale per le *riserve*.

Cercai di integrarmi ed entrare con gentilezza nell'armonia che percepivo esserci tra loro.

Mi presentai al comandante in cabina di pilotaggio e poi con tutti i compagni di lavoro, sfoderando il mio miglior sorriso.

La collega che lavorava nella mia zona, in fondo all'aereo, aveva un aspetto delizioso, fisico armonioso, fianchi perfetti, lineamenti delicati, capelli di un bel castano ambrato, occhi verdi truccati con una matita marrone scuro, che delineava i suoi colori chiari e un naso dritto, poco pronunciato.

Prima dell'arrivo dei passeggeri rimanemmo a chiacchierare e, come sempre, svelammo qualche piccolo segreto delle rispettive vite private.

Abitualmente in aereo - tra noi assistenti di volo - fin da subito si instaura un rapporto particolare: è come un filo invisibile che ci fa sentire parte di una grande famiglia che non ti lascerà mai solo. Siamo disposti ad ascoltarci, capirci con uno sguardo, regalare un abbraccio, ridere per sciocchezze, sdrammatizzare, recuperare l'ironia, ritrovare il sorriso, liberare la mente dagli affanni della lontananza.

La collega mangiò una mentina, me ne offrì una, si spruzzò il profumo che aveva in borsa, mise la crema per le mani e andò in bagno a rinfrescarsi il trucco, già perfetto.

Demmo una sbirciatina ai titoli di stampa di un quotidiano ritrovato nel *galley*.

Arrivarono i passeggeri, ci disponemmo in cabina e li accogliemmo: «Benvenuti a bordo!»

Il volo era pieno, in quel periodo erano tutti in partenza per le vacanze e, dopo l'imbarco, mi allacciai la cintura pronta per il decollo.

Appena prima che l'aereo assumesse un assetto che consentiva lo stare perfettamente in equilibrio, fummo tutti in piedi per preparare i carrelli, scaldare i pasti della prima classe e offrire i *welcome drink*.

Presi anche, purtroppo, contatto con qualcosa che ha poco a che fare con il mondo del volo e molto più con una generalizzata idiozia diffusa in ogni ambiente: un passeggero con il quale ero stata solo ed esclusivamente gentile in modo comunque professionale, ad un certo punto mi poggiò la mano sul sedere e, reprimendo l'istinto di afferrare il suo polso e rotearlo di 180 gradi, preferii, essendo ancora alle prime armi, limitarmi a gelarlo con lo sguardo, biasimarlo a bassa voce per il suo comportamento e minacciarlo di denuncia, a denti stretti, se il fatto si fosse ripetuto. Iniziai con il chiedermi, quel giorno se non fossi stata io stessa, magari eccedendo nella confidenza, a creare in lui la convinzione che potesse permettersi questo gesto offensivo: come qualche volta accade, mi stavo inutilmente colpevolizzando e risposi a me stessa che nulla avrebbe mai potuto consentire a nessun altro un approccio del genere.

Mi chiamò poi il responsabile di cabina perché lampeggiava un avviso d'incendio in bagno. Speravo di non essere costretta a usare l'estintore per domare un ipotizzabile principio di fuoco, ma nella mia mente avevo già focalizzato la collocazione degli equipaggiamenti necessari più vicini a me; mi accostai con cautela e, dopo aver bussato, aprii risolutamente la porta e trovai un uomo sulla cinquantina che aveva ancora la cicca in mano e un persistente alito di fumo emanato anche dai suoi vestiti; proferì risolutamente le scuse per il disguido e corse a sedersi.

Una vecchietta chiese di riavere il suo bagaglio, posto sulla cappelliera, perché l'olio d'oliva extravergine imbottigliato al suo paese d'origine stava gocciolando dall'alto, mentre un ragazzino urlava perché la mamma lo costringeva a tenere ancora la cintura di sicurezza allacciata.

Bisognava fare tutto in fretta, l'atterraggio era imminente.

Il passeggero al posto 5B disse di non aver fame adesso, e chiese di *mangiare dopo*: restai sbigottita, ma era solo l'inizio di una interminabile serie di *stravaganze* che negli anni hanno accompagnato e continuano ad accompagnare quasi ogni volo.

Bisognava riporre i carrelli e tutti i vassoi, fare gli annunci, contare e piombare tutte le bevande alcoliche prima dell'atterraggio e compilare il modulo che, a prima vista, mi apparve complicato.

«Dove saranno i sigilli? Come si fa a inserirli correttamente nella fessura? Dove scrivo il numero per la dogana? Quali documenti devo controllare? Servono le carte di sbarco?»

La mia acerba esperienza mi portava spesso a chiedere aiuto alla collega.

Zaira mi spiegava tutto con calma, con i suoi modi delicati, quasi investendomi con la luce del suo fascino; conosceva alla perfezione le dinamiche del servizio e le procedure d'emergenza, e mi mostrò persino, con estrema disponibilità, la dislocazione di tutti gli equipaggiamenti.

Era una donna non più tanto giovane, penso che avesse superato da tempo i quaranta anni, ma questo non rappresentava un problema per lei né appariva turbata dagli anni che passavano. Anzi, credo che sapesse, in modo rilevante, di poter meglio contare sulla sua esperienza e solidità intellettuale piuttosto che sulla bellezza fisica che, in forma evidente, aveva posseduto in giovinezza.

Avvertivo dentro di me che lei conosceva chiaramente come controllare le emozioni, come tenerle sotto controllo e adeguarle alle circostanze.

Seppi che aveva affrontato, di recente, un problema molto grave: il suo compagno, che amava molto, era stato investito da una macchina che correva a folle velocità incurante delle strisce pedonali, e colpito in pieno.

Coma profondo fu la diagnosi, secondo i medici irreversibile.

Zaira aveva trasformato il suo dolore in silenzio, un suono muto. E aveva continuato ad amarlo, e lo avrebbe amato per sempre, anche sapendo che non avrebbe mai più potuto viverlo come prima.

Lei parlava poco, ma riusciva ugualmente a sfoggiare un incredibile sorriso alla vista dei passeggeri, in perfetto standard di servizio, mostrando empatia e calore con tutti; la sua maturità infondeva sicurezza.

Non dava mai giudizi affrettati su una persona, era una perfetta *padrona di casa*, sempre disponibile; indossava la divisa in modo impeccabile con le scarpe lucide e i capelli ordinati, unica eccezione alla regola un piccolo bracciale in oro bianco di Tiffany & Co., regalatole in occasione di un anniversario.

La osservavo cercando di carpire la sua forza e quello stile così elegante nel modo di porsi agli altri, così femminile, molto professionale.

Riusciva a mettersi nei panni degli altri ed evitava prudentemente la polemica, offriva sempre attenzione e solidarietà.

Come da manuale, certo: quel manuale dell'esistenza che ognuno di noi legge e al contempo scrive dentro di sé.

L’avrei presa sempre ad esempio e fu, a sua insaputa, il mio punto di riferimento sul piano lavorativo. Lo è ancora oggi.

Lei era speciale, diversa.

Soprattutto da alcuni altri miei colleghi più *anziani*, non molti, per fortuna, attraverso i quali infatti - ben presto - mi resi conto che il *nonnismo* non è un fenomeno solo militare.

Le hostess cosiddette *allieve* o *stagionali*, in altre parole quelle ai primi voli, ai miei tempi, erano soggette a leggere forme di malcelato sopruso, una sorta di gavetta iniziale.

Sui voli intercontinentali di lungo raggio del *boeing 747* avevano il compito di tagliare i limoni ed erano destinate prevalentemente a controllare e scaldare i pasti nel *galley*, per questo infatti erano nominate le '*ghelliste*'.

Tolleravano, di buon grado, qualche scherzo da parte dei colleghi più anziani e burloni: spesso venivano impegnate in faticose ricerche per il ritrovamento di materiale non esistente a bordo, ad esempio le sedie, oppure un’introvabile scopa che sarebbe dovuta essere collocata nel vano elettrico, un posto quasi irraggiungibile e di difficile accesso che si trovava sotto una pesante botola sul corridoio; altre volte le richieste erano per prestazioni su presunti compiti da effettuare non previsti, e dei quali non erano a conoscenza; il tutto condito con allegria, spirito di gruppo, stima e rispetto reciproco.

Le più giovani, quelle con il contratto a tempo determinato erano costantemente sotto controllo, e una sola valutazione negativa avrebbe potuto non garantire l’ingaggio per la successiva stagione, quindi soffrivano per la precarietà e insicurezza che offriva questa situazione, aggravata ulteriormente dalle continue crisi economiche e politiche che si susseguono nel nostro paese.

Queste ragazze dovevano essere sempre reperibili, anche durante il periodo in cui non lavoravano, affinché la compagnia aerea avesse potuto contattarle per un improvviso rientro lavorativo, e dovevano essere pronte a organizzarsi in poco tempo nel trovare una sistemazione nella città della base di partenza richiesta. Io, per fortuna, ero ormai già stata assunta a tempo indeterminato, e non subivo le stesse angherie.

Le loro schede valutative contenevano criteri molto più severi e loro dovevano dimostrare manifesta motivazione e interesse nel far bene il proprio lavoro, mantenere inequivocabilmente comportamenti e atteggiamenti sereni e collaborativi con i passeggeri e l'equipaggio, mostrarsi costantemente premurose e sorridenti, parlare in modo corretto e garbato e ricercare opportunità di contatto, anche al di fuori dei servizi richiesti, dovevano riconoscere e rispettare senza eccezioni le gerarchie di bordo, e prepararsi adeguatamente e con diligenza per il volo.

Piccole note negative avrebbero potuto evidenziare la necessità di qualche approfondimento sulla personale formazione, sulle norme tecniche, sul servizio da erogare oppure sulle competenze linguistiche, mettendo a rischio la loro assunzione definitiva.

Solitamente i più *anziani*, i colleghi con più anni di lavoro alle spalle, possedevano principale rilevanza e disponevano di maggior potere a bordo.

Conseguire una lunga esperienza lavorativa era un valore aggiunto, un bene prezioso: l'anzianità, in questo ambito, migliora le qualità professionali perché dona una forte padronanza delle situazioni, un'elevata competenza, e aiuta a prevenire e a gestire i problemi con più facilità e tempestività, anche se qualche volta capita che qualcuno si approfitti di questo potere, purtroppo.

Rientrai a casa e, incontrata Valentina, avrei avuto una dura conferma di questo.

I *rientri a casa* sono un momento particolare, e nonostante gli anni, avrei compreso poi, hanno sempre lo stesso impatto.

«Ciao Vale, com'è andata? Sembri distrutta, speravo che ti fossi divertita quei cinque giorni alle Maldive.»

«L'isola è stupenda: spiagge di sabbia bianca, distese di palme, acqua caldissima, panorama straordinario. Ma ora sono stanca, Anna: non vedo l'ora di strapparmi di dosso questa divisa.»

Così mi disse Valentina, da poco rincasata, togliendo prima le scarpe e lanciando i collant sul pavimento. Sembrava turbata.

«Aspetta, ho bisogno di qualche minuto, sistemo la valigia ti raggiungo.»

Eva, intanto, era distesa sul letto in camera sua. Non riusciva a prendere sonno, e si alzò per bere dell'acqua. Rientrata da Hong Kong, mi raccontò brevemente di aver ballato insieme ai colleghi alla discoteca Joe Banana e di aver visitato l'isola di Kowloon, vicino l'albergo.

Eva raccontò di uno strano accadimento: aveva incontrato una collega di nome Rebecca, a bordo. Erano in servizio nello stesso equipaggio.

Rebecca io la conoscevo bene. Eravamo vicine di casa a Fregene e, qualche volta, avevo intravisto la sorella gemella: identiche come due gocce d'acqua. Lei stessa mi raccontava che fin da piccole venivano scambiate da tutti, nessuno riusciva a riconoscerle, tranne la loro mamma.

Anche a scuola riuscivano a prendere in giro i professori nelle interrogazioni, andando in bagno e scambiandosi sia i vestiti sia il banco al rientro in classe, solo un piccolo neo sul naso di Rebecca poteva far scoprire la reale identità, ma era possibile disegnarlo sul viso della sorella, con l'aiuto di una matita nera per il trucco. Anche la voce era uguale.

Eva proseguì: «L'ho guardata negli occhi appena arrivata a bordo, e lei non mi ha riconosciuto. Con un sorriso le sono andata incontro, per salutarla.»

«Le ho detto *ma Buongiorno!* E con un semplice *Buongiorno* mi ha risposto lei, molto sbrigativamente.»

Eva aggiunse anche di aver notato che la divisa non le stava proprio a pennello e di aver constatato un malcelato disagio nel muoversi, come di chi si ritrova in un ambiente poco conosciuto.

«Rebecca teneva le distanze da tutti. Dalla lista, credo avesse la sorella a bordo, passeggera del volo».

Dopo poco, tuttavia, mi disse che *ritrovò* la Rebecca che aveva sempre conosciuto, al rientro dalla toilette, apparendo leggermente più magra di come le fosse apparsa pochi minuti prima.

Ho sentito in giro che anche la sorella abbia sempre avuto il desiderio di fare il nostro lavoro, e che all'inizio avessero fatto le selezioni insieme, superandole entrambe, ma la commissione esaminatrice non poté assumerle entrambe per precise norme di regolamento, infliggendo una grande delusione all'esclusa.

Ipotizzammo che per un giorno Rebecca avesse *regalato* alla sorella una breve *passeggiata in cabina nelle vesti di hostess*. Ma anche che non ne avremmo mai parlato con nessuno esplicitamente, e che questa sarebbe rimasta per sempre solo una delle tante leggende dei cieli.

Dopo ogni volo è necessario del tempo, per riappropriarsi di quella realtà quotidiana che è stata interrotta, e che inevitabilmente dopo giorni si ritrova modificata: bisogna riadattarsi a riprendere i ritmi abituali, ricollegare i fili che erano rimasti sospesi, ricollocarsi nell'ambiente, adeguarsi al clima attuale, rilassarsi, riposarsi, e rintanarsi in quello che viene percepito come un rifugio accogliente e conosciuto: si ha il bisogno di *prendere contatto con la casa*, e ognuno lo fa a modo suo.

Ascoltare i messaggi della segreteria telefonica, leggere un quotidiano, telefonare a un amico, sdraiarsi sul divano dopo aver slegato i capelli e massaggiarsi i piedi era l'abitudine di Valentina.

Ludovica invece doveva subito disfare la valigia e mettere nel portabiancheria gli indumenti sporchi suddivisi tra i lavaggi a mano e quelli in lavatrice, per poi rilassarsi pulendo con un panno le scarpe prima di riporle nell'armadio.

Eva ad ogni rientro lasciava tutto così com'era, avrebbe messo in ordine il giorno successivo e, dopo un piatto di pasta, a qualsiasi ora del giorno, si metteva a dormire con una mascherina sugli occhi per evitare la luce.

A volte prendeva le pasticche di melatonina, acquistate nei supermercati *Duan Read* in America, che la aiutavano a conciliare il sonno.

Io, nei rientri, temporeggiavo in cucina con ancora la divisa addosso, ma senza foulard, giacca e scarpe, e mangiavo dei biscotti con un buon cappuccino decaffeinato bollente.

Telefonavo a Stefania, di solito, impaziente di raccontarle tutto quello che mi era successo.

Dormivo non prima di aver messo una crema idratante sul viso.

Eva tornò a letto, e io raggiunsi Valentina.

«Allora, Vale, cos'è successo? E non prendermi per il culo: si vede a chilometri che sei turbata»

«Niente, niente. Roberto, il collega responsabile del *Bronx* è un gran... un gran... maleducato.»

«Bronx??»

«Oggi ho scoperto che chiamano così le ultime file della zona economica dell'aereo, quelle strapiene di passeggeri! Beh, non ci crederai...»

«Non ci crederai cosa? Dai, su: tira fuori il rospo»

«Ok. Beh quello stronzo ha... ha provato a mettermi le mani addosso.»

«Addosso?»

«Sì, mi ha anche chiesto di baciarlo, e mi ha assicurato che se lo avessi fatto avrei avuto una buona valutazione professionale a fine volo»

«Già sentita questa voce, sai? Credo ci provi con tutte le colleghe più giovani. Ma tu cos'hai fatto?»

«Beh, in pratica io ho provato a fargli capire che non mi interessava, ma lui, come risposta, mi ha spinto sulle nostre poltrone di riposo e stava per sdraiarsi sopra di me.»

«Che vigliacco!»

«Sono corsa via, non sapevo come reagire. Non gli ho rivolto la parola durante tutto il soggiorno, in quell'isola così piccola. Potevi attraversarla a piedi e c'era un unico ristorante. La sabbia era morbidissima, i pesci variopinti, il sole accarezzava la pelle, un paradiso terrestre se non fosse stato per quello stupido, che rabbia! Credo mi abbia fatto una valutazione negativa per vendicarsi, ma spiegherò tutto al mio *tutor*, il *capo settore*, se dovessero chiamarmi, come è probabile, per chiarire i motivi del giudizio negativo.»

«Che bastardo! Ogni giudizio è importante, soprattutto per noi che abbiamo appena iniziato questo lavoro.»

«È così. E alcuni se ne approfittano.»

Non sapevo cosa dirle, cosa consigliarle. Cercai quindi di dirle qualcosa che la aiutasse comunque a superare il malessere, condividendolo con qualche mia esperienza.

«A me è successo che in un volo su Rio de Janeiro, la mia responsabile, la signora Micalini, mi ha ordinato, con tono prepotente e minaccioso, di togliere gli orecchini perché riteneva che il colore del piccolo rubino incastonato non fosse conforme alle norme di compagnia; e non le piaceva la mia pettinatura perché secondo lei non regolamentare, avrei dovuto *tagliare i capelli* o in alternativa fissarli meglio con le forcine.

Ho seguito i suoi rigorosi consigli, ma avrebbe dovuto ingentilire le sue maniere.

È una donna che parla cinque lingue, persino l'arabo, conosce bene il suo lavoro, ma il suo modo di fare è stato sprezzante e presuntuoso, c'è modo e modo di dire le cose.»

A quel punto la porta socchiusa si aprì. Era Ludovica: «Certo che dormire, in questa casa, è proprio una impresa impossibile, eh? E comunque ho sentito tutto. Adesso vi beccate il racconto di quello che è successo a me.»

Dopo essersi seduta su un angolo del letto, confessò che un collega *anziano*, in India, a Delhi, l'aveva chiamata in stanza e le aveva comunicato che sarebbe arrivato a breve nella sua camera per farle dei massaggi, poiché aveva appena terminato un corso di shiatsu e, sicuramente, questo procedimento terapeutico le avrebbe apportato giovamento.

«No grazie, non mi interessa, io voglio solo riposare» rispose al collega, soprannominato *il Principino* per i suoi modi non troppo ortodossi.

Pochi minuti dopo sentì bussare.

«Sono io. Apri, piccola!»

La porta, naturalmente, restò chiusa.

Riuscimmo a riderne, infine, e poi a dormirci su.

Quella chiacchierata, col tempo, sarebbe diventata un appuntamento ricorrente.

Sembrerebbe che alcuni uomini siano un pò sordi, specialmente nei confronti delle ragazze carine, giovani e single, quindi è sempre necessario essere ben chiare, decise e concise per prevenire situazioni poco gradite perché spesso maniere delicate e modi gentili sono fraintesi e percepiti come agevolazioni ad approcci di vario tipo. Ognuna di noi ha dovuto imparare questa lezione a proprie spese e, data la frequenza di questo tipo di accadimenti, con i racconti delle giornate passate in volo e degli aneddoti che noi giovani ragazze condividevamo quando ci ritrovavamo insieme in casa, riuscimmo a stilare una lista basata sulle nostre esperienze, che riguardava i vari tipi di approccio riscontrati personalmente da ognuna di noi, infatti con un lavoro sempre a contatto diretto con il pubblico e spesso in sosta su svariate città, riuscivamo a catalogare questi comportamenti ad opera di uomini delle più disparate nazionalità e professioni, nonché da parte di qualche collega che soffriva di *solitudine* nel frequentare le camere d'albergo.

Rientrando a casa, avevamo preso a conservare, ognuna in una custodia contraddistinta con il proprio nome, l'ennesimo bigliettino da visita: erano ormai una cospicua collezione:

«Chi ne avrà di più a fine anno?»

Tanti, hanno strane fantasie sulle hostess.

Io, Eva, Valentina e Ludovica, solitamente sedute in circolo in cucina, davanti a una tazza di tè indiano bollente al limone e qualche biscotto, narravamo vicendevolmente, ridendo spesso a crepapelle, gli episodi dei vari corteggiamenti avvenuti.

Riscontrammo, infine, che i tipi di approccio in volo, pur essendo talvolta diversi tra loro fino a farsi articolati, macchinosi e originali, di fatto hanno molte somiglianze di base, e per gioco stilammo una lista, cercando di catalogare le varie tipologie in base alle esperienze che avevamo fatto personalmente.

Prototipo 1: Il galante

Durante uno scambio d'informazioni e un dialogo veloce con un passeggero, capita che questi chieda, simulando di farlo distrattamente con interpretazioni che meriterebbero l'oscar per il miglior interprete non protagonista, la città e l'albergo dove andremo a dormire, per capire se la sua stessa destinazione finale è anche la tua, e procacciarsi qualche chance per un eventuale invito a cena.

Prototipo 2: Il duplice

A: Cordiale inizialmente + B: Insistente poi

Questo è stato realizzato sulla base di una mia esperienza-tipo:

Mi ritrovai sul volo Roma-Milano delle 13.20.

Era la prima tratta di tre *navette*, termine coniato per rotte brevi sempre sulle stesse destinazioni, che avrei dovuto effettuare nel pomeriggio:

Turno: Roma-Milano con decollo 13.20 e arrivo alle 14.20

Milano-Roma: decollo 16.20/arrivo 17.20

Roma-Milano: decollo 19.20/arrivo 20.20

Il volo terminava con una sosta su Milano.

A fianco del mio *strapuntino*, posizionato alla porta numero tre *left*, sull'aereo *Airbus 321*, sedeva un distinto signore approssimativamente sui trentacinque anni, che mi colpì per la sua discrezione.

L'abito che indossava era di fine sartoria, la cravatta ben abbinata ma con il nodo leggermente allentato e il primo bottone del colletto della camicia slacciato, le scarpe lucide, capigliatura folta con taglio impeccabile, mani curate, occhiali da vista alla moda, valigetta in pelle di nappa, modi delicati, aria da intellettuale.

Queste furono le prime informazioni che ebbi di lui.

Leggeva in silenzio un libro *L'arte di saper tacere* e credo si accorse che stavo sbirciando il titolo.

Durante il servizio, scambiammo poche parole e, ritornando al mio posto per effettuare l'atterraggio, mi chiese se mi sarei fermata a Milano.

«Sì, ma non subito, ci fermeremo soltanto dopo un rientro su Roma e una successiva partenza.»

«Abito a Milano e anche io viaggio spesso per lavoro, quasi ogni settimana vado a Roma per affari.»

«Siamo arrivati, lo sbarco avverrà presso la porta anteriore, il finger la porterà direttamente in aeroporto.»

«Arrivederci.»

«Arrivederci.»

Alla fine della giornata, appena arrivata in albergo a Milano, inaspettatamente ricevetti un mazzo di rose rosse e la copia del libro che stava leggendo quel passeggero, insieme al suo bigliettino da visita, senza un'altra parola scritta.

Non fu per lui difficile identificare l'albergo del nostro soggiorno.

Qualche giorno dopo chiamai per ringraziarlo. Comunque mi sembrò fosse stato cordiale, e non credevo affatto di incentivarlo. Ero decisamente alle prime armi.

«È stato solo un modo per esprimere la mia gratitudine per la sua assistenza durante il volo. Se passa nuovamente da Milano, sarei lieto di prendere un caffè insieme a lei.»

«Grazie, alla prossima» risposi.

Mi rimase un gradevole ricordo dell'accaduto, ma dimenticai il suo nome.

Dopo qualche settimana, mi accorsi che ogni qualvolta io fossi a Milano lui, forse avendo corrotto il portiere d'albergo o avendo modo di accedere ai miei turni, mi chiamava in camera o inviava messaggi e lasciava dei bigliettini, sapendo del mio arrivo.

Intimai al portiere di non informare nessuno del mio arrivo e bloccai le telefonate in camera, divenute indisponenti.

Prototipo 3: Scopo lavorativo

«Oggi, prima di lasciare l'aereo, un tipo si è fermato, mi ha guardato negli occhi e ha detto che, se avessi avuto bisogno di consulenze legali, sarebbe stato lieto di aiutarmi, presentandosi come un rinomato avvocato. Potrebbe sempre servire, no?»

Risate di rito

Prototipo 4: Generoso

«Oggi su Bruxelles, durante il servizio duty free, un passeggero mi ha chiesto un suggerimento su un profumo da regalare alla nipote e io gli ho rivelato il mio preferito. Ne ha acquistate due boccette e me ne ha regalata una, visto che ormai era certo che fosse di mio gradimento.»

«Hai accettato?»

«Sì»

Risate di rito

Prototipo 5: Corteggiatore

«Sono stata invitata a cena da Matteo, il comandante del volo. Siamo stati tutto il pomeriggio a prendere il sole insieme nella piscina dell'hotel Taj Mahal di Bombay, e la sera al ristorante mi ha detto di essere abbagliato dalla mia bellezza, mentre mangiavo un *tandoori chicken*, una specialità locale.

Ha anche insistito per offrirmi la cena, è così inusuale fra colleghi. Sembrava veramente sincero!»

Risate di rito

Distinguemmo, inoltre, altre diverse macrotipologie di corteggiamento in aereo suddividendo i passeggeri, detti in gergo *pax*, in due categorie:

I discreti:

Prudente: dopo una breve chiacchierata, aspetta la fine del volo per rifilarti, prima di scendere, uno strategico bigliettino da visita e un: «Se dovesse servirle, può chiamarmi, lei è una persona così interessante...»

Artistico: abile manualmente, crea un fiore di carta con la salvietta offerta insieme alla bevanda richiesta, e dona, al successivo passaggio, una romantica creazione formata arrotolando i bordi del tovagliolino con le dita.

Meteorologico: partendo da un «Scusi, sa che tempo è previsto a Londra?» instaura un piacevole dialogo.

I poco discreti:

Importuno: essendo gli spazi a bordo ristretti, il distacco corporale potrebbe essere poco distanziato, e qualcuno non ha cura di prestare attenzione a non esagerare con un contatto eccessivamente ravvicinato, anzi ne approfitta in malafede.

Incurante: si avvicina da dietro e sta con il fiato sul collo, indifferente della nostra impossibilità a farlo passare per evidenti motivi di spazio, costringendoci, in molti casi, a interrompere il nostro lavoro, rientrare con il pesante carrello nel galley, divenuto ormai distante, e raggiungere nuovamente la postazione precedente.

Passionale: ti fissa per tutto il volo senza mai abbassare lo sguardo che diventa sempre più languido.

Roba da ricchi: «Le piacciono le macchine? Io ho appena acquistato una Maserati, le andrebbe di fare un giro, o preferisce la Ferrari?»

Insolito: «Cercavo proprio un tipo come lei, sono un produttore, le interesserebbe leggere il copione del mio prossimo film? Casualmente ne ho qui una copia.»

Interessante: «Appena atterrati a Los Angeles mi attende un aereo privato che mi porterà alle isole Hawaii; lì in villa ci sarà un party organizzato per domani. Gradirebbe essere mia ospite?»

Non mancò una nutrita casistica per esaminare anche i tipi di approccio adottati dai nostri colleghi di volo, che si esprimevano solitamente quando arrivati in albergo, e convenimmo che la cosa più importante era evitare l'accesso in camera, dato che , alcune volte, tentavano questa strada con tecniche mirabolanti:

Loquace: «Ti va di fare due chiacchiere? Con il fuso orario non riesco a dormire, sicuramente succede lo stesso anche a te. Ti raggiungo io o preferisci venire tu?»

Freddoloso: «Mi hanno chiamato all'ultimo momento, ero di riserva e ho avuto a disposizione soltanto mezz'ora per prepararmi, ho solo un piccolo bagaglio e ho dimenticato il maglione, fa così freddo oggi, avresti una sciarpa da prestarmi per andare a cena?»

Festaiolo: «Ho preparato in camera un aperitivo, e le noccioline dentro il frigo bar sono deliziose, ti va di raggiungermi per ascoltare un po' di musica insieme?»

Moderato: «Scusa se busso in camera tua, ma la mia chiave non apre la porta, potrei fare da te una telefonata alla reception?»

Abile: «Ciao, vorrei chiederti... oh, che bella camera, intravedo una poltrona, mi siedo solo un attimo.»

Romantico: Il suo trucco è semplice: per ritrovarsi da solo con una collega e avere la possibilità di una cenetta intima, cerca di riferirti l'orario deciso per l'incontro con l'equipaggio, ma modificandolo in ritardo, cosicché tutti siano già andati via.

Debitore: «Ti ringrazio per quella cortesia (su ogni volo, capita di fare qualcosa che può essere interpretato dal collega come cortesia). Per sdebitarmi ti offro un drink, non puoi rifiutare.»

Inaspettato: Si presenta con una bottiglietta di spumante e due bicchieri, confidandoti che è un giorno speciale, il giorno del suo compleanno: «Non mi fai gli auguri?»

Monitorammo inoltre che per alcuni colleghi uomini (una minoranza) le mete preferite erano: Praga, Budapest, Bucarest, Mosca, Tirana, Kiev, Amsterdam, Rio de Janeiro. Alla moda anche la Lettonia e la Lituania.

Non mi chiedevo il perché, e voglio continuare a non chiedermelo, riconoscendo il pericolo che la mia indole cauta e idealista possa venire osteggiata da pensieri poco virtuosi.

Messi da parte questi elenchi divertenti e ironici - da giovani ci divertivamo così - talvolta mi accadeva, e ancora mi accade, che non appena mi adagiavo sopra il letto e restavo da sola, stanca e sfinita dalla fatica, la mia mente correva a momenti del mio passato, non sempre secondo una logica precisa. Sono sicura che sia un modo per tenersi collegati alle proprie radici, a mantenere saldi dei riferimenti. E di questo processo, io credo, fa parte anche il ricordare quegli squarci di vita che invano avevo tentato dimenticare.

Un passato, un percorso, una vita: che riaffioravano.

Drammi, e favole.

Si sposarono e vissero felici e contenti...

Le favole preferiscono fermarsi qui.

Durante la mia adolescenza sognavo un grande amore, correndo con il pensiero verso quel principe sapientemente descritto dalle parole di mia madre, e nel corso della mia vita ho coltivato questo sogno per cercare di trasformarlo in realtà.

Confidavo in quel sogno, vorrei crederci ancora e, a volte, concedo a me stessa di farlo, mi illudo che l'illusione sia vera pur sapendo che non lo è, ma questo mi dà un sottile e profondo appagamento.

La mia illusione di un amore *per sempre* mi guidò a provare sentimenti forti e intensi.

La prima delusione l'ho vissuta a diciassette anni.

Lui era il bravo ragazzo della porta accanto: così innamorato di me, così fedele, passionale, geloso, forte e pieno di saldi valori e principi.

«Tu» diceva «sei la mia donna.»

Cosa potevo desiderare di più?

Avrei dovuto capire meglio cosa significasse per lui la parola *mia*.

Io avevo un sogno: quello di arrivare vergine, come tradizionalmente imposto, al mio matrimonio, e il donarmi totalmente all'uomo che avrei amato intensamente sarebbe stato, immaginavo, un idillio di tenerezza, dolcezza, amore.

Tutto sarebbe andato secondo un copione fissato: un fidanzamento iniziale, un matrimonio, la nascita di figli, una vita trascorsa insieme fino alla vecchiaia.

I sogni spesso si infrangono forse perché nel guardare verso il cielo, si inciampa più facilmente.

«Sei mia, sei la mia donna» mi disse su un prato pieno di immondizie, dietro una discarica alla periferia di Catania, al chiaro di una luna pallida, in una notte umida come la mia pelle che sudava tremante e impotente supplicando non fosse vero quello che stava accadendo: imploravo di non essere violentata da quel misero uomo, che scambiava il suo egoismo e la sua brama di possesso per un sentimento che asseriva, per giunta, puro.

Si sentiva autorizzato a compiere quella disdicevole azione anche dal suo forte maschilismo inculcatogli, fin dalla nascita, da una famiglia di agricoltori, culturalmente poco elevata e legata a tradizioni rurali, paesane, molto antiquate. Si arrogava il diritto di avere ragione: io dovevo soddisfarlo, assecondarlo, perché lui mi amava, lui mi desiderava.

«Sei la mia donna, si deve fare accussì, l'amuri sà fari!» gridava. Il desiderio sessuale è naturale e l'atto sessuale diventa necessario e dovuto perché fa parte integrante di un rapporto vero e completo, mi spiegava con veemenza, e io dovevo essere docile, disponibile, non dovevo preoccuparmi, avrebbe *messo a posto* tutto lui, *non mi avrebbe lasciato mai*, diceva.

Dolore.

Vergogna.

Dopo giorni, mesi, anni, quello che mi logorava era la vergogna.

Un sentimento penoso provocato dal forte disagio per l'orrore che mi aveva coinvolto.

Non avevo il coraggio di confessare quell'esperienza a nessuno.

Provavo imbarazzo, quasi fosse colpa mia di quello che era successo, perché accondiscendente nell'isolarmi con lui e baciarlo.

Forse anch'io ero davvero colpevole.

Il mio comportamento avrebbe potuto, di sicuro, istigarlo a compiere quello che non avrei mai voluto succedesse, pensavo.

Vergogna della mia nudità, della mia integrità calpestata, della sopraffazione subita.

Violentemente fu strappata la dignità delle mie membra, e della mia anima.

Non potei impedirlo, per quanto ci provai, e mi sentii succube e impotente.

Non riuscii a salvare il mio corpo, qualcosa che era solo mio, qualcosa di prezioso.

Ricordo che lui aveva in mano dei pezzi di vetro ricavati da bottiglie di birra andate in frantumi per tentare di bloccare i miei movimenti di fuga, e avrebbe potuto farmi davvero molto male, nulla rispetto alle escoriazioni di cui ancora porto impercettibili segni.

Sopra di me, i muscoli delle sue braccia emergevano rigonfi, le sue mani erano ruvide, il respiro affannoso mentre lui si faceva sempre più pesante, l'odore del suo alito era ripugnante, acida la sua pelle.

«È solo un corpo» pensai per trovare una via di fuga alla mia mente a quell'inevitabile violenza.

Cercavo disperatamente di dividere lo spirito dal corpo e provai a considerare il mio corpo solo un oggetto.

E lo abbandonai.

Fu quasi come se non fosse più mio; mi accorsi che veniva sporcato e, rifugiandomi nella mia mente, gli tolsi l'importanza e la preziosità che aveva avuto fino allora.

Per difendermi, per cercare di sopravvivere.

Dopo questo episodio si è andata radicando in me una latente mancanza di fiducia nei confronti del genere maschile.

Tentata di sfuggire ad ogni nuova eventuale delusione, imparavo, forse troppo, ad apprezzare la mia indipendenza, a non aver bisogno di avere un uomo accanto o, forse, provavo paura ad averlo, con il falso desiderio di voler restare sola, forte solo di me stessa.

La mia giovane età e l'entusiasmo, che non mi ha mai abbandonato, mi hanno *rimesso in pista* nella tormentosa ricerca del *grande amore*.

Ci vollero, comunque, più di quattro anni per dimenticare e per ritrovare la naturale e necessaria ingenuità che sembrava essersi persa in quel prato.

Chiusi così questo episodio in un altro dei miei cassetti... a doppia mandata.

Non è stato facile.

Aumentavano le mie perplessità: avrei mai incontrato quel famoso principe?

L'infedeltà in amore e nel matrimonio era ormai un avvenimento troppo comune e per me diventava difficile sperare che il mondo fosse diverso. Gli esseri umani apparivano così imperfetti, e i sentimenti duravano sempre poco, troppo delicati o facilmente deteriorabili: si può tradire per provocazione, per gioco, per rinnovarsi, per vendetta, perché si pensa di aver trovato il vero amore, perché qualcuno riesce a svelarci chi realmente siamo, per voglia di novità, per superficialità, per insicurezza, per confermare un dubbio.

Che senso ha, mi chiedevo, continuare a crederci, perché inseguire il sogno di un grande amore?

È tutta un'illusione?

Nemmeno le nozze sancite in Chiesa possono garantire una salda unione: c'è il divorzio che ti separa, volente o nolente, e nessun ministro del culto lo può impedire.

Il matrimonio è una promessa che può rivelarsi fasulla, cancellata dallo Stato con una fredda e semplice firma in un grigio tribunale, se uno dei due coniugi lo dovesse richiedere. L'amore eterno si dissolve con la breve sentenza di un giudice impaziente, frettoloso per la successiva udienza.

Era grande lo scontro tra gli insegnamenti che avevo ricevuto e la realtà che mi si presentava, difficile trovare un compromesso.

Ogni volta, crollavo addormentata. Il giorno dopo sarei dovuta partire ancora, e i miei pensieri tornavano a sopirsi: ma erano parte di me.

Dakar-New York

La valigia dice molto, di noi.

Ricordo che Eva era molto organizzata nel preparare la sua con gli oli essenziali che avrebbe spalmato e massaggiato sul corpo durante la sosta in albergo. Ludovica non poteva fare a meno di spendere sicuramente troppo tempo in lunghe telefonate oltreoceano a tutti i suoi cari, per sentirsi sempre vicina e tentare un controllo al fidanzato, pur essendo ad un'enorme distanza.

Valentina portava i compact disc per non privarsi di ascoltare la sua musica preferita con una piccola radio stereo munita di microscopiche casse per l'ascolto in camera.

Io imparai che mettendo i vestiti ben piegati dentro buste di plastica riuscivo a non sgualcirli e ritrovarli con la piega perfetta, purtroppo non riuscivo ancora a non portare doppie paia di scarpe e abiti supplementari, pur essendo il mio soggiorno di breve durata.

Allora, nemmeno si parlava di smartphone, iPod e altri utili strumenti hi-fi d'oggi, il massimo della tecnologia era uno scomodo lettore di compact disc da utilizzare con cuffiette.

Immancabili le pinzette, il temperino per la matita degli occhi e del contorno labbra, mascherina per dormire, ombrello, bustina di caffè liofilizzato per l'occorrenza, foto del gatto, aspirina, indirizzi utili disposti in agenda con il nome delle città da visitare posizionati in ordine alfabetico (es.: B: Bologna, Boston, Beirut; N: Napoli, New Dheli, ecc...).

Mi è stato di grande aiuto il portare un elegante abitino da sera, quando fui invitata, per un caso fortuito, a un matrimonio in Senegal, a Dakar, da Max, mio grande amico, che possedeva una bottega di souvenir al centro, della quale ero assidua frequentatrice.

Fu esaltante partecipare a quella cerimonia e apprendere gli usi e i costumi degli sposi, così diversi rispetto ai miei.

La colomba che i coniugi liberarono, come rito propiziatorio, si adagiò sopra la mia spalla, e ne fui compiaciuta poiché dissero che era un segnale di buona sorte e prosperità.

Provai persino ad apprendere i passi delle loro danze, ma fu troppo complicato per me seguire il ritmo muovendo vorticosamente il bacino e le braccia.

Che ricordi, che esperienze uniche!

Imparai a non esagerare e a non eccedere, nel preparare la valigia nei voli su New York.

Questa città, infatti, è il tempio dello shopping sfrenato sopratutto nel New Jersey, a pochi chilometri dalla città, pur affascinata dai colori di Central Park, dalla spettacolarità di Times Square, dalla grandezza dell'Empire State Building e dai famosi musei di arte contemporanea come il Moma o il Metropolitan museum. Qui è quasi impossibile resistere al paio di blue jeans che hai sempre desiderato, e che trovi a prezzi stracciati, o alle scarpe da ginnastica e quei fantastici abitini a metà prezzo.

Pezzi unici per pochi dollari, oltre a patatine, caramelle o dentifrici con gusti originalissimi, per non parlare di apparecchiature elettroniche e novità di mercato non ancora importate in Italia. Dopo una visita quasi obbligatoria sulla 5a strada, un passaggio sulla Lexington senza dimenticare la 35a, mi immergo nel grande centro commerciale XXI Twenty first Century, dove sono eccezionali i prezzi delle valigie e degli occhiali da sole; sulla 57a ottimi i prezzi degli orologi, in Union square all'angolo con la Broadway (12a e 14a) imperdibili i nuovi arrivi di Burlington; tra la 18a e la 6a Marshalls e TJ MAXX sono sempre di mio gradimento.

B&H ha i migliori prezzi della città per le macchine fotografiche al 420 della 9a strada.

Per arredare casa al numero 620 della 6a strada si compra quasi tutto da Bed Bath & Beyond ma anche nei mercatini come quello di Union Square o quello di Colombus Circle.

Il second-hand fa tendenza al Greenflea del Greenwich.

In Greeley Square tra la 6a e la 32a con pochi spiccioli fai grandi affari da Jack's 99 cent store.

Gratificanti gli acquisti da Victoria's Secrets per la biancheria intima, e i saldi di Gap per l'abbigliamento.

D'obbligo un salto da Abercrombie, la sola vista dell'avvenenza dei commessi vale il disagio di una lunga fila, credo che ogni assistente di volo possieda almeno un capo di questo negozio.

Sulla 48a tra la 7a e l'8a il miglior negozio di chitarre e, per gli appassionati di computer, bisogna andare sulla 38a, tra l'8a e la 9a.

Al Village si trovano ancora le magliette dipinte a mano.

Noi, in qualità di assistenti di volo, non potremmo acquistare nulla, qualora i beni acquistati non siano di nostro consumo e non corrispondano a personale utilizzo, poiché si deve pagare la dogana anche per un semplice giocattolo da regalare, o subire il sequestro del bene qualora non corrisponda a determinati criteri (compresa la crema per il corpo e le pillole di olio di pesce che richiede sempre la mia vicina di casa quando viene a conoscenza della mia partenza verso certe destinazioni). La dogana, anche se si è in *perfetta buona fede*, genera spesso apprensione. Portando a casa, per esempio, un pezzetto di carne argentina e una bottiglia di rosso Malbec da consumare all'arrivo in Italia, si potrebbe persino essere additati come contrabbandieri internazionali, e inoltre ai fumatori non è consentito il favorevole piccolo risparmio della stecca occasionalmente acquistata al duty free, pena: blocco, segnalazione e sequestro.

Il tempo richiesto per sistemare la valigia al rientro da New York, comunque, è sempre maggiore che in ogni altra città.

Impossibile non fare compere seppur moderate, specialmente durante il *black friday*, il giorno successivo al *Giorno del Ringraziamento*, quel famoso venerdì che, per tradizione americana, dà il via agli acquisti natalizi con prezzi super scontati.

A New York la sosta mattutina è veloce, il volo riparte nel pomeriggio, e sono diventata bravissima a essere pronta in soli 25 minuti quando, rientrata in albergo dopo lo shopping, avendo tolto le etichette e stropicciato un po' il tutto – sempre un po' in ritardo – ho a breve il pick up e l'incontro con l'equipaggio per raggiungere l'aeroporto.

Schedule time:

- 5 minuti per la doccia
- 5 minuti per trucco e capelli
- 5 minuti per indossare la divisa
- 5 minuti per completare la sistemazione della valigia e relativa chiusura, salendo sopra con tutto il mio peso per consentire alla chiusura-lampo, stremata, di riunire i lembi, così sorprendentemente resistenti.

Tutto perfettamente sincronizzato e organizzato, senza distrazioni e sperando di non incappare in quel banale ma abituale imprevisto che apporterà almeno due o tre minuti di ritardo: la rottura dei collant.

Le calze velate, soprattutto d'estate, diventano un impedimento stressante, dato che si smagliano sempre con facilità estrema, meno che mai in occasione della fretta di indossarle. In casi estremi si usa il provvidenziale e immancabile smalto trasparente che contiene, momentaneamente, il disastroso cedimento.

I cinque minuti supplementari sono previsti per circostanze frequenti:

mancato ritrovamento della chiave della camera (pur impegnandomi a riporla ogni volta nel solito posto: accanto al televisore).

riapertura valigia per rimettere nel beauty case la spazzola trovata in bagno, o spruzzare il profumo dimenticato.

abbandono dell'orologio in camera, ricordato solo per aver cercato di controllare l'orario, mentre pigio il tasto *Hall* dell'ascensore.

Non mi accade più di dimenticare i soldi e i documenti messi in cassaforte, invece, perché una collega mi suggerì un efficace stratagemma: ogni qual volta l'avessi usata, avrei dovuto mettere dentro anche il cappello o il foulard: essendone parti fondamentali della divisa, non avrei mai più dimenticato nulla, in albergo.

Col tempo imparai anche - pian piano - che in qualche modo i voli non finivano proprio del tutto, con il rientro.

Iniziarono ad influenzare la mia vita anche dopo, nella condivisione, nella quotidianità.

La metamorfosi aveva preso avvio: stavo diventando *cittadina del mondo*.

Dopo qualche ora di sonno, riposti gli acquisti, rientrai alla mia realtà.

Avevo voglia di distrarmi, di andare al mare.

Non avevo, da giorni, più notizie di Eva, decisi, quindi, di chiamarla per un saluto.

«Ciao, tutto bene? Io ho qualche giorno di riposo e vorrei andare in spiaggia, magari a Ostia, sei da quelle parti?»

«Sono al mare, ma non esattamente dove pensi tu.»

«Sei davanti a un'insalata con il palmito a Rio de Janeiro, con Matteo, il comandante dei tuoi sogni, con un coloratissimo pareo per la spiaggia, scarpe infradito, *casciassa* e lime? Ah, se dovessi essere lì, ricordati di comprare in farmacia la pomata *minancora*, è miracolosa, un ottimo antidolorifico.»

«Che mi colpisse un fulmine se poso un'altra volta gli occhi su un essere maschile che vive ancora con l'ex moglie o a casa della madre. Mi servirebbe un altro tipo di antidolorifico miracoloso! Non ho buone notizie in merito, quindi ho pensato fosse meglio cambiare aria.

Ho preso in affitto un appartamento con alcuni amici a Lampedusa e il posto è fantastico, abbiamo appena mangiato i cannoli di ricotta ricoperti con il cioccolato. Sono squisiti! Perché non ci raggiungi? Controlla i voli, dovrebbe essercene uno che parte fra due ore, potresti fare in tempo.»

Avevo già preparato la borsa per il mare con un costume da bagno preso in Australia, che permetteva un'abbronzatura integrale dato che il tessuto non filtrava i raggi U.V.A.: sarebbe bastato aggiungere un cambio per la sera e i sandali ricamati.

Controllai che ci fossero posti disponibili in aereo telefonando al centro prenotazioni e, avuta la conferma, decisi di raggiungere Eva al mare.

Tutti i naviganti godono di agevolazioni per poter usufruire del mezzo di trasporto aereo, per noi non era necessaria l'emissione di biglietti per partire su un volo, né di effettuare prenotazioni; era sufficiente esibire il tesserino e nel contempo informare sulla destinazione: se c'erano posti liberi, si partiva.

Provai ad invitare anche Ludovica ma era appena partita per andare a trovare i suoi in Sardegna: era stata invitata a pranzo per il compleanno della madre e sarebbe tornata domani per incontrarsi con il fidanzato a Roma.

Era straordinario potersi muovere con estrema facilità, le distanze sembravano accorciarsi e gli spazi apparivano sorprendentemente a portata di mano, e forse proprio per questo, notai che tante, tra le persone che incontravo, erano imprevedibilmente incuriosite dalla mia busta paga.

Una domanda che spesso mi ponevano era:«Ma quanto guadagnano le hostess?»

Dal vicino di posto nel treno interregionale per andare in vacanza, all'idraulico che veniva a sistemare lo scarico del lavandino otturato, dall'animatore del villaggio turistico, all'architetto che, tra un consiglio sui lavori in muratura e la sistemazione del caminetto, attendeva risposta in merito: era una domanda frequente e indiscreta.

Probabilmente la cifra è leggermente superiore rispetto ad un qualsiasi lavoro impiegatizio, visto che quest'ultimo non comprende le varie indennità di rischio, che incidono in piccola parte, e le frequenti trasferte estere. Infatti, l'orario di lavoro si protrae notevolmente se l'avvicendamento effettuato obbliga quattro o cinque giorni, a volte anche sette, lontano da casa.

Lo stipendio ha molte variabili e si sviluppa in base alle ore di volo programmate ed effettuate; più si vola, più la paga è alta e viceversa.

Va considerato, tuttavia, che una vita itinerante comporta spese molto più elevate, anche senza permettersi molti extra.

Ma, soprattutto nei primi anni, gli extra erano il lato migliore, di questo lavoro. E la cosa più bella ed entusiasmante era senz'altro il potersi spostare spesso: difficile, rinunciare.

In un'altra occasione, ad esempio, io e Ludovica decidemmo di raggiungere Valentina in albergo, durante una sua sosta lavorativa, in coincidenza del concerto di una celebre star internazionale di musica rock.

Andammo tutte insieme, dopo aver acquistato i biglietti a Roma.

Freddo e umido, ma ugualmente emozionante, fu invece partecipare al carnevale di Venezia.

Prendemmo, soltanto esibendo il tesserino, con semplicità un volo e, in poco meno di un'ora, eravamo in gondola sui canali.

Lì affittammo sfarzose maschere, e i truccatori di piazza San Marco dipinsero i nostri volti con disegni variopinti.

Durante tre giorni di riposo tra un volo e un altro, riuscii persino ad andare a far visita al fratello di Valentina, che abitava a Londra e faceva il dj, mi ospitò nella sua abitazione e durante un giro in moto, mi mostrò la residenza della Regina Elisabetta.

Visitai il Museo delle Scienze di Valencia e ammirai il campanile della splendida Cattedrale.

In Egitto, durante un avvicendamento lavorativo, dopo un giro sui cammelli fino alle piramidi, acquistai le splendide rose del deserto, le protee, fiori ornamentali di lunga durata.

Scoprii i capolavori artistici del Louvre a Parigi, le tele di Giotto a Firenze. Passai un fine settimana a Praga, che sembrava uscita da un libro delle favole, dal fascino inesauribile, con i suoi ponti, le sue piazze scenografiche, i vicoli impregnati di antiche leggende e tutto il centro lastricato di negozi. A Tripoli, in sosta, presi un eccezionale henné, venduto in grandi sacche di iuta, il migliore in commercio. A Boston, deliziosa cittadina in stile old England, gustai dell'ottima aragosta di produzione locale, al Quincy Market, vicino al porto, e affittai una barca per andare a vedere le balene.

Arrivai persino a Ibiza, durante le mie ferie, per partecipare a uno schiuma-party e pure a Monaco, per il tradizionale Oktoberfest.

Queste sono le ali dell'indipendenza di una hostess, che anche io avevo conquistato, ero affascinata da questo stile di vita, il mio sogno di indipendenza e libertà che diventa realtà era sotto ai miei occhi.

Desideravo questa vita impregnata di viaggi da sempre: e finalmente era la mia vita.

Il mondo era la mia casa.

Ancora ricordi, prima del sonno:

Grazie forse all'alba, alle tenui luci del mattino, al risveglio nella mia città dopo una notte insonne passata in cielo, al silenzio di casa momentaneamente vuota, alla droga naturale del fuso orario, i ricordi mi riportano, adesso, alla mia primissima giovinezza quando, non appena si presentò la possibilità, colsi al volo l'occasione di andare a vivere da sola:

A ventidue anni, lasciare la Sicilia significava appropriarmi della mia libertà.

Fui chiamata a partecipare al corso, per diventare una hostess, poco prima di conoscerlo.

Lui si trovava per una breve vacanza a Taormina, splendido paese medioevale in provincia di Messina che si erge sull'azzurro golfo di Naxos; io ero nella stessa spiaggia, distesa al sole vicino al suo ombrellone, l'acqua cristallina accarezzava delicatamente la battigia.

Era soprannominato Temer, prendendo spunto dalla sua vita condotta in maniera temeraria e spericolata.

Un fulmine a ciel sereno, una passione travolgente.

Le lunghe passeggiate con scorci mozzafiato sul mare in quella splendida insenatura e le granite al gelso con brioche furono complici dei nostri primi incontri.

Era lui, l'altra metà della mela.

L'ho capito al primo sguardo, i miei occhi erano calamitati dentro i suoi e la conferma me l'aveva data il mio cuore che in quello stesso attimo si era svegliato dal lungo letargo.

Era difficile incontrarsi, trovare momenti per stare insieme.

Io non potevo raggiungerlo nel luogo dove abitava ed ero sempre ostacolata nell'uscire, quando veniva a trovarmi.

Desideravamo stare vicini in ogni momento, essere liberi di poterci frequentare senza impedimenti, ma lavoro, studi universitari e sport occupavano totalmente le mie giornate, aggiunti ai divieti familiari.

Lui era sicuro di sé e con una forte carica comunicativa.

In sua presenza mi sentivo viva, mi vibrava l'anima e il corpo.

Lasciai la Sicilia e la mia famiglia.

Abbandonai tutto altresì per raggiungere lui, che viveva in quella città così diversa dalla mia, la stessa dove mi sarei recata per la recente proposta di assunzione della compagnia aerea. Avrei abbracciato non solo Temer, anche i miei desideri di indipendenza e di libertà.

Questo significò lasciare alle spalle la precedente vita, da me considerata eccessivamente borghese e bigotta, restrittiva e perbenista, in cui era permesso solo ciò che è socialmente conveniente e accettabile e non erano contemplati colpi di testa e passioni, solo doveri.

Il mio dovere adesso era diventato seguire le mie scelte di vita.

«Te ne pentirai!» furono le ultime e uniche parole di mio padre, con il sottofondo dei singhiozzi delle lacrime di mia madre.

La sincerità divenne uno dei miei peggior difetti.

Indissolubilmente spezzavo quelle catene che mi legavano a lui, diventando la figlia ribelle.

Temer amava la musica rock e hardcore, e sciava molto bene, dato che era nato e cresciuto in un paesino del nord, vicino alle montagne.

Sapeva anche pilotare gli aerei, aveva preso il brevetto in America.

Era proprio il tipo che piaceva a me, l'opposto dei gusti paterni: di apparenza non di certo il classico bravo ragazzo, era alto, aveva un viso burbero con folti e lunghi capelli scuri, occhi neri intensi, una voce cavernosa, uno stile selvaggio, un po' rude e un atteggiamento da bel tenebroso.

La prima volta che ci siamo avvicinati, disse che mi avrebbe fatto un tatuaggio con l'inchiostro, e disegnò con la penna tutto il mio avambraccio, il polso e il dorso della mano.

Il disegno era stupendo, come lo sono i suoi quadri, non avrei mai voluto lavarmi.

Rabbrividivo al contatto con la punta della penna che accarezzava delicatamente la pelle e lasciava le tracce sul mio corpo.

Da sempre Stefania è terrorizzata dal pensiero che io possa soffrire per amore, mi conosce, sa che credo ancora alle favole e lei sa che le favole non sono la realtà.

Vorrebbe che vivessi la mia vita serenamente senza eccessivi coinvolgimenti e false illusioni.

Sostiene che sono una ragazza fortunata ma con un grande difetto: una particolare predisposizione a impelagarmi con i sentimenti e con i sogni.

Spesso le sue valutazioni sono permeate di grande saggezza, ogni volta riesce a vedere le cose con estrema razionalità, troppa in certe circostanze, e con una leggera tendenza al disprezzo per le debolezze altrui, indubbiamente è dotata di un senso pratico molto più spiccato del mio.

«Ho conosciuto una persona, vorrei presentartela!» le dissi emozionatissima più o meno quindici anni fa.

Dopo aver conosciuto Temer non riuscì a vedere di buon occhio la nostra relazione, già sapeva, con atteggiamento di distacco e superiorità, che quel ragazzo non sarebbe stato giusto per me e che, anche questa volta, avrei sofferto.

La mia amica appare fredda, incontrovertibile e quasi non mi concede di piangere perché le mie lacrime riescono a sopraffarla, e una persona dura come lei non si può permettere di piegarsi a simili sciocchezze, ma fin quando vede il mio sorriso anche lei è felice.

Per molto tempo io e Temer riuscimmo a divertirci, a viaggiare, a fare tardi, a quasi convivere visto che abitavamo nella stessa via, ma in due case separate, anche a nascondere a noi stessi che c'era un problema.

In quel periodo assaporavo il gusto della libertà, vivevo da sola e stabilivo le mie regole senza nessuna interferenza e senza orari da rispettare, potevo organizzare la mia vita come volevo.

Temer venne con me a Santo Domingo, passammo qualche giorno a Madrid, trascorremmo un emozionante capodanno in Brasile, dove tutti a mezzanotte si riversavano sulla spiaggia, rigorosamente vestiti di bianco, e iniziavano a cantare, ballare, fare il bagno e urlare di gioia, e io con loro.

Ero finalmente indipendente e apprezzavo questa mia nuova condizione, vivevo in una città cosmopolita che mi piaceva.

Pensavo di poter risolvere qualsiasi problema si presentasse senza fatica, autonomamente, tutto mi appariva facile.

Esiste il retro della medaglia, senza eccezioni.

In certi casi si possono chiudere gli occhi, ma poi arriva quel momento che ti obbliga ad aprirli e vedere, che ti impone di fare delle scelte, e le risposte arrivano da sole.

Mi crollò il mondo addosso, dopo aver visto lui insieme alla sua *fidanzata di sempre*, fonte dei suoi sotterfugi, delle sue bugie, delle nostre liti.

Anche questa favola si rivelò tale: una favola.

Fu amaro scoprire che la mia rivale non fosse una donna ma una dannata polvere bianca, capace di vincere su di lui e sulla sua personalità che venne deturpata con grande destrezza da lei.

Temer subì incalcolabili perdite e danni, che si sarebbero potuti evitare se lui avesse avuto il coraggio di tagliare in tempo quel filo che lo legava a quell'arpia capace di distruggerlo, insieme ai suoi sogni, e anche ai miei.

Credo che allora mi siano apparsi i primi capelli bianchi.

Un altro fantasma, un'altra cicatrice, un altro peso da aggiungere al mio bagaglio privato.

Un altro cassetto chiuso a chiave che lasciai a casa, fuori dalla valigia che stavo preparando.

L'indomani sarei ripartita ancora.

Volo Roma-Caracas.

Roma Fiumicino-Caracas, volo AM 051 aereo boeing 767

Equipaggio di sole donne.

L'atterraggio era ormai imminente.

Il comandante ci diede i dati da fornire ai passeggeri: *Temperatura, condizioni meteorologiche e tempo mancante a destinazione.*

Presi la cornetta del microtelefono per effettuare l'annuncio con tutti i dati in mio possesso e la poggiai sul viso.

Prima di comunicare le informazioni ai passeggeri, mi soffermai a parlare con Carla sul nostro discorso, precedentemente interrotto, relativo ai pantaloni della nostra divisa, appena introdotti nel regolamentare vestiario.

«Finalmente posso rimandare l'appuntamento con la ceretta» rivelò.

Feci molta attenzione a non schiacciare il pulsante che avrebbe potuto diffondere in cabina passeggeri le nostre parole, eppure le mie labbra erano vicine al microtelefono, quindi in cabina di pilotaggio arrivava perfettamente l'audio.

Sentii una voce in sottofondo e, troppo tardi, con il telefono sempre in mano, mi accorsi che il comandante non aveva chiuso le comunicazioni e chiedeva con insistenza:

«Ci siete?»

«Mi sentite?»

Guardai Carla dritto negli occhi. Avrei avuto il coraggio di dirle che la sua amarezza sul rilassamento dei tessuti, e le confidenze attinenti la crema anticellulite ai sali del Mar Morto che acquistava a Tel Aviv non sarebbero rimaste un segreto tra noi?

Giunti a Caracas, in albergo riposi la divisa appendendola nell'armadio e sistemai la camicia pulita per il volo di ritorno in una stampella, poi mi sfilai i collant.

Mi guardai allo specchio. Dopo così tante ore di volo mi sentivo brutta, gonfia e non più pulita: provavo l'irrefrenabile necessità di fare subito una doccia, di struccarmi gli occhi, togliere quel rossetto vermiglio a lunga tenuta che dopo ore propende a sbaffare sugli angoli della bocca, e sfilare le ormai insopportabili forcine dai capelli rovinati a causa dello chignon e resi crespi dalla lacca, che sgarbatamente rivelavano ai miei occhi i danni della precedente frettolosa piega con il phon.

Mi accorsi che l'abbronzatura estiva da mesi aveva lasciato il posto a un colore bianchiccio, la mia ceretta non era al massimo della sua forma e le gambe apparivano rigonfie.

Le ipotesi erano molteplici: le luci di quella maledetta camera erano eccessivamente inclementi, la mia ritenzione idrica era esplosa dopo il volo, stavo nel periodo dell'ovulazione, o era tutta colpa dello stress. Quel giorno ero inverosimilmente più gonfia del solito: non aiutavano di certo le conseguenze dovute alla consueta negligenza invernale.

Avrei scommesso che lo specchio dell'albergo di Barcellona avesse battuto tutti, la sua crudele nitidezza, aiutata da luci al neon, era capace di mettere a disagio persino una miss: mi sbagliavo, non era l'unico.

Fatto sta decisi, nell'assolata Caracas, che non sarei andata in quell'invitante piscina... avrei potuto di certo bruciarmi la pelle, e poi quel caldo!

Il centro della città è abbastanza pericoloso e violento, è consigliabile non allontanarsi troppo, usare cautela, essere guardinghi e non portare con sé oggetti preziosi.

Fabiana, una mia collega sul volo precedente, era stata derubata del suo orologio e dei pochi spiccioli che aveva in tasca nel tragitto verso il ristorante, e Paolo, anni prima, fu persino ferito da una pallottola, in una sparatoria durante una rapina in strada.

Claudia, in un avvicendamento, si ritrovò stordita in camera la mattina della partenza, derubata dopo aver bevuto chissà quale intruglio nel corso della sera precedente.

Mi buttai nel negozietto accanto all'albergo dove comprai quelle tazzine da caffè di metallo e porcellana, particolarissime, introvabili in Italia - ma che scoprii in seguito essere quasi un attentato alla mia sicurezza quando provai a scaldare il caffè nel forno a microonde - e qualche pareo da regalare alle amiche, seppur non adatti al Natale imminente; non mancò il rum locale aromatizzato all'arancia, che piace alla mia mamma.

Il piccolo bar limitrofo era molto accogliente; non resistetti alle *arepas con cheso e carne mechada.*

Evitai il burro, in realtà perché non avevo capito la domanda se desiderassi la *mantegna*, alla quale, per sicurezza, risposi di no.

La collega, in volo, mi disse di essere allergica al lattosio, precisando che il formaggio fa malissimo alle donne ed è grasso indissolubile allo stato puro; un'altra che incrociai mentre si allenava correndo sul tapis roulant, mi confidò di aver fatto la pulizia dei denti a San Paolo e di averli sbiancati in soli venti minuti con il laser al Delamo di Los Angeles; la capo cabina, che prendeva il sole in piscina, non mangiava, non beveva, non fumava, metteva sempre la protezione U.V.A. nel viso e décolleté, e aveva appena terminato un massaggio drenante.

Io pensai che l'allenamento nella palestra dell'albergo fosse lontano dai miei desideri giornalieri.

Aggiunsi il bacon, dopo aver controllato che nessun conoscente o membro di equipaggio fosse nei paraggi, poiché il mio senso di colpa sarebbe crollato ai loro sguardi e, purtroppo, le colleghe di *'sto giro* erano tutte filiformi e quasi anoressiche, troppo magre...

Quel giorno mi sentivo sull'orlo di una catastrofe fisica, e la pressurizzazione del volo precedente aiutò di molto quella percezione.

Acquistai una crema con protezione 50 per il corpo, sfruttando i consigli ricevuti in precedenza, e prenotai attraverso il caposcalo un biglietto aereo per trascorrere i tre giorni di sosta nella tranquilla e splendida isola corallina di Los Roques, per acquisire un colorito più conveniente, lontana da sguardi indiscreti.

Lì fui attratta da tutte le conchiglie che costellavano l'isola e dall'acqua cristallina. Ritornando a casa perfettamente abbronzata, mi ritrovai in un lampo sul divano: dopo aver abbandonato le scarpe e la divisa, chiusi gli occhi. Era febbraio, e ricordando il ritmo della musica sudamericana, sentivo ancora le onde del mare in lontananza, percepivo la morbidezza della sabbia che avevo avuto tra le mani solo poche ore fa, avvertivo il riverbero del sole e il calore riflesso, anche se qui era inverno, anche se ero sotto il piumone, avvolta dal pigiama di pile acquistato a Chicago la settimana precedente.

Durante i miei voli, sopratutto con i preziosi consigli delle colleghe, ho imparato varie astuzie, e l'importanza, della cura dell'immagine.

Quando una hostess attraversa la cabina, spesso gli sguardi sono calamitati su di lei.

La cura dell'immagine deve rispecchiare espliciti indirizzi aziendali. Bisogna presentarsi sempre con aspetto curato e ordinato e indossare l'uniforme secondo le normative, con trucco e gioielli non appariscenti per le donne, barba curata per gli uomini, capelli puliti e ordinati, piccoli accessori secondo standard e assenza di modifiche e personalizzazioni.

Nessun membro dell'equipaggio può prestare servizio se non indossa l'uniforme regolarmente, in quel caso il capo cabina farà un rapporto negativo.

Indossare la divisa correttamente assume un valore che esprime, oltre a stile ed eleganza, anche professionalità e responsabilità del proprio ruolo.

Gli accessori e le modalità di indossare l'uniforme sono da sempre al centro dell'attenzione e uniscono norme di sicurezza con la praticità, seguendo la moda e le abitudini che cambiano.

Non sempre questo viene visto di buon occhio dal personale di bordo così ogni tanto viene fatta qualche modifica rendendo la divisa più *personalizzata*, cosa spesso disapprovata dai responsabili poiché non sono ammesse varianti al modello e tessuto previsto dagli standard di Compagnia.

Piccoli trucchi e alcuni punti fermi e irrinunciabili per rendere più completa la figura in uniforme, in modo garbato e discreto, li ho appresi a poco a poco.

Mani: Spesso sotto osservazione da parte di tutti gli occupanti dell'aeromobile, che le seguono con lo sguardo dalla dimostrazione di sicurezza all'offerta delle bevande. Sono importantissime per sottolineare l'aspetto curato e pulito e devono avere sempre un velo di smalto.

La manicure è d'obbligo una o due volte a settimana, e se si usa lo smalto rosso è preferibile non indossare anelli vistosi. Amo lo smalto rosso d'inverno e lo smalto color avorio d'estate con le mani abbronzate.

Orologio: Avere un buon orologio è come indossare un gioiello, deve essere in armonia.

Depilazione: Visto l'obbligo di portare sempre le calze velate è assolutamente necessario curare con la massima attenzione la depilazione delle gambe. Scoprire *piccole disattenzioni* che fuoriescono, peraltro ingigantite e scurite per effetto ottico dai collant, oltre a essere esteticamente poco piacevoli alla vista è anche indice di trascuratezza e incuria.

Gioielli: Pochi, piccoli, preziosi, preferibilmente brillanti. Consentiti al massimo due (compresa la fede nuziale).

Calze: Ove possibile bisognerebbe evitare di indossare calze farmaceutiche a compressione graduata, che pur utilissime contro le vene varicose, essendo troppo spesse donano alla gamba un'*aria pesante*. I collant più eleganti sono leggermente velati; il colore che rende le gambe un po' più affusolate, slanciate e dona un gradevole effetto abbronzato è denominato *caffè*.

Solo chi ha caviglie sottilissime può permettersi tonalità più chiare.

Ricordarsi sempre di portarne un paio di scorta.

Le calze autoreggenti, ideali sotto i pantaloni e fresche per l'estate, hanno sempre grande charme: ma si rivelano sovente scomode, se indossate per molte ore. Fare comunque molta attenzione, quando si accavallano le gambe.

Camicia: Deve essere perfettamente stirata e inamidata. Con un'invisibile modifica della sarta, si può assottigliare la figura all'altezza della vita, stringendo leggermente i lati.

Giacca: Per rendere più seducente l'effetto della giacca è opportuno farla restringere pochi centimetri sul punto vita, cosicché calzerà perfettamente avvitata lungo i fianchi. Indossarla sempre abbottonata.

Impermeabile: Portato sempre allacciato ad esclusione dell'ultimo bottone in alto con cintura chiusa, e mai con il bavero alzato sul collo.

Gonna: È opportuno fare l'orlo a metà ginocchio, non di più, per essere conforme alla regola e per non esibire un aspetto volgare. La lunghezza della gonna non deve essere inferiore a 1/2 centimetri sopra il ginocchio e superiore alla metà della stessa misura.

Pantaloni: Dal 2006 le hostess italiane possono finalmente utilizzare i pantaloni al posto della gonna, rispecchiando l'emancipazione femminile e le caratteristiche dell'evoluzione dei tempi, offrendo maggiore praticità e comodità. Per restrizioni ormai obsolete riguardo le uniformi e le apparenze, alle hostess dell'Asiana Airlines, famosa per il servizio impeccabile, non è assolutamente permesso questo indumento.

Scarpe: Un tacco medio di almeno cinque o sei centimetri è d'obbligo per una figura più femminile; più comodo il tacco affusolato di quello a spillo.

Borsa: È più chic con la tracolla leggermente più corta e il foulard legato a essa.

Reggiseno: Data la camicia solitamente bianca, è preferibile il reggiseno bianco o color carne; un tocco femminile in più lo dà il reggiseno in pizzo che si intravede in maniera impercettibile con le sue trame, preferibilmente con il merletto solo dietro, sulla chiusura della schiena.

Guanti: Bisognerebbe portarli durante le fasi di imbarco e sbarco passeggeri.

Devono essere di pelle morbida, classici, lineari, stessa tonalità della borsa.

Foulard: Annodato sul collo, deve essere pulito e ben stirato. Dare sopra sempre una leggera spruzzata di profumo delicato e gradevole prima di uscire.

Cappello: deve essere indossato, quando previsto, in fase di imbarco e sbarco dei passeggeri.

Capelli: Devono essere puliti, ordinati e ben pettinati, raccolti con chignon classico a nuca bassa – il top dell'eleganza – ma possono essere portati sciolti se la lunghezza non supera la base del collo; la treccia o coda vanno bene solo in alcune compagnie aeree.

Le colorazioni sono consentite nelle nuance naturali, la ricrescita non deve essere visibile.

Da evitare, quali accessori, sia gli orrendi mollettoni anche se impreziositi da strass, sia gli elastici in spugna colorata. Preferire lacci di colore blu o nero.

Trucco: È obbligatorio. Il make-up dovrà essere curato e poco appariscente, con fondotinta mirato a dare un aspetto naturale e minimizzare eventuali imperfezioni.

Profumo: Qualche goccia sul collo, sopra il foulard, sui polsi. Fragranze leggere e fresche e in dosi non eccessive.

Non consentiti: Piercing e tatuaggi visibili.

In un sondaggio tra viaggiatori d'affari è stata eletta la divisa più affascinante: quella color rosso della Virgin Atlantic, corredata di seducenti tacchi rossi. Sebbene la compagnia sia orgogliosa di questa immagine glamour, il look sexy delle uniformi non è privo di polemiche.

Un ultimo accorgimento: evitare di voler *sembrare incantevoli*: l'atteggiarsi *da diva* fa decadere tutto il fascino.

Apprezzabili, sempre e comunque, due parametri: la discrezione e una saggia misura.

L'immagine della hostess, peraltro, non è costituita soltanto dall'uniforme o dalla cura della persona che la indossa, ma da un insieme di comportamenti verbali e non verbali che la completano.

Grande importanza ha, quindi, l'eleganza nel parlare, nel modo di fare e nei gesti, che non rilevino mai mancanza di spontaneità ma facciano trasparire naturalezza ed educazione.

Apprezzabile conversare in modo appropriato e garbato, evitando con affabilità l'essere distolta dal servizio, non adottare espressioni dialettali o volgari, mostrare atteggiamenti rassicuranti, eludere argomenti di carattere politico, religioso e razziale, scansare temi che possano generare inutili preoccupazioni o ferire la suscettibilità altrui, sdrammatizzare su battute poco felici di derisione, biasimo o sarcasmo, e riuscire a ignorare il turpiloquio con distacco, impreziosito da un educato silenzio.

Su quasi tutti i voli operati dagli assistenti di volo, inoltre, i responsabili valutano con una scheda debitamente firmata la prestazione di ogni singolo.

La valutazione richiede un'osservazione attenta e comprende giudizi e note di commento che consentono all'ufficio del personale di poter controllare maggiormente l'operato dei propri dipendenti, portando a conoscenza delle personali predisposizioni, delle criticità e dei pregi.

Evviva gli sposi

A trent'anni ho iniziato a fare il primo bilancio della mia vita.

Ero una donna a tutti gli effetti e non più una ragazzina.

Già vivevo da sola da molti anni, facevo un lavoro che mi appassionava e che rispecchiava antiche aspirazioni.

Avevo l'opportunità di viaggiare, ero spinta da un forte entusiasmo che mi faceva dimenticare la stanchezza: ero così entusiasta che nonostante la fatica e i lati molto impegnativi di questa professione, non mi sembrava neanche di lavorare.

Tutto andava bene: il lavoro mi dava grandi soddisfazioni e garantiva la mia indipendenza, avevo appena acquistato la mia prima casa e continuavo a vedere gli amici di sempre, nei momenti liberi.

Anche Eva, Valentina e Ludovica erano andate a vivere per conto loro, sentivamo come me la necessità di una maggiore privacy, potevamo ormai permetterci di affrontare le spese dapprima condivise.

Pur essendo appagata sul piano lavorativo, spesso mi pervadeva un vuoto sentimentale, una mancanza di qualcosa che, col passare del tempo, ho dovuto necessariamente valutare e definire.

Mi accorsi col tempo che quel qualcosa era una famiglia.

Mi mancava qualcuno con cui condividere la mia vita così piena, che improvvisamente mi era apparsa priva di un vero amore; desideravo avere accanto un uomo che mi accompagnasse nel mio cammino.

Pensavo a una persona da amare, che potesse occuparsi di me e io di lui.

Cresceva in me anche un forte senso di maternità, il desiderio di procreare una vita, un figlio da dare alla luce, da accudire, da crescere, da coccolare, da amare.

Avevo compiuto trentadue anni e una fredda sera di novembre, al rientro da un volo di medio raggio, decisi di uscire con una mia amica, che andava a cena con alcuni suoi conoscenti.

Inaspettatamente ebbi l'incontro che avrebbe cambiato la mia vita: il mio futuro marito.

«Piacere, sono Marco, prego accomodati.»

Lui si avvicinò a me, mi porse la mano e, con garbo, spostò la sedia per invitarmi a prendere il posto a sedere.

Era gentile, discreto, abbastanza silenzioso, molto affascinante.

Eravamo seduti vicini ed eravamo attratti l'un l'altro da una forte e invisibile energia.

Ricordo che rimasi affascinata dai suoi grandi occhi, di colore marrone, che sprigionavano una luce speciale.

La musica di quel ristorante ci avvolgeva offuscando la presenza di chiunque altro, e non riuscivo a percepire e distinguere altro suono e altra voce che non la sua.

Lui dominava nella sua corporatura forte e robusta, era altissimo, oltre il metro e novanta, i capelli morbidi e biondi avevano un taglio classico, la barba appena rasata, le mani grandi e molto curate, appena distinguibile il suo fresco profumo.

Era percettibile l'accuratezza del suo modo di vestire, l'attenzione ai dettagli, alla qualità dei tessuti, al taglio delle stoffe.

Un'eleganza misurata, lineare, pulita, e il suo atteggiamento mostrava un mélange di riservatezza e discrezione.

Impugnava un grande bicchiere di cristallo, tenuto per il gambo con indice e pollice, colmo a metà di un buon vino, rosso e corposo, che ondeggiava mosso delicatamente dalle sue dita; lo inclinò per guardare il colore, infine lo avvicinò al naso per sentirne gli aromi.

«Vorrei che anche tu assaggiassi questo vino, ritengo sia d'ottima annata.»

Mi rimase impresso quel gusto aromatico e persistente.

«Non riconosci un sapore di legno di rovere?»

Secondo me, profumava di fragola.

Fui trafitta dalle frecce di quei modi ricercati.

Come dolce ordinammo una mousse di cioccolato che aveva una nuance tra il mogano e la cannella, e un *cheesecake*, che solo in America avevo assaggiato così squisito.

Si sciolse subito in bocca, e stavo per sciogliermi anch'io.

Aveva l'aspetto, e i modi, del principe che avevo aspettato da sempre.

L'incontro è stato imprevedibile, inatteso, così come la sua prima telefonata, che ricevetti stupita di sentirlo, dato che io non avevo lasciato il mio numero di telefono; la mia amica fu sua complice, la nostra futura testimone di nozze.

Seguirono altre piacevoli serate in sua compagnia.

Si sprigionò una forte attrazione tra noi.

Mi presentò la sua famiglia portandomi a cena dalla madre.

«Sono la madre di questo bellissimo ragazzo, sei la benvenuta e complimenti per l'ottima scelta.»

Mi sembrò subito una famiglia affiatata e molto unita, le pietanze erano ottime, servite in vassoi d'argento e la madre, dopo qualche bicchierino in più, cantò, alla fine, qualche stornello romanesco in mio onore.

L'atmosfera era rilassante e goliardica, la casa accogliente.

La felicità non è mai dove la cerchiamo e dove l'aspettiamo, ma ci appare all'improvviso, quando non ci pensiamo affatto, come se ci seguisse da dietro e aspettasse, per rivelarsi, la nostra distrazione: diceva più o meno così, una frase letta in un libro tempo addietro. Mi aveva colpito, al momento, e ora invece la stavo vivendo.

Il primo bacio fu indimenticabile: era durato tutta la notte.

Ero felice.

Avevamo gli stessi obiettivi: una vita serena, un figlio.

Tutto sembrava semplice e realizzabile.

Sentivo che insieme noi saremmo potuti andare nella direzione giusta, c'era identità di vedute, anche se eravamo di diversa formazione mentale, ma quella diversità era preziosa, sembrava ci arricchisse.

Con il mio lavoro e i miei viaggi, la lontananza ci rendeva più desiderosi di vederci; un giorno mi raggiunse a Parigi e osai persino assaggiare dal suo piatto *les escargots à la bourguignonne,* senza dubbio una raffinata pietanza ricercata, ma per me difficilissima da vedere come qualcosa di diverso da viscide lumache.

Lui mi fece scoprire con la barca a vela la bellezza della Sardegna, tutte le calette più intime e solitarie raggiungibili solo via mare, amava la natura e gli animali.

La dolcezza dei suoi occhi si contrapponeva a una durezza dello sguardo da cui traspariva un velo di tristezza che io, con forte entusiasmo, ero determinata a far sparire. Sarei riuscita a restituirgli quella gioia di vivere che, a volte, sembrava abbandonarlo.

Cercavo di infrangere la sua difficoltà a esprimere le emozioni, occupavo i suoi silenzi e le sue tristezze, dapprima passeggere, con la mia gioia di avere accanto una persona che appariva forte e molto sensibile.

A volte sembrava un po' freddo, forse cauto e prudente nell'agire, ma io sarei stata capace di addolcire il suo carattere.

Ero come trascinata da uno spirito di competizione nel poterlo cambiare, che solleticava il mio gusto per le imprese impossibili.

Inconsciamente ero attratta da quella sua forte personalità, rivelatasi testarda e incapace di perdere.

Da poco, ma non del tutto, ho imparato ad abbandonare le improbabili pretese di modificare caratteristiche altrui.

Durante il fidanzamento, io mi accorsi a sorpresa dell'esistenza di un piccolo inconveniente: l'invadenza della mia futura suocera, ma nulla avrebbe potuto turbare la nostra felicità nello stare insieme, pensavo.

Certamente troppo presente nella nostra vita di coppia, lei elargiva sempre consigli, trovava soluzioni non richieste e comunque per me inadeguate, in ogni circostanza.

Si preoccupava molto per il figlio, e per me.

La sua curiosità, un giorno, l'ha spinta addirittura a insediarsi nella camera da letto, mentre noi eravamo impegnati a fare colazione in intimità, per chiedere informazioni sullo yogurt che avevamo poco prima rovesciato sul tappeto ed erroneamente messo fuori dalla stanza, prima del suo passaggio fortuito.

Lei aprì la porta, senza nessun preavviso, con viso accigliato, sguardo apprensivo e voce inquieta.

«Che cosa è successo? Qualcuno di voi due si è sentito male?» chiese trafelata, accendendo la luce della camera da letto.

Ricordo che mi coprii con le lenzuola, essendo priva dei miei vestiti, e provai imbarazzo nello scusarmi per l'accaduto, per aver sporcato quel tappeto persiano così prezioso.

La rincuorai, le assicurai che si era trattato solo di un banale incidente, che il vasetto era caduto inavvertitamente.

Anche il figlio si scusò, ma senza sentire il bisogno di coprirsi.

Non parve turbato da quell'intromissione nella sua sfera privata, e oggi direi che ne fosse abituato e la accettasse con eccessiva tolleranza.

Gli episodi che rivelarono gelosia e intolleranza della suocera nei miei confronti furono molteplici.

Lui non riusciva a ribellarsi; capitava, anzi, che a volte si ritrovassero entrambi complici agguerriti contro di me, ma io, allora, continuavo a credere che lui fosse l'uomo della mia vita.

Non sono così importanti l'accordo e la comprensione con la suocera, pensavo.

Avremmo trovato sicuramente un punto d'incontro, un giusto equilibrio nel rispetto dei relativi confini e, con il passare del tempo, io ero sicura che la madre avrebbe accettato l'indipendenza del figlio e avrebbe staccato quel cordone ombelicale che si era protratto eccessivamente nel tempo.

Era bello stare insieme, fare progetti per il futuro, sapere di aver trovato un compagno per la vita, realizzare il desiderio di creare qualcosa insieme, scambiarsi fiducia e stima reciproci.

Sono rimasta incinta quasi subito, dopo una meravigliosa vacanza in barca.

Tornai a vivere la favola, dimenticando i problemi, e proseguii il sogno.

Il nostro primo viaggio, del resto, è stato un breve e romantico weekend in Costa Azzurra, a Montecarlo, all'hotel de Paris, dove mi sono sentita una vera principessa.

Adoravo guardare le sue mani e inebriarmi del profumo della sua pelle così delicata.

Decidemmo di sposarci, e nella casa in cui lui già viveva, avremmo creato una nuova famiglia: la nostra.

Arrivò il giorno del matrimonio.

Mi rivedo varcare la soglia della chiesa con un bellissimo abito bianco e un piccolino di tre mesi nel mio ventre, mentre il mio uomo mi aspettava all'altare.

Ero felice, mi sentivo così innamorata, così emozionata.

La mamma dello sposo era anch'essa in ansia, velatamente consapevole dell'imminente perdita dell'amoroso ed esclusivo possesso del figlio.

Si sentiva quasi impoverita e defraudata di un bene a cui era abituata nella propria quotidianità, e fu incapace di non soffocare con avvertenze e suggerimenti la propria creatura, anche in quel giorno.

Richiamo alla mente quel momento, alla festa di nozze, in cui cedo il mio cavaliere all'invadenza di sua madre, bramosa di proseguire il nostro primo ballo, che avrebbe dato inizio alle danze, con il suo amato figliolo.

A memoria di questo, il filmino del matrimonio custodito in un prezioso astuccio.

Firmammo un patto e promettemmo di occuparci per sempre l'uno dell'altra.

Mi sentivo protetta, avevo trovato stabilità, sicurezza, affetto.

Ho varcato la soglia di una casa sconosciuta e nuova, benevolmente concessa, ma avevo bisogno di tempo per potermi ambientare e sentirmi a mio agio in quella villa bellissima, già piena, già vissuta.

Nella grande dimora erano stati creati tre alloggi indipendenti adiacenti l'un l'altro: nel primo vivevano i suoceri, nel secondo noi, nel terzo tre domestici filippini.

Due cani scorrazzavano liberi nel grande giardino dotato di piscina olimpionica e campo da tennis privato.

La prima grande sorpresa avvenne quando decisi di spostare un mobile e la collocazione di qualche quadro della casa in cui vivevo, per il naturale desiderio di personalizzarla.

Con enorme disappunto della suocera, riuscii a ottenere la modifica parzialmente, ricevendo asfissianti critiche negative sul mio comportamento.

Mi sono accorta che potevo muovermi, ma senza spostare nulla. Produrre, ma senza creare nulla di nuovo, perché non avrei dovuto interferire e non avrei potuto cambiare qualcosa che non doveva mutare e che, percepivo, doveva restare così.

Non potevo differenziarmi troppo dalla loro consueta programmazione e non potevo sbagliare, ma dovevo seguire attentamente le indicazioni senza fare di testa mia.

Il messaggio che dovevo apprendere era che nulla di tutto quello che mi circondava fosse mio, potevo usufruirne stando in punta di piedi, grazie solo a un permesso accordato, a una temporanea concessione.

Tutto era molto chiaro e semplice, non comportava eccessiva fatica.

Bastava solo osservare la suocera che, con la sua grinta e la sua caparbietà, presenziava sui lavori da fare.

Mi insegnò a cucinare i suoi piatti preferiti, tipici romani: bucatini all'amatriciana e abbacchio al forno con patate.

Scoprii che ero libera comunque di decidere cosa cucinare senza cadere nella sua disapprovazione, ma vi erano continui scontri per inconsueti motivi, quali, per esempio, la diversa opinione su quale fosse il cassetto più idoneo per mettere le mie mutandine o la disposizione degli armadi per i vestiti del figlio, oltre che per i miei.

Tollerava poco la mia scelta delle foto da mettere nelle cornici d'argento, ricevute come regali di nozze, e non vide mai di buon occhio la mia decisione sulla scelta del colore del nostro divano: il bianco, si sporca subito.

Bisognava usare molta diplomazia nel trattarla.

A ogni minimo disappunto, lei si rivelava intransigente, impossibile contraddirla o contestarla.

La sua voce era stridula e il suo lessico piuttosto colorito, completava l'opera, il suo forte accento romanesco.

Affinché tutto si svolgesse serenamente sarebbe bastato accettare la sua presenza in casa a tutte le ore del giorno; se mi avesse trovata nuda, non le sarebbe importato che ciò a me potesse dar fastidio, l'accaduto non sarebbe stato un problema – diceva – perché tanto, anche lei era una donna.

Fu un vero oltraggio, ai suoi occhi, l'essermi permessa di far installare un campanello al di fuori della porta d'ingresso e averla informata che desiderassi essere avvertita prima del suo accesso in casa.

Non le risposi, quando, una volta, mi chiese informazioni dettagliate sulle qualità e prestazioni sessuali del figlio. Era convinta che, come madre, avrebbe dovuto sapere tutto su di lui.

Quel mio silenzio fu, per lei, un affronto nei suoi confronti.

Non poteva fare a meno di non preoccuparsi del suo bene prezioso affidato ad altre mani, di certo inadeguate rispetto alle sue.

Ogni mattina entrava e mi scrutava con la sua preoccupazione di non trovarmi con i capelli in ordine e con i vestiti adeguati al suo gusto personale.

A casa mia, e pure nella mia famiglia d'origine, era invece concesso stare senza scarpe e con i capelli tirati su con un mollettone, anche del colore diverso dall'abito, con la capigliatura un po' arruffata e inaridita dai frequenti bagni di acqua marina e sole, senza la trepida urgenza del parrucchiere di fiducia.

Appena sveglia si poteva restare senza trucco, a casa mia.

Cominciai un po' a ricredermi sull'inflessibilità di mio padre.

Giunse un giorno in cui mi volli sentire di essere libera *come se fossi a casa*, considerato anche il fatto che ero investita dalle nausee della gravidanza.

Senza trucco, senza scarpe scomode, senza vestaglia di seta, senza aver spazzolato i miei capelli e aver controllato il mio aspetto nello specchio, al risveglio mattutino, decisi di andare a far colazione.

Vidi lo sguardo bieco della suocera, frequentatrice assidua della mia cucina e spesso incurante dell'esistenza del campanello.

Mi interrogò su come non mi vergognassi a prendere il caffè *così in disordine*.

Esplicitamente mi disse che non le piaceva il mio abbigliamento e mi consigliò di *cambiare mise*.

Subentrava in lei già il sospetto se fossi degna di *lui*, se fossi in grado di comprendere profondamente il proprio figlio e la sua spiccata sensibilità.

Lei era sempre splendida, truccata e stirata.

Anche la mattina appena sveglia.

Le sue lunghe unghie erano sempre smaltate di fresco, i capelli corvini cotonati, i vestiti, rigorosamente abbinati tono su tono, seguivano le più prestigiose firme con preferenza per i colori sgargianti e leopardati, le rughe rivelatrici della sua età venivano appianate da sapienti mani di maghi del lifting, il suo naso aquilino le dava un'aria arcigna.

In Sicilia il caffè lo portava la mia mamma con il suo splendido sorriso insieme ad un po' di latte fresco, i biscotti con le mandorle, il miele e la granella di pistacchi appena sfornati, o un cannolo di ricotta di pecora con scaglie di frutta candita e la sua voglia di abbracciarmi, anche se io non fossi stata *in ordine*.

Per salvare la serenità di un graduale risveglio e concedermi una colazione rilassante, lontana dalle critiche mattutine di questa donna che si ostinava giornalmente a entrare in cucina, avanzando fino al mio soggiorno per poter innaffiare le mie piante e decidere il posto giusto dove collocarle, avevo trovato un espediente.

Pensai di farmi portare il caffè in camera da letto da Aruna, la domestica filippina, la quale, quatta quatta, la mattina passeggiava davanti a me e mio marito, spesso arresi al sonno dimenticando di indossare il pigiama e, silenziosa strisciando i piedi, arrivava fino al comodino, poggiava la tazzina, avendo cura di coprirla con il piattino per evitare un rapido raffreddamento, sbirciava incuriosita, e nell'andare via a volte inciampava distrattamente sui tappeti persiani, svegliandomi con una sensazione d'angoscia per quell'estranea che faticavo ancora a riconoscere.

Sì, in effetti, la vita era comoda, nonostante tutto.

Per non litigare con mio marito, sempre assente per motivi lavorativi, bastava solo che non litigassi con la madre.

Bastava cucinare le cose a lui gradite, magari sotto i suggerimenti materni, e non esprimere desideri personali divergenti dai suoi.

I miei pranzetti non sarebbero stati appetitosi come quelli della madre, ma avremmo potuto decidere, non senza invitanti suggerimenti, di consumare tutti i pasti insieme a lei.

Per lui non era così importante ritagliarsi i pochi momenti in cui potevamo ritrovarci da soli: la pasta con fagioli di mamma era ineguagliabile dopo una dura giornata.

Bastava non lamentarmi per le sue continue assenze lavorative.

Bastava essere come voleva lui che io fossi, bastava che tutto fosse sempre entro i suoi parametri, bastava muoversi poco e non sporcare.

Bastava ringraziare per tutto quello che poteva offrirmi.

Semplice e facile, anzi dovuto, addirittura.

Quando è nato Alessandro, nostro figlio, avevo le idee diverse dalle loro su come educarlo.

Sono diventata ai loro occhi una madre irresponsabile, inesperta al cospetto di una suocera che aveva già allevato due figli e quindi molto più esperta.

Quasi tutti i miei comportamenti erano soggetti a condanne che non venivano mai annullate, amnistiate, solo lei sembrava essere detentrice della verità.

Alessandro – diceva – non poteva piangere e quando io provavo a fargli capire, con suo palese disaccordo, che non fosse giusto salire con i piedini sul divano o sputare la minestra nel piatto, arrivava puntuale la suocera disprezzando il mio comportamento, per portarsi via con sé il *poverino* in lacrime.

«In questa casa» ripeteva «i bambini non devono piangere.»

Fra le sue angosce esistenziali e le notti insonni, il nipotino le appariva come il suo *piccolo raggio di sole.*

«Il mio piccolino è la mia ragione di vivere» diceva lei, la sua migliore cura di ringiovanimento, ed era quasi tentata di farsi chiamare *mamma* anziché *nonna*.

Mio marito, pur non approvando il comportamento della madre, accondiscendeva in tutto e, chiedendomi comprensione per il bene e la serenità di tutti, distrattamente non considerava la mia.

Un giorno, dopo una mia lunga assenza a causa del lavoro, provai a prendere mio figlio dalle braccia di lei.

Ero appena arrivata da New York, avrei continuato io a dargli la pappa che Alessandro aveva già iniziato a mangiare.

Mi è stato risposto che avrei potuto tenerlo solo quando lei me lo avesse concesso, probabilmente dopo la fine del pasto e dopo essermi tolta quella sconveniente divisa da lavoro.

Era riuscita a portarmi all'esasperazione, oltrepassando eccessivamente il senso della misura.

Dopo quella separazione da mio figlio che mi appariva così straziante e infinita, come tutte le neo mamme, volevo abbracciarlo, prenderlo in braccio, baciarlo. Subito, adesso. Cercai di non apparire così inferocita, come ero, per non turbare il bimbo.

Provai a reprimere tutta la mia rabbia, mi avvicinai, la guardai in cagnesco e allungando le braccia verso lei, le intimai, con animo palesemente ostile nei suoi confronti, di porgermi mio figlio.

Per la prima volta, senza fiatare, mi ascoltò.

Era arrivato il momento di andare via con il piccolo, chiedendo a mio marito di seguirmi in un altro alloggio, anche se soltanto a qualche centinaio di metri di distanza.

Lui raggiunse me e il piccolo solo con il corpo, non con il cuore che chissà dove era finito, né tanto meno con la testa, rimasta in villa.

Intere giornate senza una parola nella nostra nuova graziosa casa, seppur di dimensioni ridotte, si respirava un'aria d'estraneità e mutismo.

Ingrata, divenni ai suoi occhi.

Per non aver saputo apprezzare la generosità della madre, le sue infallibili opinioni e, non ultima, la lussuosa casa.

Litigi, urla, porte sbattute, questa fu la sua vendetta.

L'angoscia dei lunghi mutismi cresceva, insieme a raffiche di collera.

Le mie partenze lavorative allontanavano temporaneamente il problema, per poi ritrovarlo rinsaldato al rientro, problema assai frequente tra i naviganti, perché dentro quella divisa si vive una vita affascinante, ma lontana dai propri affetti, lontana da tanti, troppi, piacevoli o spiacevoli eventi che la vita presenta. Mi rituffai nel lavoro, quasi senza rendermene conto.

Imbarco passeggeri

Ero in ritardo, il traffico per arrivare in aeroporto mi riportava indietro nel tempo con la mente.

L'equipaggio avvertì il coordinamento che dovevo arrivare a bordo in fretta; appena raggiunto il *brefing* mi informai sul parcheggio dell'aeromobile e, con la solita fretta che contraddistingue abitualmente le hostess che prendono servizio, mi infilai per la millesima volta sotto il metal detector che, per la stramillesima volta, suonò, pur non avendo nulla degno di squillo, a mio avviso.

Ripassai, dopo aver tolto la giacca (alquanto fastidioso con gli spifferi invernali) e risuonò.

Sì, sono sempre le scarpe e il loro sottotacco antiscivolo puntellato da minuscoli chiodini, che non mi va mai di togliere.

Mi toccò il controllo manuale delle calzature.

Giurai che avrei obbligato il mio calzolaio ad attaccare le suole con la colla, non appena rientrata dal volo.

A New York o Delhi ti obbligano a sfilare le scarpe prima di passare, e s'innervosiscono se te ne dimentichi dato che è scritto – ma solo nella loro lingua – quasi ovunque, e, se indossi o metti in borsa un accendino, ti sequestrano pure quello – questo non è scritto da nessuna parte – non ascoltando nemmeno le tue rimostranze o preghiere per averlo acquistato da Tiffany sulla 5a strada.

Nessuna scusa è valida per tenerlo, non c'è più nemmeno il tempo per stivarlo: sequestrato, punto.

Mostrai il tesserino aziendale, per l'ennesima volta i controllori passarono quel terribile veicolo di radiazioni, simile a una paletta nera allungata, su di me.

Allargai le braccia e senza battere ciglio attesi che fossero terminati i controlli.

Ricordo che a Londra ho avuto un energico massaggio su braccia, gambe e schiena per ulteriori controlli.

Non ho armi, non ho oggetti pericolosi, al più presto cambierò la suola e metterò l'orologio di plastica, certo comprendo che è per la sicurezza di tutti.

«Maledetto body check!» rimuginai sottovoce.

Una voce conosciuta mi distolse.

«Ciao Anna!!!!!!!!!»

«È tanto che non voliamo insieme!»

Era Lavinia, la riconobbi dalla voce e da quei riccioli neri corvini, sempre più scuri e cotonati.

Avevamo frequentato il corso di addestramento insieme, parecchi anni prima, forse ormai più di dieci.

Un giorno ci ritrovammo a Toronto e decidemmo, durante la sosta lavorativa, di andare a vedere le cascate del Niagara, gelate dal rigido inverno, con temperature che scendevano al di sotto dello zero.

Per lei, era come se il tempo si fosse fermato.

Il profilo aquilino del suo naso si era allineato, quella linea ricurva che solcava il viso: svanita.

Le rughe che ultimamente avevo notato, negli ultimi voli fatti insieme, ai bordi dei suoi occhi, e quelle occhiaie che le davano un'aria così stanca, erano perfettamente appianate.

I suoi zigomi erano rigonfi oltre misura, non ricordavo nemmeno un seno così esuberantemente prosperoso.

«Ti trovo bene!» le sussurrai, non sapendo se svelarle che sembrava quasi un'altra o far finta di non notare nulla, pur ammettendo a me stessa che se avessi coraggio, tempo e soldi, altro che rughette!

Probabilmente lei aveva esagerato, e forse le mie aspirazioni si sarebbero potute raggiungere con altri metodi: palestra, dieta, creme, bustini ... colla, acido, chiodini.

«Che bello rivederti!» urlò con la sua voce stridula immutata.

«Sei splendida, ti trovo in perfetta forma!»

Io mi preoccupai poiché non è da lei mostrarsi gentile. Chissà cosa le serviva.

Lavinia aveva sofferto negli ultimi anni per ben gravi motivi, ed era diventata una donna eccessivamente indurita dal tempo e dalle forti delusioni, appariva un'egocentrica che si atteggiava continuamente a vittima per i dolori mai rimarginati.

«Sentiamoci, rientro fra tre giorni.»

«Scusa mi aspettano, devo scappare.»

Il pulmino aeroportuale, questa volta solo in leggero ritardo - dato che si fa attendere sempre più del dovuto, specialmente durante le partite di calcio, mi portò sottobordo e, trafelata, io mi accorsi che l'imbarco era stato già avviato, e i colleghi da tempo posizionati in cabina aiutavano i passeggeri nell'individuazione del posto assegnato.

Mi scusai con il comandante e lui, accigliato, mi scrutò con diffidenza, non voleva assolutamente essere in ritardo.

Non sempre si riusciva ad avere una amichevole integrazione con tutto il personale.

A bordo riconobbi Silvia, la collega, elegante nel suo incedere che mi accolse con un sorriso.

Silvia aveva già controllato le dotazioni di emergenza e gli allestimenti del catering, approntato i bricchi con il caffè e il tè e sistemato i giornali negli appositi alloggiamenti.

«Metto a posto i miei bagagli e ti raggiungo.»

Abbiamo tanti ricordi insieme dei nostri viaggi sulle linee dirette verso l'Australia. Vivemmo un'esperienza lavorativa durata tre mesi consecutivi tra Bangkok e Sidney, prima di rientrare in Italia. In quell'occasione ammirammo i paesaggi mozzafiato del Queensland, con l'azzurro del cielo che contrastava il rosso della terra; esplorammo la foresta pluviale tropicale nella notte, scoprendo lucciole grandi come lampadine; conoscemmo le popolazioni aborigene locali e accarezzammo i canguri; perlustrammo le isolette thailandesi e bevemmo insieme a Bali, in Indonesia, una bevanda locale chiamata Aràk, esageratamente etilica.

Fare shopping a Bangkok era un'avventura piena di sorprese, scoprivo prodotti di cui non avrei mai immaginato l'esistenza e la contrattazione del prezzo era parte necessaria dell'acquisto, e della vendita: non si trattava di uno scontro di volontà, ma di un'occasione di accordo e conoscenza reciproca. Tessuti, gioielli, oggetti per la casa, manufatti si potevano trovare in quantità al mercato *Pahurat* in Pahurat road e al meraviglioso mercato del fine settimana *Chatuchat*, oltre che nei grandi magazzini *Mahboonkrong Center* in Phaya Thai Road e al *Siam Center* in Rama I Road. La cucina locale a base di pollo, pesce, verdure e riso era ottima, la vita notturna molto vivace e diversa da quella di qualunque altra città nel mondo, indimenticabili i massaggi tradizionali, che facevamo insieme dopo aver camminato tutto il giorno.

Lei ha sempre fotografato tutto, una passione che ha tralasciato con l'arrivo dei suoi due figli.

Fui pronta per il servizio.

Cercai subito un'altra sistemazione a una signora che, per un errore di assegnazione, era stata posizionata con il suo bambino in prossimità delle uscite di emergenza, e l'aiutai a trasferirsi; provvidi a far caricare in stiva il bagaglio a mano troppo voluminoso di un passeggero, data l'impossibilità di sistemarlo in cabina, pregandolo di ritirare le cose che, eventualmente, sarebbero potute essergli utili durante il volo.

Silvia chiese il mio appoggio per intervenire con un gruppo molto rumoroso che disturbava la tranquillità degli altri, e insieme li invitammo a parlare a voce più bassa e a smettere di cantare, cercando di mantenere un normale tono di voce.

Invitai un passeggero a ritornare al posto che gli era stato assegnato, dato che le norme di compagnia erano molto chiare per ciò che riguardava la permanenza in prima classe.

Lui mi informò che avrebbe desiderato solo parlare con un amico e, quindi, verificai la disponibilità di due posti liberi e vicini in classe turistica, che avrebbero potuto utilizzare per colloquiare.

Informai un bimbo che non poteva usare a bordo il Game Boy né il cd player le cui cuffiette si intravedevano dalle sue orecchie, affrontando il disappunto della madre, seduta accanto, che sperava non mi fossi accorta che non aveva ancora allacciato la sua cintura di sicurezza, penzolante da sotto il sedile.

Un passeggero mi propose di ampliare il numero di copie di quotidiani in offerta, dato che la testata da lui richiesta era esaurita; spiegai che purtroppo avevamo a disposizione solo un determinato numero di copie e proposi un altro quotidiano che rifiutò di leggere, gli augurai avesse potuto trovare il suo preferito in edicola all'aeroporto di destinazione, dato che eravamo su un volo nazionale.

Informai il passeggero con un insistente languore allo stomaco che lo snack sarebbe stato servito solo dopo il decollo, e che non erano state imbarcate le baguette con poca maionese da lui richieste, dato che su un volo nazionale la scelta era solo tra biscotti o salatini.

Tutti furono finalmente seduti e cinturati, piovve e il forte vento provocò delle ondulazioni che scossero tutto l'aeromobile.

Eravamo pronti per il decollo.

Dopo un veloce rullaggio raggiungemmo la quota di crociera, avendo sorpassato un cumulo di nuvole che apparvero soffici come neve fresca, purtroppo una forte turbolenza non diede tregua per tutto il volo.

Il servizio bevande non venne offerto per evitare danni con il carrello e il tè bollente.

Una ragazza non riuscì a trattenere le lacrime, tremava e stringeva solidamente il bracciolo.

Mi avvicinai, le poggiai la mia mano sulle spalle, le assicurai che la turbolenza non è di per sé pericolosa, ma solo fastidiosa perché fa sobbalzare gli occupanti dell'aereo. L'importante era mantenere le cinture allacciate per evitare spiacevoli urti.

Soggiunsi che volare è molto più sicuro che andare in automobile, e la situazione è paragonabile a quella di una macchina che attraversa un terreno pieno di buche, costellato di pietre e non perfettamente liscio.

Avrebbe voluto credermi, ma la paura quasi la paralizzò, la tenne con il fiato sospeso fino al sospiro finale, dopo l'atterraggio.

Il transito in aeroporto era di circa un'ora per consentire un nuovo allestimento catering e le pulizie dell'aereo.

Con Silvia andammo al bar per una breve pausa, prima dell'imbarco successivo.

«Per te, caffè senza zucchero con poche gocce di latte freddo, ricordo bene?»

«Esatto, e per te cappuccino con due cucchiai di zucchero e un cornetto integrale.»

Noi due abbiamo fatto tante colazioni insieme. Conoscere le abitudini mattutine di qualcuno equivale ad avere una grande intimità, e noi eravamo molto affiatate.

Con il passare del tempo e con gli impegni familiari necessariamente ci siamo allontanate e, soprattutto vivendo in una città grande e caotica come Roma, diventa difficile frequentarsi se si abita in quartieri lontani l'uno dall'altro, poiché il tempo di percorrenza per raggiungersi può essere anche di una o due ore, dipende dal traffico.

«Come sta Giulio? E i piccoli?» domandai, felice di sapere le sue novità, ma non ancora pronta a confidare le mie.

«I bimbi crescono bene, anche se risentono della mancanza dei genitori. Sai, Giulio opera spesso a Londra e io non riesco a organizzarmi con questi turni!

E poi... lui è sempre distratto, disordinato, poco attento ai bambini, devo pensare a tutto io, per il pranzo, la cena, la scuola, lo sport, la pulizia, il pediatra; è poco presente, poco responsabile!

Non sa nemmeno che ai bimbi si devono anche tagliare le unghie, non l'ha mai fatto, né ha mai pensato di farlo.

Non lo sopporto, credo che tra qualche mese farò una bella litigata con mio marito.

Che ne pensi dei voli in giornata che la Compagnia concede ai separati con figli ?»

«Non credo sia la soluzione ideale.»

«Ma sì, hai ragione, sono solo un po' stressata!»

«Giornataccia?»

«Sai, Anna, io ho un problema.»

«Che succede?»

«Ti ricordi di Tonino, quel pilota di Novara?

«Sì, lo ricordo bene.»

Come avrei potuto dimenticarlo, da giovane ho sempre avuto un debole per lui.

«Da un anno si è licenziato e ha acquistato un'abitazione in Guatemala, ai confini con il Messico, ma spesso è qui in Italia.»

«Sei in contatto con Tonino?»

«Ho iniziato una relazione con lui, da qualche mese.

Per riuscire a vederci e poter stare insieme a lui con più tranquillità, modifico il turno dei voli che fornisco a mio marito Giulio, ma adesso non riesco più a gestire la situazione, e per di più Tonino è diventato gelosissimo di mio marito costringendomi a modificare il turno anche con lui, omettendo i giorni di riposo nei quali sono a casa per evitare fastidiose discussioni.»

«Che confusione! Menti all'amante diventato troppo geloso per stare con tuo marito, e modifichi il foglio dei tuoi turni falsificando i voli e i riposi per evitare grane con entrambi.»

«Devo trovare al più presto una soluzione, credo di avere trascurato troppo la mia famiglia. Cercherò di prendere in mano questa situazione che ho lasciato andare a briglia sciolta.»

«Dai rientriamo a bordo, si è fatto tardi!»

Mi accorsi che erano le 14.00 da un leggero borbottio del mio stomaco.

Anche quel giorno non avemmo il tempo necessario per pranzare.

Il pasto di bordo, riservato all'equipaggio, non era di mio gradimento, all'acciuga dentro l'insalata che non aveva un bell'aspetto preferii una barretta sostitutiva, efficace per la mia linea e più adeguata per la mia colite che iniziava a dare i suoi primi segnali giornalieri, lievi dolori addominali.

Altro volo, arrivano i passeggeri.

«Purtroppo durante il decollo non può tenere lo sgabello per le gambe davanti le uscite di sicurezza!»

«No, non può impedirmelo, ho dei problemi con le articolazioni! Lo tengo!»

Dopo aver spiegato inutilmente le problematiche che avrebbe creato, assicurando che l'avrebbe riavuto dopo il decollo, chiusi lo sgabello e lo riposi nella cappelliera: non era possibile cambiare posto, non ce n'erano altri disponibili.

Avevo fretta per l'imminente rullaggio, il volo era pieno, la colite faceva i capricci, i dolori diventavano da lievi a forti.

«Manderò una lettera di protesta!» disse il passeggero.

Lo fece, e io fui chiamata per spiegare l'accaduto durante un giorno di riposo.

Nelle ultime file si disposero sei agenti in borghese e un uomo che nascondeva le manette con cui era legato e che, per disposizione giudiziaria, avrebbe dovuto tenere durante tutto il volo, tranne in caso di emergenza.

I suoi occhi erano di ghiaccio, nessuna emozione traspariva dal suo viso.

Non parlava, ma ascoltava tutto con interesse.

Dopo il decollo chiesi informazioni su di lui, e gli agenti mantennero segreto il suo nome, ma avvertirono che era molto pericoloso e che era stato a capo di un'organizzazione mafiosa.

Venne descritto come un criminale coinvolto in estorsioni, usura e omicidi; non era pentito, non provava nessun rimorso, non voleva collaborare con la giustizia.

Durante il servizio anche a lui chiesi gentilmente se gradisse qualcosa da bere, ma il mio sguardo di disdegno e indignazione nei suoi confronti venne da lui percepito.

Sembrava mi leggesse nel pensiero.

«Sì, decidevo chi doveva essere eliminato, come e quando, ma io pulito sono, e mai mi sporcai le mani, signora» e proseguì «nella guerra di mafia, morte tua, vita mia, uno o l'altro deve vincere, non è *accussì*?»

Notai un accento familiare.

Andai avanti, non avendo altro da aggiungere.

Per fortuna era legato.

L'ultima tratta prevedeva una sosta ad Amsterdam. Decidemmo con Silvia che l'indomani saremmo andate a vedere il mercato dei fiori per acquistare un mazzo di tulipani e a visitare il Rijksmuseum, il più grande museo d'Olanda.

E poi, il rientro a casa. La mia vita mi attendeva, e io dovevo tornarci. Disposi quei coloratissimi fiori in un vaso di vetro trasparente sul tavolo della cucina, mi donavano apparente conforto.

Frammenti di un matrimonio

Padre e figlio si trasferivano sempre da mia suocera per pranzo, cena e riposo notturno, durante le mie assenze lavorative.

La mia discontinua presenza in casa ostacolava l'intimità e impoveriva la nostra confidenza.

Fu breve il momento in cui eravamo stati vicini, forse solo un'incosciente illusione che quell'amore fosse vero e avrebbe soddisfatto quei bisogni che, in realtà, eravamo entrambi incapaci di affrontare e soddisfare.

La sensazione era come se la nostra storia fosse nata da un appoggiarsi reciproco per curare personali ferite, dolorose e non ancora cicatrizzate, nella speranza di trovare una soluzione miracolosa al vuoto dell'anima che entrambi avevamo.

Questa nostra storia stava per indebolirsi, le basi si sgretolavano lentamente: assenza di comunicazione, diminuzione del senso di responsabilità, perdita di fiducia, conditi con allontanamenti fisici ed emotivi sempre crescenti, favoriti dalle continue partenze.

Il nostro unico obiettivo comune fu di formare una famiglia e procreare dei figli.

La madre lo aveva sempre spinto a sposarsi per avere un nipotino, e qualsiasi pretendente al figlio apparsa innocua ai suoi occhi, sarebbe andata bene, le prerogative richieste erano che la candidata fosse garbata, affabile, gradevole, moderata e ben educata.

Per lui era necessario il benestare della madre.

Si persero nel vuoto la semplicità, le risate, il tenersi per mano, la complicità e la volontà reciproca di stare insieme, che credevo sarebbero bastati per sostenersi l'un l'altro e superare ogni difficoltà.

Non siamo stati capaci di essere veramente uniti e venirci incontro nei momenti più difficili, sia per egoismo sia per interessi diversi.

L'affetto e la passione lentamente si affievolirono, l'ultimo periodo fu impregnato da una profonda crisi.

Non riuscivo più a rivivere quei momenti in cui lo guardavo negli occhi con attenzione e dolcezza, neanche a ricordare quelle volte che noi c'eravamo davvero parlati, al di là degli scambi di informazioni pratiche.

I suoi baci appassionati erano un ricordo lontano.

Sorgeva in me una grande insofferenza.

Provavo nuovamente quella sensazione di soffocamento e sentivo la mancanza di quell'indipendenza che io, fin da piccola, avevo sempre ricercato.

Desideravo fuggire, di nuovo, per riappropriarmi di una vita di cui io fossi la proprietaria.

Non condividevo i consigli e le decisioni di mio marito e di sua madre, provavo fastidio nel sopportare gli atteggiamenti convenzionali di falsa cortesia che si erano instaurati, mal tolleravo quelle ipocrisie necessarie eppure inutili, quei percorsi vincolati da seguire.

In quella realtà che mi circondava, era come se ci fosse una mancanza di luce e d'aria, di sorprese, di sogni.

Avrei voluto sopprimere il senso d'insoddisfazione che non rendeva felice l'attuazione del mio progetto di vita e svelava un fallimento.

Persuadermi a tutti i costi del mito dell'eternità dei sentimenti mi difendeva dall'inquietudine che mi tormentava, la rendeva più lieve e sopportabile; avrei desiderato stare tranquilla nel mio rifugio, costruito dalla promessa reciproca che l'amore sarebbe stato per sempre.

Invece scoprivo che non era così, la speranza di sicurezza veniva aggredita dall'insoddisfazione personale.

I modi di mio marito, divenuti sgarbati, svelavano crudamente che quell'utopia, da me sempre desiderata, era diventata un sogno irrealizzabile, persisteva, però, una colla invisibile che continuava a legarci, pur se la gioia e l'ottimismo dello stare insieme si erano dissolte da un pezzo.

Resistevano dei residui di abitudine, familiarità apparente e inganno reciproco, dovuti a un'inconscia paura del vuoto che ci pervadeva al pensiero di distruggere tutta la nostra storia.

Durante i momenti di crisi ho passato periodi interi in uno stato di tensione.

Al lavoro, poi, ero sempre nervosa. Confesso che, qualche volta, mal tolleravo colleghi e passeggeri, era difficile essere sorridente e scarseggiava, in me, quella pazienza ed empatia fondamentale in un lavoro a contatto con il pubblico.

Gli ostacoli da affrontare, gli sforzi da sostenere erano continui ed estenuanti.

La comunicazione tra me e mio marito si trasformò in un faticoso gioco di spiegazioni dettagliate, di argomenti trasformati in propagande, di logiche ribattute fino a farle diventare incomprensibili, astruse.

Lui non riusciva più a esprimere affetto e tenerezza nei miei confronti, traspariva dai suoi occhi solo totale indifferenza, confermata dai suoi atteggiamenti.

Ogni suo desiderio di contatto era svanito, il mio orgoglio femminile fu lacerato.

Cercavo di darmi delle spiegazioni.

Questo suo modo di fare era forse dovuto alla sua incapacità di abbandonarsi, alla propensione volta solo a vivere dentro i sentieri intricati delle sue ragioni sempre controllate e dominate, alla dannosa vicinanza della madre.

L'idea di una carezza era tanto lontana; non riuscii più a immaginarmi un suo gesto affettuoso, un possibile sguardo romantico.

La dolcezza e la sensibilità che mi avevano attratto si erano dissolte, non avevano lasciato altro che la conoscenza di dettagli del suo carattere e la capacità di prevedere gesti e anticipare reazioni. Eravamo diventati due estranei conviventi.

L'infelicità fu forte e violenta, la tristezza pareva si fosse depositata in fondo al cuore e la sua concentrazione totale verso il lavoro mi rendeva ancora più estranea e indirizzata lungo un percorso che ci portava irrimediabilmente lontani.

Iniziavo a non ascoltare più le sue poche parole, non condividevo più le sue opinioni, ultimamente anche oltremodo offensive, non solo nei miei confronti ma ora anche di tutto ciò che mi circondava e mi apparteneva.

Ricordo tutte le volte che l'avevo guardato da vicino all'inizio della nostra crisi, e idealmente avevo corretto i muscoli del suo viso con un disegno più morbido, abbozzando un sorriso inesistente, aggraziando le sue parole e il tono, il modo astioso di muoversi in generale, nel tentativo di sovrapporre alla sua immagine attuale, che non riconoscevo più, quella della persona che mi era sembrata agli inizi.

Mi sentivo imprigionata, senza volerlo ammettere a me stessa.

Si arrivò al punto che ognuno dei due pensava talmente tanto di sapere come fosse fatto l'altro, da privarlo di essere realmente se stesso e non lasciarlo libero di essere in nessun altro modo, tranne quello che ciascuno immaginava che l'altro apparisse ai propri occhi.

A entrambi sembrava di aver già fatto e detto tutto quello che c'era da fare e da dire insieme, e che fosse impossibile aspettarsi alcun genere di sorpresa, anche piccola.

A ognuno dei due finì per dare fastidio qualsiasi gesto o modo di fare dell'altro e fu un continuo additarsi, accusarsi di colpe reciproche in cui nessuno dei due poteva farci niente o trovare soluzioni.

Quei piccoli difetti caratteriali che prima facevano sorridere divennero insopportabili, persino quella tazza lasciata ogni mattina sopra la tavola della cucina e le briciole dei biscotti sulla tovaglia divennero motivo di scontri.

L'intolleranza cominciò a regnare su tutto.

Cercai di aggiustare l'irreparabile.

Pensai che fosse solo un momento di crisi, tuttavia ogni possibile soluzione al problema che mi cimentavo a intraprendere sembrava sbagliata.

Ogni giorno mi sentivo come se indossassi dei vestiti che mi stavano troppo larghi o troppo stretti e mi intralciavano per tutto il tempo, non mi lasciavano muovere come avrei voluto.

Avevo voglia di strapparmeli di dosso.

Desideravo evadere da quella prigione dorata in cui mi sentivo come condannata all'ergastolo, dove l'uno azzerava l'altro, dove un'infelicità accecante circondava tutto quello che era rimasto di noi.

Non vi era più spazio per stipare altri cassetti dentro di me, rimaneva una tristezza senza forma, fatta di sensi di colpa, sensi di perdita e di vuoto, immersa in una sorta di apatia.

Una foto nella nostra camera mi fece pensare a quanto tempo ci separava da allora, quanto si erano scoloriti e indeboliti i sentimenti che avevamo in origine.

Mi chiesi se il tempo, alla fine, annientava e depredava le passioni, se si trattava di contenerlo, combatterlo, oppure oltrepassarlo.

Ero come dentro un'insidia: indugiavo a sentirmi vittima o colpevole, incolpavo lui e contemporaneamente davo la colpa a me stessa.

Ricevetti il nuovo turno mensile e sarei dovuta andare a Los Angeles per sette giorni.

Avrei avuto modo di riflettere, e le passeggiate lungo le sconfinate e assolate spiagge californiane mi avrebbero aiutato a trovare una risposta.

La fretta è sempre stata uno dei più infimi consiglieri.

Prima di raggiungere l'aeroporto, con in mano la mia valigia e addosso la divisa, mi chiesi se fossi dovuta rimanere nei confini rassicuranti della vita che conoscevo oppure se fossi troppo in anticipo o troppo in ritardo per andarmene via.

Partire con l'angoscia nel cuore è una tra le cose peggiori che possa capitare, la tua vita in bilico deve allontanarsi dal suo punto di equilibrio, o almeno quello che credi tale, attraversando una moltitudine di luoghi, tempi, persone, spazi, e cercando di mantenere la calma e anche di esibire quel sorriso che questo lavoro ti impone di offrire. E ed è proprio su quei voli che quegli sporadici e piccoli inconvenienti in volo, in questo periodo sembravano accanirsi crudelmente su di me.

Quel giorno, con la sensazione di essere come rinchiusa in un tubo d'acciaio pressurizzato a 1000 metri d'altezza, mi augurai che tutto andasse per il meglio, ma purtroppo avvennero alcuni problemi che mi crearono grandi fastidi: sul volo non vennero imbarcati gli auricolari e i giornali dal catering, io seppi solo scusarmi dell'inconveniente, auspicando l'altrui comprensione.

Al momento del servizio pasti, io con tono di voce basso e pacato cercai di svegliare un passeggero che dormiva, chiamandolo per nome, dopo aver controllato nella lista, e augurandogli il buongiorno. Lui replicò seccamente che non desiderava essere svegliato, pur avendomi confermato in partenza di chiamarlo per la colazione.

Ad un altro non venne imbarcato il pasto speciale vegetariano e fu una tragedia, annotai la lamentela e offrii qualcosa, tenendo conto delle particolari richieste, per non penalizzarlo.

Infine, versai addosso al passeggero del caffè, scusandomi, lo aiutai a smacchiare l'abito, porgendo un tovagliolo inumidito e presi i dati necessari per la segnalazione di quanto accaduto.

In quei giorni tutto era più buio, e quello che mi circondava rifletteva il mio stato d'animo.

Non mi restò altro che affidarmi a Santa Bona, la patrona delle assistenti di volo, nominata da papa Giovanni XXIII nel marzo del 1962, la santa è sempre stata disponibile a dare conforto ai pellegrini nei momenti più difficili: chissà, magari avrebbe portato fortuna anche a me.

Arrivai finalmente a destinazione. In albergo spensi appena possibile la luce del comodino Fuori adesso era buio e qui tempo di dormire nonostante fossi distesa su un materasso che non era mio, con cuscini profumati di fresco, ma troppo grandi e rigidi ed ai quali difficilmente riesco ad abituarmi, come anche alla temperatura delle camere che spesso non sono in grado di regolare oppure il phon a basso voltaggio che mi fa perdere più tempo del previsto nell'asciugare i capelli.

Posai i miei ultimi pensieri stanchi, come me, su un soffitto prevalentemente bianco con sfumature di pigmenti ocra.

Volo AM 1148 Milano-Bari

Il benvenuto preregistrato accolse i passeggeri del volo in partenza per Bari da Milano Malpensa. Moltissimi erano in transito da altre destinazioni e, stanchi, si affrettavano a prendere posto per arrivare finalmente alla meta.

Le note della melodia diffusa a bordo circondavano tutti, mentre sistemavano i loro bagagli e i loro cappotti.

Tranne una persona.

Notai subito una signora ingoiata dal proprio dolore, che quasi sembrava sfiorarmi e si manifestava prepotente e prorompente ai miei occhi, con forza.

Il viso della passeggera mancava di serenità, gli occhi erano lucidi e così tristi che era quasi impossibile sostenere lo sguardo; le labbra erano chiuse, serrate, l'angoscia ricopriva ogni poro della pelle, come se fosse stato un profumo che veniva emanato e percepito anche all'esterno.

Come un automa riponeva il suo bagaglio, era come se agisse automaticamente, in uno stato di incoscienza, sembrava che tutto quello che succedesse a bordo non facesse parte del suo mondo, pieno solo di lacrime trattenute.

Durante il servizio non aveva neanche la forza e la voglia di dirmi che non gradiva nulla da bere, cosa che esplorando la sua espressione intuii molto bene.

Durante il volo venne nella zona posteriore, mi chiese se poteva distendersi.

Il suo viso era paonazzo, gli occhi come se volessero invocare una pace che, sapeva già, nessuno avrebbe potuto darle.

Mi avvicinai e domandai se stesse male, se in qualche modo avessi potuto aiutarla.

Mi disse di no.

Con lo sguardo le comunicai che avrei voluto poter fare qualcosa per lei.

Rivolse i suoi occhi verso i miei e lasciò che le lacrime imprigionate fuoriuscissero, libere di sgorgare su quel viso tartassato dalla disperazione, pieno di rughe di dolore.

«È morta mia sorella. È morta oggi pomeriggio, eppure noi c'eravamo sentite al telefono la mattina, lei stava bene, aveva solo la febbre per un'infezione procurata da una ferita.»

La abbracciai.

«Avrebbe voluto dirmi tante cose, ma era debole e mi ha detto *ciao, adesso sono stanca, ci sentiremo domani*, così ci siamo salutate.»

Queste furono le sue ultime parole.

Le lacrime si riversarono su di lei, su di me, sul suo mondo che, al momento, non aveva nessuno spiraglio di luce.

Mi sedetti vicino a lei per il resto del volo, restammo in silenzio, vicine.

Eravamo prossimi all'atterraggio, era sera e le luci di cabina vennero oscurate per una migliore visione esterna.

L'atterraggio fu morbido, al contrario dei dolori della vita.

Ci salutammo con un accenno di sorriso.

Arrivederci, mia cara signora.

Sul volo successivo incontrai la piccola Annalisa. Aveva sei anni e viaggiava da sola.

Lei era un minore non accompagnato, da come risulta sulla lista passeggeri, cioè una bambina di età tra i cinque e i quindici anni senza accompagnatore.

Portava la sua cartellina plastificata cinta intorno al collo e posta sul suo petto, contraddistinta da una grande scritta *U.M.* a righe rosse e bianche che serviva per identificarla dagli altri passeggeri, contenente i biglietti e i documenti di viaggio.

Attese, nella saletta a lei adibita, con una persona addetta allo scalo, e fu portata a bordo da un'altra signora, e accolta in aereo dalle assistenti di volo.

Annalisa non era spaventata, ma nascondeva i suoi grandi occhi blu dietro i folti capelli neri. Avevamo gli stessi colori.

Lei non voleva parlare, ma a me appariva come un libro aperto: si sentiva sola.

Sarebbe andata da Torino a Roma e avrebbe proseguito per Barcellona.

Appena incontrai il suo sguardo la presi subito per mano e le accarezzai i capelli, aveva un aspetto così dolce. Le dissi che aveva un nome bellissimo e la accompagnai al suo posto, vicino al finestrino.

Annalisa strinse forte la mia mano, sentii che non avrebbe voluto staccarsi.

La aiutai a sistemare il suo zainetto e mi presentò il suo coniglietto di peluche, che io misi al suo fianco e precisai che, al decollo, anche lui avrebbe dovuto mettere la cintura come lei.

Annalisa mi guardò e chiese di potersi sedere vicino a me.

Questo non era possibile, eravamo in fase di rullaggio e io dovevo affrettarmi perché il mio strapuntino era alla fine del corridoio; lei non insistette né protestò, sapeva bene che doveva accettare questa condizione, come tutte le altre, del resto.

Dopo il decollo mi chiamò la collega seduta davanti, pregandomi di fare il servizio con lei anziché nella zona posteriore poiché Annalisa mi stava aspettando.

Le tazzine del caffè in plastica di bordo erano perfette come cappellini per Annalisa e il suo coniglietto; gliene porsi una trasparente e una bianca.

Di gran moda!

Quanti baci su quelle guance così morbide le diedi?

In atterraggio la salutai con una carezza.

Dopo lo sbarco dei passeggeri, l'addetta allo scalo aveva giustamente fretta di portarla nella nuova saletta, per l'imbarco del volo successivo, ma Annalisa non volle abbandonare l'aereo se prima non fossi arrivata io, da dietro l'aeromobile.

Corsi da lei e le accarezzai nuovamente i capelli. Avrebbe voluto una fotografia per farla vedere alla mamma, con la quale viveva, che l'aspettava a Barcellona, ma anche al papà e ai nonni rimasti a Torino, dei quali non amava parlare tanto.

Arrivederci mia cara Annalisa.

Rientrai a casa.

Era come vivere due vite, quella a casa rassicurante e accogliente che mi aspettava impaziente di proseguire dal momento in cui l'avevo lasciata, e l'altra, quella fatta di piccoli microcosmi che iniziano e finiscono in un baleno, per poi ricominciare sempre in posti differenti, con persone diverse, come sprazzi di vita che iniziano e si concludono velocemente per poi iniziarne altri altrove.

(Io, tu, lei)

Esiste al mondo una medicina, un antidoto o una soluzione qualsiasi in grado di curare una cancrena avanzata, di cui il nostro rapporto matrimoniale nutriva i dolorosi sintomi?

Speravo di sì.

Un giorno, la soluzione portentosamente arrivò e fu completamente diversa da quella che io avrei mai potuto immaginare, o sperare.

In quel momento mi accorsi di un uomo che si mostrò vigliacco e infedele: mio marito.

Una persona che non pensò due volte a rompere le regole stabilite con il matrimonio.

Scoprii l'esistenza di un'amante, della sua doppia vita.

Il suo tradimento nei miei confronti mi bruciò l'anima e la notizia confermata con impudenza mi fece provare disgusto, dolore, prostrazione.

La donna era una russa ventenne.

Così squallido e banale, così povero, misero.

Pochi giorni dopo averla conosciuta perse letteralmente la testa e la portò, insieme ad Alessandro, nostro figlio di appena tre anni, a cena fuori con amici comuni, approfittando di una mia ennesima assenza lavorativa.

Il piccolo, seduto in macchina nei sedili posteriori, vide scene inappropriate alla sua vista: lo scambio di effusioni, eccessivamente calorose, dei due amanti, che non ebbero cura di evitare in rispetto suo, oltre che mio.

Piangeva Alessandro, il nostro piccolo.

Dopo aver visto papà baciare un'altra.

Piangeva, chiedendosi e chiedendomi se la fidanzata di papà non sarebbe dovuta essere solo la mamma.

E io piangevo con lui, non avendo risposte da dare neanche a me stessa, perché quell'innocente domanda cancellava le mie ultime illusioni.

Quel briciolo di speranza che avevo era stato annientato in una manciata di secondi.

Non so chi dei due fosse più disperato: lui gonfio di ingenuità, io di malizia, partecipi entrambi di spezzoni di una commedia, con sceneggiatura in bilico tra il grottesco e il tragico.

Fu così che quell'uomo pensò di rivelare *ufficialmente* la sua relazione, fino allora clandestina.

Alessandro pianse per più di un anno, tutte le sere, in modo accorato e disperato.

Anche io, ma nel segreto del bagnetto di servizio accanto alla cucina, chiuso a chiave.

«Perché papà non è più qui con noi?

Perché tutti gli altri bambini hanno un papà, e io no?

Lo voglio qui con me, come tutti gli altri» implorava supplichevole.

Le lacrime rigavano il suo volto.

Il suo pianto non fu mai di stizza, ma sempre un pianto di dolore, spesso con singhiozzi, a volte sommesso, silenzioso, straziante.

Il momento più duro era la sera.

«Abracadabra, abracadabra, abracadabra» pronunciavamo come fosse una valvola di sfogo, ripetendo quelle parole magiche prima di dormire, e ognuno di noi doveva esprimere un desiderio che voleva si avverasse, in mente, senza rivelarlo.

Forse era lo stesso per entrambi.

Fu un periodo duro da gestire.

Presi quasi due settimane di pausa dal lavoro, il mio stato psicofisico era debilitato e il medico di base mi prescrisse un riposo dal volo, quando mi misi a piangere a dirotto alla sua semplice domanda su come stessi: *Stati emotivi discontinui* fu la sua diagnosi.

Ripercorrendo il passato di Marco, mio marito, mi accorsi che l'infelicità era sempre stata sua inquilina, si è disamorato di ogni donna con cui si relazionava e ha sempre chiuso ogni storia non appena accennava a perdere l'entusiasmo iniziale.

Passata la fase del diversivo, della scoperta, finiva sempre per ritrovarsi nella stessa situazione, io non feci eccezione.

Dotato di una grande superficialità, il suo egoismo lo spingeva gradatamente a scappare dalla giusta consistenza delle cose.

I pensieri e le impressioni nei miei riguardi furono sempre deformati dall'influenza e dai suggerimenti materni, ebbero breve vita gli scambi mentali e le parole d'amore.

La sottile complicità che avrei desiderato fu solo un miraggio iniziale.

I suoi genitori, ottenendo una notevole stabilità economica, conquistata a fatica con duro lavoro e sacrifici, vollero crescere il proprio figliolo diversamente da come avevano vissuto loro da piccoli, cioè esaudendo ogni suo desiderio e non facendogli mancare assolutamente nulla di materiale.

Una delle conseguenze fu quella di renderlo confuso sulla differenza tra un oggetto e una donna, di non dargli la capacità di assumersi responsabilità e gestire i conflitti interiori, e di rendere i suoi modi infantili e immaturi, pur avendo superato da tempo l'adolescenza.

Il figlio fu troppo a lungo al centro delle cure e dell'affetto materno, incapace di scostarsi e impreparato a prendersi cura degli altri.

Con la nascita del primo figlio, lui ebbe una crisi di crescita anziché una maturazione, tanto da spingerlo alla decisione di abbandonare la nostra casa: colui che era padre e marito ci aveva lasciati soli, in balìa del nostro dolore.

Avrebbe provveduto quasi sicuramente a un essenziale sostentamento economico e io avevo un lavoro che mi rendeva indipendente, ma in quel momento non bastava questa sicurezza per attenuare quella solitudine che ci attanagliava.

Io stringevo forte il bimbo, lo rassicuravo che avremmo trovato una soluzione.

Bloccavo le mie lacrime a stento per liberarle la sera, dopo che si fosse addormentato, o scappavo in bagno per asciugare quelle tracce che io non riuscivo a trattenere, e che straripavano sul viso involontariamente.

Quei singhiozzi in sua presenza, soffocati tra le mie poche parole, arrivavano lo stesso alle orecchie di Alessandro, nonostante cercassi di impedirlo e tentassi malamente di rassicurarlo.

«Sì, lo so che tutto andava male e che tu eri la prima a sperare che accadesse!» dicevo a me stessa.

Ma adesso, avevo cambiato idea.

Non volevo accettare quegli accadimenti, immaginavo che tutto ciò non fosse vero, perché – pensavo – non sarebbe potuto capitare proprio a me.

Non avevo cognizione su come prepararmi ad affrontare la situazione e volevo ignorare la verità perché io non ne ero capace, perché ero smarrita, sbigottita, perché tutto questo faceva male; oltretutto io non sapevo come comunicare la notizia ai miei genitori.

Mi chiedevo cosa avrei potuto fare per risolvere la situazione, per ripristinare quella normalità che disperatamente ricercavo, per attenermi alle disposizioni impartite nella mia educazione fin dall'infanzia.

Pensai che avrei potuto perdonare mio marito e, col tempo, avrei cercato di dimenticare quella scappatella.

Avremmo potuto ristabilire gli equilibri rotti e trovare la soluzione per una rinnovata vita insieme, capire gli sbagli commessi e superare la crisi.

Sarebbe stata una svolta in un rapporto che stava soffrendo e avremmo avuto la possibilità di crescere insieme.

Peccato che io fossi la sola ad avere queste intenzioni.

Paradossalmente fingevo di volere la verità, in realtà non desideravo conoscerla perché mi ribellavo mentalmente alle informazioni che ricevevo, così difficili per me da accettare: lui sceglieva lei a me.

Chiesi a Marco informazioni dettagliate su cosa stesse succedendo e continuai a stupirmi e arrabbiarmi per quella realtà che, pur avendo sotto gli occhi, scacciavo dai miei pensieri.

Capii che il sogno era finito.

Le macerie di quel disastro si abbatterono su di me e avevo una strana sensazione: era come se mi fossi distaccata da una parte del mio corpo, avevo voglia di piangere quella perdita, non mi sentivo più integra.

Non accettavo la fine della mia famiglia, non sopportavo la presenza di un'estranea che rendeva me l'estranea all'uomo che avevo sposato e feci di tutto, forse troppo, per riconquistare un amore che si era ormai spezzato.

Nonostante gli insuccessi, i fallimenti e gli errori, la mia identità personale aveva solo lui come punto di riferimento.

Un ciclone aveva spazzato via le mie certezze.

Per mesi, prima che lui arrivasse per vedere il bambino o prenderlo per le mie partenze, mi precipitavo in bagno a truccarmi per bene, pettinarmi, indossare abiti che gli sarebbero potuti piacere. Ora mi rendo conto che il profumo e le scarpe con il tacco alto, in ambito casalingo, mi facevano apparire solo più disperata.

Provavo a sorridergli, cercando di creare quell'atmosfera di calore che noi avremmo potuto ristabilire, con nostro figlio, e speravo sempre si fermasse a cena.

Ho fatto in modo, una sera, che fossimo noi due da soli, mettendo il piccolo Alessandro a dormire prima del solito e ho provato a baciarlo, ma ho trovato solo un suo allontanamento deciso e fermo verso una donna che quasi faticava a riconoscere.

Mi sono riavvicinata alla suocera per provare ad avere una nuova alleanza: con grande impegno cercavo di contrastare quel sentimento d'insofferenza nei suoi confronti e feci il possibile per provare a scoprirla migliore.

Sapevo che anche lei aveva avuto grandi sofferenze durante la sua vita e pensavo che sarebbe riuscita a capirmi in questo difficile momento e a trovare una delle sue oculate e sapienti soluzioni, questa volta richieste da me.

Lei ha sempre affermato che l'unione familiare è un bene inestimabile e, sicuramente, avrebbe favorito un avvicinamento.

Io non volevo privare mio figlio di questo bene, questa frattura avrebbe indebolito le certezze e i rapporti affettivi abituali del bambino, il quale non avrebbe avuto precisi modelli di riferimento.

Come al solito, il mio lavoro non aiutava la situazione; con questo impiego è estremamente difficile organizzarsi e cercare adeguate soluzioni nei momenti di maggiore crisi familiare.

Divenne difficile e pesante allontanarsi continuamente per poi ritornare.

Detestavo quelle valigie sempre in giro per casa, iniziavo ad accusare disturbi d'insonnia dovuti al fuso orario, desideravo ritrovare stabilità.

Sentivo il bisogno di liberarmi, anche solo per un momento, dalle fredde e poco intime conversazioni che avevo abitualmente con mia suocera e di cui mi sentivo prigioniera. Avevo bisogno di aprirmi per sentirla più vicina e speravo avremmo trovato un punto d'incontro in questo momento difficile.

La suocera mise da parte il falso sorriso che indossava abitualmente nei nostri incontri convenevoli, accantonò i soliti suggerimenti e consigli.

Non le importava ascoltarmi, mi sembrò quasi risollevata dell'allontanamento di suo figlio da me.

Non trovai risposte.

Alla fine le mie reazioni furono molteplici.

Cercai di puntare il dito sui suoi sensi di colpa.

Il tutto scivolò inesorabilmente sull'orlo del nulla.

Volli conoscere meglio le caratteristiche di quella che era diventata la mia peggiore nemica, la mia rivale.

Ho guardato, scrutato, esaminato attentamente le donne come lei.

In aereo non era difficile incontrarle ed estremamente facile individuarle.

Io, allora, avevo una visione deviata, le giudicavo sotto lenti offuscate dal dolore e con occhi accecati dalla rabbia.

Cacciatrici di uomini con un buon conto bancario, affermati, ma stanchi della routine familiare, assetati di conferme in una vita che scorre inesorabile nel tempo e mostra inevitabilmente le sue imperfezioni, i dolori e le responsabilità.

Eccole lì, queste fredde donne, avvinghiate alle braccia di questi uomini, nei quali l'eccitazione sessuale supera di gran lunga il sentimento di dispiacere per l'adulterio inferto.

Queste procacciatrici sono belle e fredde, sanno esattamente quello che vogliono e interpretano scene romantiche calzando appariscenti trampoli su abiti fascianti.

Esse sanno stare accanto a un uomo senza mostrare la loro impazienza, e aspettano con calma il momento in cui potranno gestire la situazione e raggiungere soddisfacenti vantaggi economici.

Amano divertirsi e il loro entusiasmo gonfio di giovinezza e bellezza le fa apparire così desiderabili, eteree.

Sono tanto docili, in apparenza, e gli uomini, ormai maturi, pensano, fino a prova contraria - che non tarderà ad arrivare - di non essere mai stati così innamorati in tutta la loro vita.

L'incastro è sempre lo stesso tra uomo maturo, sposato, economicamente indipendente e lei giovane e bella.

Uno scambio tra due effimeri valori di bellezza e potere.

Il mio orgoglio ferito si chiedeva come facessero a chiamarlo amore.

Osservai con attenzione i comportamenti di questo genere di coppie che mi capitò di incontrare, soprattutto sui voli che facevo verso est.

Lei graziosa nei suoi movimenti e fortemente sicura della sua bellezza, confermata dagli sguardi inebetiti del suo compagno, lui che sfiora delicatamente questa creatura e poi la tocca, quasi a conferma del possesso su di lei, come di un'opera d'arte rara di cui è l'unico proprietario, crede.

Le gambe di lei sono lunghe e affusolate, un corpo esile e acerbo sapientemente modellato da madre natura, un seno spregiudicatamente esibito con malizia, un viso che, se a prima vista appare scialbo e privo di colori, si riscopre pian piano come fosse il ritratto di un angelo, pallido, con la carnagione tanto diversa dalla nostra: bianca, candida, pulita e levigata; e due occhi che, seppur insignificanti e plumbei, seducono apparendo glaciali.

Lolite disponibili, delicate nei modi e disinibite nei movimenti, addolcite da un invisibile senso di inferiorità, dovuto esclusivamente a una condizione economica e territoriale che ritengono inferiore alla tua, sapientemente mostrano atteggiamenti di sprovveduta ingenuità, facendoli diventare pregi di grazia e fascino.

Puntano sul gioco dei sensi che vivono fino in fondo e, come bimbe seducenti, hanno capito che l'erotismo offre ottimi spunti per tanti giochi, necessari per fidelizzare il prescelto.

S'innamorano del potere, del denaro, del lusso, delle comodità, della sfarzosità, di tutto ciò che nella loro infanzia è mancato, senza sradicarne il desiderio, impresso indelebilmente negli sguardi dei genitori poveri, impotenti nel poter offrire quella ricchezza spiata agli altri e sempre bramata, ma a loro reclusa da una cultura e da una politica assolutista.

I loro occhi sono quasi accecati dal desiderio di ciò di cui hanno sentito la mancanza e, appena trovano quella persona in grado di soddisfare i loro sogni di ricchezza, interpretano come fosse amore quel sentimento provato nei confronti di chi detiene quel potere, che ha il sapore di un riscatto di tutta una vita.

Obiettivo finale: matrimonio, anche in seconde nozze, con consequenziale contributo patrimoniale alla sposa.

Gli uomini azzardano a tingersi i capelli, imparano i passi dell'ultimo ballo alla moda, frequentano la palestra e adottano un abbigliamento giovanile.

Sono convinti di sedurre per il loro fascino, per la loro personalità, per il loro sex appeal e per il carisma *forever young*, non di certo per i loro capitali o le cene offerte.

A bordo iniziavo a notare gli atteggiamenti poco consoni delle persone e faticavo a mantenere la calma e quell'equilibrio necessario per risolvere situazioni imbarazzanti.

Pensavo che gli atteggiamenti alquanto bizzarri dei passeggeri in aereo necessitavano, a volte, di una guida, di un Manuale per facilitare la sopravvivenza in ambiente così limitato e a stretto contatto con gli altri.

Spesso trovavo, di fronte a me, il passeggero che non voleva che gli altri stipassero i bagagli in quella che lui considerava la sua cappelliera.

«Di chi sono queste valigie?» chiedeva urlando.

Con stile autoritario, sguardo truce e minaccioso scrutava gli occupanti dei posti vicini e mi chiamava, quasi come per denunciare quello che considerava un sopruso, pari a un furto: lo spazio sopra la sua testa era una sua proprietà.

Poi era il turno dell'*individualista*, che non permetteva a nessuno di sfiorare il proprio borsone, meno che mai il cappotto, disteso su gran parte del bagagliaio soprastante.

In quei frangenti, ricordavo che le cappelliere sono per tutti, ed è opportuno dare la giusta collocazione ai bagagli per favorire ogni persona, senza invadere lo spazio altrui, né approfittarne per eccesso e dismisura, sottolineando che è sempre conveniente spedire i carichi più pesanti in stiva e snellire quelli a mano, in modo tale da essere in grado di portarli con stile e discrezione.

Appariva quasi quotidianamente l' *ingegnoso*, stanco per il trasporto dei bagagli che portava con sé, entrava in aereo e, per poter stivare tutto sulle cappelliere, metteva l'*ingombrante* carta d'imbarco in bocca, poggiata sulle labbra o tra i denti.

Particolarmente competente chi riusciva persino a conversare tenendo il tagliando sulle labbra, occasionalmente qualcuno riusciva a sostenere anche il passaporto, abile chi al biglietto con sopra indicato il numero del posto e il documento di identità aggiungeva persino l'inserto del quotidiano.

Suggerivo altra sistemazione e procedimenti più comodi: poggiare provvisoriamente il talloncino sul sedile, sul poggiatesta, in borsa o in tasca appena l'ubicazione viene individuata, quindi occuparsi del bagaglio.

Capitava di incontrare chi, entrando toccava le pareti e tutte le varie parti dell'aeromobile bussando ripetutamente su di esse per capire il materiale utilizzato e non mancava mai quello spavaldo, che non riusciva a trattenersi dal dare consigli da riferire ai piloti sulla rotta, sulla velocità da seguire o su qualche tecnica appresa da lezioni di aeronautica.

Infondevo fiducia, ricordando che il personale è addestrato perfettamente.

Facile era imbattersi in colui che mettendo a repentaglio la vita degli altri, fumava nella toilette, buttando il mozzicone mal spento nel vano che contiene i rifiuti cartacei, consigliavo *in extremis* di bagnare la cicca con acqua corrente, prima di farlo.

Notai inoltre che fumatori più preparati avevano tecniche elaborate, mettevano un bicchierino di plastica o un'etichetta adesiva poggiata sul rilevatore di fumo affinché non si attivasse l'allarme, ed espiravano il fumo all'interno della bocchetta del risucchio d'aria posta vicino al lavandino.

Appena scattava l'allarme spegnevano con fretta la sigaretta, uscivano lasciando una scia di odore inconfondibile e giuravano di non aver fumato. Dopo il ritrovamento della sigaretta,sempre nel vano rifiuti della carta, impallidivano.

«In aereo è vietato fumare!», ricordavo sempre la gravità di un eventuale incendio.

L' *inopportuno*, immancabile, cambiava posto senza avvertire, costringendo, a turno, tutti gli altri a fare lo stesso poiché la poltrona loro assegnata è occupata, obbligando ad una snervante ricerca dei residui posti liberi non corrispondenti al proprio.

Poca comprensione, da parte mia, era rivolta all'*insolente* che non voleva cedere il proprio posto per nessun motivo, né per agevolare una madre seduta distante dal proprio bimbo, né a due innamorati in viaggio di nozze, e per giunta protestava per il la richiesta di cambiamento della sua posizione anche se sussistevano motivi tecnici di bilanciamento.

Bisognerebbe essere più comprensivi.

Capitava, a volte, che mi scambiassero per una baby sitter, porgendo il piccolo e, lasciandomelo in custodia per *fare un salto alla toilette*, senza avere cura delle urla accorate del pargolo e della camicia inamidata della *tata occasionale*, che veniva a contatto con il rigurgito del fanciullino.

Il bimbo, fino al suo rientro, tentava di divincolarsi con pugni e calcetti, innervosito dall'allontanamento dell'unica persona di sua conoscenza, in un ambiente sconosciuto.

Pericolosissimi i baby meal: per evitare disastrose poltiglie e residui di cibo sulle poltrone o sul pavimento, e dare una mano al passeggero seduto accanto, che avrebbe rischiato di vedersi imbrattata la giacca o la camicia troppo pulita, toglievo il vassoio prima possibile.

Inoltre bisognava sempre indicare alle mamme alle prime armi di utilizzare i sacchetti di plastica per riporre pannolini usati, consigliando di evitare di porgere l'involto poco gradevole alle hostess in procinto di offrire gli snack.

Invitavo inoltre a non buttare i pannolini nel wc perché si ostruisce, necessita la chiusura immediata in volo, diventando quindi un bagno inutilizzabile, e successivi interventi tecnici a terra: preferibile il vano dei rifiuti nel bagno.

Coloro che a voce alta cercavano di farsi notare, e di attirare l'attenzione su di sé parlando al telefonino diventavano insopportabili, non si usa il cellulare in modo inopportuno e in aereo è suggerito l'essere sintetici, evitando di parlare a voce alta dei propri affari, delle direttive da prendere, o di sgridare la segretaria urlando, inoltre a pochi interessa essere al corrente su nome e cognome di conoscenze influenti e altolocate.

Nel frattempo, iniziavo anche ad osservare i colleghi, prendendo atto che esistono quelle che ho ribattezzato *le nostre fissazioni*, tipiche e diffuse, perché la nostra è una vita inconsueta e singolare.

Si passa dal clima equatoriale caldo umido a quello tropicale con alternate stagioni di caldo secco e caldo umido, al clima semiarido o desertico con un caldo secco; piovosità minima e temperature elevate di giorno contrapposte a quelle notturne nettamente più basse, al clima rigido e gelido dei paesi nordici.

Per noi assistenti di volo, gli armadi sono sempre quattro stagioni, non effettuiamo mai il cambio degli abiti perché ci serve avere sempre tutto a portata di mano.

Una vita sempre in movimento: valigia al seguito, alberghi che consideri spesso la tua casa, contatti sociali continui, scambi di equipaggio; per fortuna ci aiutano i benefici turni di *terapia da jump seat*, dove noi colleghi siamo anche cura e medicina e insieme sappiamo essere rimedio e riparo.

La vita che conduciamo, pur difficile, è anche un privilegio: quello di poter illuminare le nostre menti guardando il mondo da vicino: non solo la Casa Bianca di Washington, la Grande muraglia cinese, o il safari di Johannesburg, ma soprattutto quello di avere la possibilità di confrontare le nostre vedute quotidianamente attraverso esperienze e testimonianze dirette di una miriade di persone: un incontro che ci aiuta a sradicare i pregiudizi e nutre i nostri intelletti.

Siamo una popolazione un po' matta, fuori dal comune, e proprio perché non restiamo nelle nostre case comode e con ogni comfort a portata di mano, ognuno di noi sviluppa le proprie fissazioni.

Una maggiore attenzione alla pulizia e igiene è dovuta a causa delle più frequenti esposizioni, rispetto ad altri lavori, ai contatti ravvicinati con persone diverse, alle eventuali malattie trasmissibili a causa dell'ambiente angusto, alla frequentazione di paesi che si diversificano notevolmente per fusi orari e clima, alla possibile diffusione di batteri e virus differenti dai nostri (vedi l'influenza dei polli in Thailandia, la mucca pazza in Inghilterra, la febbre gialla o la malaria in Africa, le radiazioni in Giappone, ecc...).

Annualmente, accurati controlli medici vengono effettuati per verificare le nostre condizioni fisiche e ottenere l'attestato medico di idoneità al volo.

Entrando in albergo c'è sempre chi esamina l'effettiva pulizia delle lenzuola, disfacendo il letto per controllare l'eventuale presenza di sgradevoli sorprese, quali animaletti o macchie di dubbia provenienza.

Chi apre tutti i cassetti, chi non usa gli asciugamani dell'albergo per paura di microrganismi che apportino fastidiosi disturbi dermatologici, chi non cammina mai a piedi nudi (diventa un dramma l'aver dimenticato le ciabatte per fare la doccia), chi evita accuratamente di frequentare i bagni dell'aereo poiché troppo utilizzati da estranei o chi si sente a proprio agio soprattutto in quelli, data l'estrema familiarità, chi usa guanti per non avere contatti con vassoi o bicchieri di plastica usati che potrebbero essere veicoli di germi, chi evita pedissequamente le verdure crude e il ghiaccio, chi usa antibatterici per lavarsi, chi abusa di deodoranti. Esiste persino un comandante che porta con sé il disinfettante per una personale accurata pulizia della cabina, oltre a quella che abitualmente viene fatta dai servizi esterni.

Chi è innamorato o ha figli piccoli si prolunga eccessivamente in telefonate intercontinentali: voglia di vicinanza, ma anche piccoli sensi di colpa che fanno saltare spesso una cena o una breve passeggiata.

Coloro che hanno il *pallino dello sport* portano sempre una tuta per fare jogging ovunque, o s'infilano nella palestra più vicina all'albergo, a volte anche subito dopo il volo.

Chi è fortemente religioso frequenta tutte le chiese in ogni dove per seguire le messe domenicali viceversa qualcuno, godendo della provvisoria libertà dalla consorte o fidanzata, approfitta della pullulante prosperità di facili costumi sessuali di alcune zone.

Chi ha grande cura e rispetto dell'ambiente, riduce al massimo il consumo di bicchieri e carta, e raccoglie tutti i tappi e le bottiglie di plastica rinvenute sul volo .

In tanti collezioniamo i piccoli shampoo dell'albergo, le penne o i fiammiferi offerti in camera.

Molti non rinunciano alla macchinetta del caffè elettrica portatile per i primissimi risvegli mattutini.

A fine volo, le hostess prediligono stare sempre sedute e i piloti, tutte le volte, in piedi.

E così si diventa parte di una grande famiglia, che ha le stesse abitudini e modi di fare, che capisce e vive in modo diverso rispetto agli altri, che alterna quattro ore di spiaggia alle quattro tratte, le pressurizzazioni alla fine dei rullaggi, gli atterraggi ai decolli, che dentro la valigia ha le infradito e l'olio solare per l'andata, e il cappotto per il rientro. *Una famiglia* che si potrebbe ritrovare, come realmente successo, bloccata a Istambul durante un Golpe, o sulla Promedade des Anglais di Nizza durante un attentato terroristico, o all'aeroporto di Istambul dopo che una bomba è esplosa, a Miami durante un tifone o in Giappone nel bel mezzo di un terremoto che fa oscillare, flettere e scricchiolare tutto l'hotel. Noi, comunque, siamo quelli che proviamo a sentirci ovunque a casa, che siamo abituati a sorridere anche quando siamo tristi, che non dormiamo anche quando siamo stravolti dal sonno, come se avessimo le batterie ricaricabili dietro la schiena, proprio come le bambole, siamo quelli che mangiamo in fretta in un angolo dell'aereo e che facciamo spesso la pipì in piedi in un bagno che non è il nostro. E nonostante il tempo, la fatica, i ritmi serrati, le mille battaglie e le incertezze, tutti noi abbiamo almeno una volta avuto la fortuna di un abbraccio, di un fazzoletto porto all'occorrenza, di un sorriso di comprensione del collega, accompagnato da una pacca sulle spalle in quel *non luogo* che può essere ovunque: Rio, Chicago, Seul, non lo ricordi neanche più, ma quel saluto a fine volo, dove ci si congeda e ci si abbraccia forte con la consapevolezza che passeranno anche anni prima di rivedersi, quello lo ricorderai per sempre.

Un rospo da ingoiare

Dopo essere venuta a conoscenza dell'esistenza di quella donna che si relazionava con mio marito, non riuscii più a mangiare, né a dormire, né a sorridere.

La mia preoccupazione salendo sulla bilancia divenne opposta a quella che avevo sempre avuto: temevo dimagrissi troppo, la lancetta che segnava i chili si spostò sotto i cinquanta.

Mi indebolii fisicamente, dovetti acquistare dei nuovi pantaloni e gonne, poiché quelli che avevo scendevano inesorabilmente lungo i fianchi cadendo sopra le cosce ormai scheletriche.

Cambiai, di corsa, la taglia della divisa.

Mio marito con un gesto solo mi sfilò il cuore dal corpo, fu per me una crudele e arbitraria sottrazione.

Vidi il mio matrimonio frantumarsi, e il prendere atto di questa disfatta fu una delle prove più dure.

Quella donna, nel giro di niente, diventò quasi sua moglie e io, nel giro di niente, finii nella spazzatura.

«Sarai felice, quando non reagirai con odio e desidererai la serenità degli altri» mi disse Stefania.

Capii che ero molto lontana da quella mèta.

«Devi gestire la tua ansia in modo costruttivo e adattarti al cambiamento» mi disse Ludovica.

«Il tempo rimargina tutte le ferite» conferì Valentina.

«Si chiude una porta, si apre un portone» assicurò Eva.

Non ero pronta, né in grado di ascoltarle.

Strappai un'inserzione pubblicitaria rinvenuta nella cassetta della posta di un'agenzia di mediazione che offriva il pacchetto completo per un *divorzio spensierato*, comprensivo di psicologo, notaio, avvocato, consulente finanziario e agente immobiliare.

Il piccolo Alessandro iniziò a balbettare, era incapace di concentrarsi e, a scuola, si rifiutava di mangiare insieme agli altri bambini.

Non fui la sola a perdere l'appetito.

Era difficile ricucire quella lacerazione interiore provocata dalla separazione subita.

Allora, desideravo tenere in vita qualcosa che non volevo prendere atto fosse morto, cercavo di vincere una battaglia che era ormai una sconfitta.

Seguivo le indicazioni che mi erano state date fin dalla nascita e, ciecamente, avrei preferito avere anche solo qualche briciola di un rapporto che si stava polverizzando, ma che in realtà sapevo mi avrebbe lasciato più sola di prima.

Ero stata privata del tempo necessario per adattarmi al cambiamento, troppo presto lei aveva preso il posto di convivente nell'originaria villa di famiglia, accolta dalla mia ex suocera che accettava, come sempre, ogni capriccio e scelta del suo tesoro.

Accidentalmente seppi che mio figlio avrebbe avuto, a breve, una sorellina.

Nessuno avrebbe potuto darmi un aiuto, poiché dovevo trovare la forza solamente dentro me stessa.

Ritrovai il coraggio, la resistenza, l'energia e il vigore che avevo smarrito.

Era necessario abbandonare quell'ancora a cui mi ero aggrappata per riemergere, poiché non avrebbe fatto altro che spingermi nel precipizio.

Ammisi a me stessa i miei limiti, abbandonai quel delirio di onnipotenza di poter modificare i fatti.

Avrei imparato a portarmi la valigia da sola.

Saper perdere è una delle più grandi vittorie.

Iniziai pian piano a sentirmi più leggera, stavo per liberarmi dalle catene della mia ferita narcisistica.

Finalmente fui capace di rivalutare tutto e guardare con serenità quello che era successo, pronta a dare quell'armonia ritrovata a mio figlio, vittima innocente del mio dolore.

Capii che si poteva essere felici anche con una famiglia separata, e fui pronta a trasmetterglielo.

Adesso viviamo la nostra *nuova normalità* che ci ha reso aperti al cambiamento, abbiamo ricostruito equilibrio e gioia.

Le lacrime e i musi lunghi sono stati sostituiti da nuovi sorrisi, accompagnati da fiducia ed entusiasmo, siamo diventati una squadra vincente: io e Alessandro.

Portai mio figlio in vacanza nella splendida isola di Phi Phi nell'arcipelago del mare delle Andamane e al ritorno passammo persino dal Giappone.

Era diventato abbastanza grande e indipendente, quindi spesso mi seguiva in aereo, durante i miei viaggi lavorativi, con la procedura dei minori non accompagnati.

Adorava stare con la sua mamma, pur sapendo che durante il volo avrei potuto dedicargli pochissimo tempo, accettando di buon grado e sapendo che fossi impegnata con tutti i passeggeri.

Lui, entusiasta, contemplò i dinosauri dell'History Museum, scoprì gli hot-dog e i grattacieli di New York, svaligiò un negozio punk sotto il cielo nuvoloso di Londra, provò a parlare in francese a Parigi, assaporò la carne argentina e il pan de cheso brasiliano, si innamorò delle inestimabili figurine giapponesi e della spada scintillante di un samurai, apprezzò i massaggi thailandesi ai piedi effettuati dai pesciolini carnivori, raggiunse le piramidi egiziane cavalcando sul dorso di un cammello. A Toronto, fu contento di visitare le cascate del

Niagara, e scoprì che la città ha un'ampia rete di collegamenti sotterranei che permette ai pedoni di muoversi per ventisette chilometri: un immenso labirinto sotterraneo che ripara dal gelo invernale.

Il fallimento e il trionfo sono beffardi e hanno lo stesso sapore delle lacrime: salato, ma dolce nella parte finale.

Tutto ciò fu effettivamente una perdita o una vincita?

Esaminai il declino del mio matrimonio, e provai a guardarlo come una componente che, come la sofferenza, fa parte dell'ordine naturale delle cose, un passaggio indispensabile per poter apprezzare la vita, composta inesorabilmente sia dalla felicità che dal suo opposto.

Tutto è passeggero.

Adesso, per me la solitudine non è rimanere sola, ma stare in mezzo a tante persone che non ti ascoltano, che vorrebbero fossi come secondo loro si deve essere, che agiscono come fantocci e parlano con banalità.

La solitudine è dormire in un letto con un uomo accanto che non ti ama.

È piangere vicino a una persona che ti dice: «Non piangere!», invece di abbracciarti, ascoltare le lacrime, aspettare che scorrano lungo il viso.

Provavo ancora risentimento nell'incontrare le mogli degli amici di *lui* che continuavano a frequentare la nuova coppia e mi accorgevo che non ci legava più niente.

La falsa amicizia è come un arcobaleno: appare, ma sparisce all'improvviso, un rapporto che ha fine con la nascita di nuovi interessi per scivolare in una totalità amorfa di semplice conoscenza.

Adesso non mi sento mai sola, quando sono sola.

Il primo e l'ultimo ricordo che ho con mio marito sono due viaggi identici, fatti in due periodi estivi differenti nella stessa località, in barca a vela alle isole Eolie, completamente diversi, il primo dall'ultimo.

Il primo quando abbiamo concepito Alessandro e l'ultimo prima del nostro addio.

Nel primo, tuffandoci in mare eravamo avvinghiati l'un l'altro, l'acqua ci avvolgeva con il suo tepore, e nuotavamo insieme nel raggiungere piccole spiagge private per stare da soli.

Ricordo che lui mi lavava i capelli, e le sue mani accarezzavano la mia testa con cura e tenerezza.

Nella seconda crociera in barca, ricordo come se le acque fossero più fredde, le nuotate solitarie e le distanze tra noi aumentate, di notte le stelle non brillavano e la luna mi appariva pallida.

A volte è bello ripensare ai dolci momenti passati insieme, e rivederlo splendido come lo vedevo, affascinante come l'ho conosciuto e sensibile e affettuoso... come adesso lui è con lei, come troppo poco lo è stato con me.

Ci sono i sogni: quelli realizzabili e quelli non realizzabili.

Bisogna saperli distinguere, io provando a seguire i secondi, ho avuto una grande infelicità.

La mia sofferenza nasceva dal dolore di non riuscire ad accettare delle verità immodificabili e solo il confronto con i miei limiti mi ha portato completezza e tranquillità.

Un dolore è come una ferita e lascia le cicatrici, il trascorrere del tempo restituisce un distacco delle sofferenze: lascia solo il ricordo.

Valentina aveva ragione.

Le mie ali spezzate ripresero a volare.

Ritornare a lavorare, qualche volta può facilitare la guarigione: colleghi del tuo equipaggio, anche quelli che a prima vista avevi quasi snobbato o ritenuto poco affini a te, magari si rivelano a cena come eccellenti compagni o confidenti. Magari si scoprono avere abilità inaspettate, o competenze straordinarie su diversi fronti, dalla matematica, alla musica, alla pittura, all'arte drammatica, al cucito, alla cucina, all'organizzazione di eventi, oppure con spiccata capacità imprenditoriale, sportivi professionisti, sommelier, esperti in alimentazione, musica, moda, poliglotti capaci di padroneggiare più lingue, cantanti, poeti. L'affiatamento è comunque e sempre immediato: è come chiacchierare con amici di vecchia data che - magari davanti ad una birra o una caipirinha - rivelano una simpatia straordinaria, sciogliendo come cubetti di ghiacchio le loro iniziali apparenti corazze, scoprendo lentamente la loro vera essenza, comprensiva di gioie, di dolori, di umanità.

Ci si abbandona sempre, all'abbraccio rassicurante dei colleghi: in quello stesso istante condividono con te parole, pensieri, sentimenti, tutti insieme, nella stessa parte del mondo, lontano momentaneamente da tutti i volti familiari, ascoltando la stessa musica locale, che si rivela così coinvolgente, mangiando lo stesso cibo tipico del luogo, osservando lo stesso panorama in una notte stellata che sembra accolga il mondo, te e il suolo che stai calpestando. Quelle sere, incontri gli occhi di tutti, che riscopri così uguali e così diversi da te. E così vicini, perchè non più soli.

Proprio in quei momenti, il tuo *collega* diventa il tuo amico, compagno di viaggio, mentore, consigliere, sconfinando tutti i confini della razionalità: come si fa ad essere così vicino a chi non hai mai visto prima? E' questo uno dei momenti così straordinari che il mio lavoro è capace di regalare, ed è uno dei motivi per cui continuo ad amarlo.

Vivevo immersa nel lavoro, per cercare di dimenticare le mie angosce. Partivo e ritornavo.

Ero da poco rientrata a casa. Era tempo di disfare il bagaglio. Mi accorsi che avevo casa invasa da valigie che troneggiavano fisse sopra la panca del corridoio adiacente alla mia camera da letto. Ognuna era più o meno parzialmente fornita del necessario: quella estiva, quella invernale, quella per le ferie al mare, la pilotina per il necessario per una notte fuori, il borsone con abiti più sportivi e oggetti superflui che mi apparivano necessari, come il peluche del mio bimbo o la foto dei miei genitori in abiti nunziali, il trolley piccolo per brevi tragitti, quello medio, quello grande, tutti intercambiabili in base alle necessità. Quella sera mi ritrovai a preparare tre valigie:l'indomani sarei partita per un turno con soste in città europee, sarei rientrata a casa l'ultimo giorno alle 23.00 e poiché sarebbero iniziate le ferie, decisi che sarei ripartita l'indomani mattina, quindi serviva la seconda valigia con costume e pareo, che stavo preparando, e dato che, appena rientrata dalle ferie, sarei dovuta ripartire l'indomani per lavoro per Buenos Aires, ne doveva essere pronta un'altra, che stavo riempiendo con maglioni, sciarpe e giaccone, visto che lì attualmente la temperatura minima era di tre gradi. Ormai questa vita dovrebbe far parte della mia routine e, nonostante tutto, avevo la percezione che ci fosse qualcosa di pazzesco. Osservando con più attenzione le varie sfaccettature e le particolarità della vita di bordo, tra i volatili, la popolazione è alquanto eterogenea, ma ci sono varie presenze che hanno precisi modelli riconoscibili, li suddivisi così:

Gli anziani: Chi lavora da tempo in azienda e ha grande esperienza.

Gli stagionali: Sono coloro che iniziano da poco a volare.

Gli stagionali stagionati: Sono coloro che, pur avendo anni di pratica, hanno contratti a tempo determinato.

E poi le *mamme*: un posto particolare e privilegiato è riservato a loro: le mamme hanno l'astensione dal lavoro, dal primo giorno del mese di gestazione, dietro certificato che attesta la gravidanza, fino al compimento del primo anno di vita del bambino.

Le frequenti radiazioni in volo, il trasporto delle valigie e i ripetuti spostamenti da un aereo a un altro, da un albergo all'altro potrebbero danneggiare il feto.

Le compagnie aeree, inoltre, offrono la possibilità, in ottemperanza con la legge, dell'esonero dal lavoro notturno fino a che il bambino non abbia compiuto tre anni di vita.

In passato, si concedeva questa agevolazione al coniuge separato che avesse avuto l'affidamento unico del figlio, fino al compimento del dodicesimo anno di età; questa norma fu abolita.

Sono stati nominati i *voli in giornata*, nei quali i giorni lavorativi di una hostess in servizio cessano durante la notte, con la possibilità di poter ritornare a casa quotidianamente.

In questi casi la madre lavoratrice, in particolari circostanze anche il padre, ha rilevanti agevolazioni per poter seguire il proprio figlio fin dai primi passi.

I giorni liberi e le ore di volo si riducono molto, ogni notte si dorme a casa, e chi lo desidera può prolungare il periodo dell'allattamento al seno.

Durante i *voli delle mamme*, tra colleghe, non mancano mai le foto del piccolo e i discorsi cadono spesso su pappe e pannolini, ogni bambino a bordo viene accuratamente osservato con tenerezza, premura e una briciola di malinconia.

Arrivato il bimbo ad avere tre anni, la mamma deve necessariamente riprendere le normali attività di volo, che solitamente impongono tre, quattro o cinque giorni fuori casa.

E diventa sempre più difficile organizzarsi mese dopo mese, ritrovare il giusto equilibrio: spesso si è assenti in momenti speciali ed esclusivi come il Natale, un compleanno, o la prima recita in classe.

Si fatica a tenere in piedi la famiglia, è problematico il continuo apparire e scomparire, per giorni.

Alcune mamme riescono bene a rientrare nel frenetico mondo lavorativo, alcune sono felici e prive di sensi di colpa riuscendo a riprendere quegli spazi personali, abitudinari e antecedenti che, con una vita esclusivamente casalinga al servizio dei figli e del marito, erano state costrette ad accantonare.

«Non vedo l'ora di andare a lavorare, per riposarmi da sola in albergo» confermano a ogni partenza.

La baby sitter diventa una necessità, i nonni un bene inestimabile.

Conobbi Elisa

Una hostess di volo, che aveva una famiglia bellissima: due bimbi di sei e di tre anni e mezzo, e un marito amato e innamorato di lei, che faceva il suo stesso lavoro. Stavamo insieme su un volo per Bombay, oggi rinominata Mumbay, un tempo villaggio di pescatori e oggi una delle città più popolose del mondo. Uno tra i miei posti preferiti: un misto di etnie, culture e religioni diverse con un'unione che si esprime nella lingua, nelle tradizioni, nell'arte, nella gastronomia.

Durante la sosta girammo a piedi per tutta la città, e l'artigianato indiano era una gioia per noi, amanti degli oggetti esotici: dalle pietre dure a quelle preziose, gioielli in oro o in argento, tappeti in lana e seta, tessuti preziosi, oggetti in legno, cuoio o terracotta.

Ci imbattemmo in Battery street, da Popli, un gioielliere che ci mostrava sempre sorridente argenti e pietre preziose; ci invitò persino nella sua dimora, insieme a tutto l'equipaggio, a cena con la sua famiglia in perfetto stile indiano.

Elisa aveva terminato di fare i voli in giornata con il compimento del terzo anno del figlio e aveva, da poco, ripreso a lavorare assiduamente. Mi raccontò che di essere stata da poco a New Delhi, e di aver scoperto che nel quartiere di Dwarka, è parcheggiato un vecchio airbus A300 con un'ala rotta e la coda spezzata; non decolla mai, ma si vendono i biglietti di 150 rupie (circa 3 euro) per un viaggio immaginario: si regala il sogno di provare l'ebbrezza di un viaggio proponendo un volo virtuale a chi non può permettersi un vero biglietto aereo, con una hostess in divisa che saluta i passeggeri e li invita a mettere i bagagli nelle cappelliere e allacciare le cinture, mentre il comandante dà loro il benvenuto affacciato al cockpit. Si parte con la fantasia aiutati dal rombo dei jet che decollano poco lontano e dall'altoparlante il capitano avverte di stare per attraversare una leggera turbolenza.

All'interno tutto si svolge come un volo reale e le hostess passano con il carrello delle bevande.

Mi parlò anche della sua vita familiare e privata, e mi confidò che, poiché i nonni vivevano in città lontane, Elisa e il marito decisero di prendere una baby sitter che dovevano cambiare in continuazione, per vari problemi che si presentavano di volta in volta.

Non era facile trovare qualcuno, inizialmente estraneo, che potesse, in loro vece, occuparsi dei figli, per svariati giorni consecutivi, in maniera adeguata, con pazienza, scrupolo e sensibilità.

Per poterli assistere più frequentemente, i genitori ottennero di lavorare alternando i riposi; quando mamma era assente per lavoro, il papà era a casa, e viceversa.

I bimbi non godevano, però, della presenza di entrambi i genitori e anche il rapporto di coppia risentì la mancanza della vicinanza reciproca.

Lisa chiese all'ufficio del personale di ottenere nuovamente i voli in giornata, o almeno quelli brevi, massimo di due giorni, ma non riuscì a realizzare ciò che desiderava.

I bambini erano piccoli, e avevano bisogno della presenza giornaliera della madre.

Elisa, per evitare lunghi turni lontano da casa, perché riteneva che i figli fossero ancora troppo piccoli e perché non riusciva ad avere una serena conduzione familiare pensò che l'idea che avrebbe risolto i problemi fosse chiedere un contratto part-time, che prevede la possibilità di ottenere fino a un massimo di sei mesi ogni anno o di richiedere da una a due settimane al mese di fermo lavorativo.

Elisa ritrovò l'armonia in famiglia.

Pillole

Il fuso orario

Il telegiornale annuncia che da domani cambierà il fuso orario, l'ora solare diventerà l'ora legale.

Spiegano che tutti gli Italiani ne risentiranno, e che ci vorranno almeno tre giorni per abituarsi, con conseguenze su umore ed energia.

I sintomi più comuni sono il senso di affaticamento, difficoltà a prendere sonno e riduzione dell'appetito.

Fortuna io ne sono fuori, o troppo dentro.

Domani la mia sveglia da Sofia, in Bulgaria, sarà alle 03.30 del mattino e rientro in Italia alle 9.15.

Io provo giornalmente ad ammortizzare i fusi, beati quelli che lo fanno solo due volte l'anno. Certe notti in aereo sono lunghe quanto l'infinita Siberia, dove fa spesso freddo anche se fuori c'è il sole, ma per fortuna sono spesso scaldate dalle confidenze di vita di noi, che il mondo lo viviamo e lo scopriamo un'ora alla volta, qualunque essa sia, un pezzettino dopo l'altro, mordendo un boccone alla volta con la stanchezza e il fuso orario. Per minimizzare l'impatto con il jet lag cerco di dormire bene la notte prima del volo e di non fare tardi la sera, adeguandomi il prima possibile all'orario locale, in casi di lunga permanenza, provando a regolare i ritmi di sonno-sveglia sull'ora in vigore nel paese in cui sono diretta fin da quando sono in aereo, se non prima, e durante il volo non mangio troppo perché si gonfia lo stomaco, evito gli alcolici che, oltre ad essere vietati, mi provocano disidratazione e malessere.

Se arrivo a metà mattina (ora locale) cerco di rimanere sveglia per il resto della giornata, provando ad andare a letto ad un'ora appropriata: prima riesco a vivere secondo l'ora locale e più rapidamente mi sento meglio.

Gli effetti del *jet lag* sono generalmente più rapidi se si viaggia in direzione ovest e più lenti in direzione est: in Giappone nelle brevissime soste, porto sempre estratto di valeriana o pastiglie a base di melatonina e camomilla per conciliare il sonno.

Una curiosità: a nord della Svezia, nella Lapponia Svedese, durante il periodo estivo, risplende il sole a mezzanotte e per tre mesi la luce è continua, con l'assenza del buio durante la notte, lì il sole non tramonta mai e splende ininterrottamente, bisogna sempre guardare l'orologio per orientarsi sull'orario, è come essere in una dimensione fantastica, quasi irreale.

Al contrario, durante i mesi invernali, nell'intera Lapponia Artica il sole non appare e, durante il giorno, si affacciano soltanto poche ore di luce nel cielo nero, mostrando l'aurora boreale, una delle più incantevoli e spettacolari vedute del pianeta.

Un'altra attenzione da avere, per me e per chi vola frequentemente, è quella di prestare una particolare attenzione ai sintomi del mal d'orecchio, cercando di minimizzare le fastidiose conseguenze che si verificano in volo, infatti se si soffre di raffreddore, bisogna sempre chiedere consiglio al medico nell'eventualità di poter affrontare un volo, assicurandosi che non ci siano infezioni in corso nella zona auricolare, rischiando complicanze gravi quali la perforazione del timpano, in questo caso sono consigliati medicinali che riducano le secrezioni nasali, potrebbe essere utile muovere la mandibola cercando di far fuoriuscire aria dalle orecchie come per sbadigliare oppure deglutire o masticare o bere qualcosa.

Fortunatamente, i kit medici sanitari sono sempre presenti a bordo e il comandante non è autorizzato a decollare in loro mancanza.

Non temo, come tanti passeggeri, i così detti *vuoti d'aria*, che tecnicamente non esistono: questa sgradevole sensazione è provocata da correnti ascensionali e discensionali che durano pochi secondi. La cinetosi o mal d'aereo, rappresenta per molte persone un vero problema con nausea, mal di stomaco, vomito e vertigini e perdita dell'equilibrio, che possono essere superate da rimedi naturali come lo zenzero o il limone o con farmaci antistaminici ad azione sedativa, da prendere circa mezz'ora prima del volo. Le turbolenze non presentano particolari problemi alla navigazione, l'aereo oscilla e successivamente riprende la sua stabilità, ma è importante mantenere sempre le cinture allacciate per proteggersi da eventuali traumi, inoltre la struttura dell'aereo può vibrare anche violentemente senza subire danni strutturali, e la flessibilità dell'ala è tale da potersi flettere di almeno cinquanta gradi verso l'alto o verso il basso sull'orizzonte senza spezzarsi.

Secondo le statistiche ufficiali circa il 53% degli Italiani non ama volare, c'è una sorta di fobia che colpisce tutte le fasce d'età, anche quelle che dovrebbero avere più familiarità con il mondo aeronautico, quali i giovani o coloro che viaggiano spesso per lavoro.

I timori, non sempre consapevoli, sono legati anche al sentirsi considerato non più come una persona, con la propria individualità, quanto un *semplice passeggero* uguale a tutti gli altri, ed è qualche volta presente la paura di subire danni fisici, o la paura che il volo possa essere oggetto di attentati.

Persino il rumore provocato in decollo dalla ritrazione del carrello e dalla chiusura del portellone sotto l'aereo è artefice di paura incontrollata.

La paura di volare è manifestata da un irrigidimento sulle poltrone, cattivo umore, brividi di freddo o caldo improvviso.

In aereo, l'accoglienza, la serietà e l'immagine dell'assistente di volo diventano un importante fattore di rassicurazione in quanto trasmettono ordine, normalità e professionalità, e la *boarding music* ha lo scopo di rendere più accogliente e piacevole il benvenuto a bordo, trasmettendo ai passeggeri una piacevole sensazione che, inconsciamente, aiuta a infondere una positiva esperienza emozionale del volo, e si basa su un'attenta ricerca di brani musicali che possano incontrare i gusti di tutti, creando una piacevole atmosfera.

Incidenti di percorso

Passò molto tempo prima che si rimarginasse la mia ferita.

Ebbi, un giorno, un incontro casuale, con un uomo all'aeroporto a Roma Fiumicino.

Era bello stargli accanto, un tipo simpatico.

Indossava jeans scoloriti, camicia vintage, cintura texana, felpa zippata con cappuccio, sneakers; lui andava a trovare il cugino, io ero con la divisa diretta a Praga.

Un po' buffo nella sua modesta statura, con le mani e i piedi forse troppo piccoli, era un conoscente di vecchia data, frequentato solo in brevi incontri occasionali.

Abituata alla noiosa giacca e cravatta, trovai sicuramente eccentrico quell'abbigliamento.

Appena mi vide si avvicinò e mi salutò con un grande sorriso.

«Ciao, è da tempo che non ci vediamo, dall'ultima volta sono passati ben due anni!»

«Ciao, che coincidenza incontrarti!»

«Ti ricordo tesa, incerta. Ti ritrovo più serena, più bella!»

«Ricordo che eravamo stati insieme in piscina, alloggiati presso lo stesso albergo in Grecia, ci siamo conosciuti in volo e ci siamo scambiati subito delle confidenze a cena, davanti a una *moussaka* di melanzane e salsa *tzatziki,* con i ballerini sul palco che saltellavano al ritmo crescente del sirtaki.»

«Parlavamo di suocere invadenti!»

«Mi sono sentita a mio agio con te e, forse, ti ho torturato con le mie lamentele!»

«I problemi erano comuni a entrambi.»

«Tutto bene?»

«Sì, tutto ok!»

«Devo andare, spero di rivederti!»

Non ricordavo nemmeno il suo nome, ma quella gradevole sensazione di piacere nel rivederlo, nel sentirmi bene con lui, quella sì, la ricordavo.

Casualmente ci incontrammo di nuovo dopo pochi giorni, a Roma, davanti a un negozio di chitarre chiuso per ferie.

Lui mi salutò portando lentamente la sua mano destra sopra il mio fianco sinistro, sfiorandolo delicatamente e, per almeno tre secondi lunghi da perdere il fiato, mi baciò su entrambe le guance e mi disse:

«Ciao, ben ritrovata.»

Quando la sua mano lasciò il mio fianco desiderai incontrarlo nuovamente da qualche altra parte, e risalutarlo.

Sentimmo entrambi un'energia che ci attraversò improvvisamente.

Mi domandò il numero di telefono e mi diede il suo.

Non potevamo non rivederci ancora.

Mi chiese di uscire a cena con lui e fui felicissima di accettare, dopo aver controllato frettolosamente i giorni di riposo del mio foglio turni.

In quell'occasione, da subito ci sentimmo in perfetta sintonia, come se ci conoscessimo da tanto e la conversazione durò tutta la sera piacevolmente.

Notai che le nostre mani tendevano delicatamente ad avvicinarsi e sfiorarsi per avere maggior contatto.

Alla fine della serata, credo che il desiderio di entrambi abbia spinto le correnti del destino a farci assaporare lo stesso cubetto di ghiaccio di un long drink seducente come le sue labbra, che sfiorai delicatamente.

Non so come sia riuscito così in fretta a prendere in trappola il mio cuore e allontanare quell'istinto di difesa e diffidenza diventato così forte negli ultimi anni.

Il vino bianco e ghiacciato ne fu certamente complice.

Nei giorni successivi, a cavallo tra un volo e un altro, il piacere inebriante di un giro in moto, una passeggiata per le vie del centro di Roma, un tramonto sul mare dove il sole si tuffava nei suoi occhi, un film complicato da seguire perché distratta dalla sua presenza, una cena impossibile da terminare perché attratta dalle sue parole, un tremore e un batticuore difficile da nascondere quando lui era al mio fianco, mi hanno ridato il sorriso.

Ancora prima di vederlo, al solo pensiero o sentendo la sua voce, immediatamente le linee esterne delle mie labbra si rivolgevano verso l'alto e mi pervadeva una sensazione di gioia, di allegria.

Chiudendo gli occhi e pensando alle sue labbra carnose, mi veniva in mente una grande albicocca fresca e succosa di un gusto che non mi stancava mai. Se pensavo ai suoi occhi riuscivo a nuotare in un'acqua azzurra e cristallina, trasparente, con fondali profondissimi in cui immergermi, con la speranza di riuscire a tornare indietro perché tanto pericolosi e attraenti, la sua pelle era chiara, i capelli totalmente rasati, il pizzetto curato, il naso alquanto pronunciato, un neo sotto l'ombelico.

Ero affascinata nell'ascoltarlo e la sua voce mi incantava.

Era nativo del sud, ma cresciuto a Roma.

Un uomo intelligente e molto creativo, instancabile e pieno di vitalità, ironico e divertente, brillante, mai frivolo.

Emergeva visibilmente che lui volesse godere di tutte le gioie della vita: buongustaio, amante del buon vino, estimatore delle donne.

Era istintivo, sicuro di sé, ambizioso; il suo ottimismo e la fiducia in se stesso lo rendevano oltremodo coraggioso, questa era la sua forza.

Il suo fisico appariva scattante e ben delineato, modellava con perseveranza e spirito di sacrificio i suoi muscoli agili e proporzionati, amava la boxe.

Duro fuori e morbido dentro, come un torroncino siciliano.

Un uomo con cui stavo bene in ogni occasione, che riusciva a trasformare ogni cosa in una piccola avventura.

Mi piaceva vederlo, sentirlo, abbracciarlo, mi faceva ridere, mi incuriosiva tutto quello che faceva e che diceva.

Non avrei mai sperato di poter incontrare qualcuno capace di farmi sentire così bene.

Era un galantuomo e possedeva un grande potere di seduzione, mi portava mazzi di rose, mi apriva sempre lo sportello della macchina, portava le mie borse, si inginocchiava per invitarmi a cena, suonava la chitarra per me, suggeriva per i miei acquisti, stupiva con prenotazioni di viaggi inaspettati, offriva la sua giacca se avessi avuto freddo, mi riempiva di complimenti, conosceva i miei gusti.

Prima del periodo natalizio, andammo qualche giorno alle Barbados, le onde erano così violente che anche lui ebbe qualche difficoltà a surfare, benché dicesse di essere un esperto.

Ero pronta per una nuova relazione, trovando in lui un amico, un confidente, un compagno con cui dividere parte della mia vita, e ritrovare quel sorriso che si era spento.

Era quasi perfetto, quasi.

Non esiste la perfezione.

Al villaggio dei pescatori di Oistin, davanti a uno stufato di pesce con salsa piccante, tipico piatto caraibico, dopo esserci tuffati nelle onde dell'oceano, mi confessò di avere una moglie e una figlia.

Mi parlò di una crisi che perdurava da anni, della sua insoddisfazione coniugale a cui voleva porre fine, di un rapporto fisico e sentimentale ormai inesistente.

Lo ascoltavo.

Odiavo le parole che sentivo da quelle labbra che amavo.

Detestavo quell'attrazione così forte che provavo nei suoi confronti.

Disprezzavo quell'adrenalina che pervadeva il mio corpo e quelle endorfine che si sprigionavano nel mio cervello, anche prima di incontrarlo.

Di seguito la confessione si avvicinò e, appena le nostre labbra si sfiorarono, fui presa d'assalto da sentimenti ambivalenti.

Un gioco pericoloso: quell'uomo, non ancora separato, stava tradendo sua moglie con me.

Quel bacio fu pieno di passione e di rabbia: avevo una strana sensazione, era quasi come fossi contemporaneamente sia la moglie tradita e perdente, in cui mi identificavo per l'esperienza passata, sia l'amante prescelta, un misto di dolore e soddisfazione rendeva quel bacio così appassionato, travolto da crudeltà, vendetta, rassegnazione, piacere, benessere, infine oblio. Ero come guidata da un impulsivo desiderio inconscio, non avevo capacità di libera scelta.

Assumevo quel ruolo condannato con tutta me stessa.

Il destino ha voluto ribaltare tutto e farmi vivere anche l'altra parte.

Non riuscii a smettere di vederlo, pur pensando che ogni volta fosse l'ultima volta.

Incontrarlo mi dava gioia, entusiasmo, forza, e l'amore è un sentimento così attraente. Io ne avevo tanto desiderio, non volevo rinunciarvi, non potevo.

Amavo essere innamorata, questa è la verità.

E ne avevo il diritto.

Venivo, ogni volta, trascinata da quell'istinto che mi chiudeva gli occhi, mi restituiva il sorriso.

Era come andare al luna park, sulle montagne russe; era come correre sotto la pioggia, senza ombrello.

Quando lo vedevo avevo voglia di accoglierlo più di quanto avessi voglia di resistergli, e lui, l' uomo sposato, giurava, forse spergiurava, di essersi innamorato di me, di non andare d'accordo con la moglie e di essermi fedele.

Un cambio di ruoli non previsto.

Io quasi gli credevo, non riuscivo a non farlo, quell'aria da maledetto mi conquistava.

Amavo sentirlo, ma in fondo lo detestavo, e inconsciamente odiavo me stessa perché non poteva fare a meno di lui.

Vivere la vita che ho sempre sognato, questo era il mio progetto. Non mancavano mai gli incidenti di percorso.

Da donna tradita, inaspettatamente mi ritrovai in quella stessa situazione che avevo aspramente condannato: essere l'amante di un uomo sposato.

I sogni, spesso, si infrangono.

Ma il tempo passò, e quel presente divenne passato.

Era la fine dell'anno e decisi di passare un indimenticabile fine d'anno argentino.

A Buenos Aires avevo sbagliato tutto.

In valigia portai:

- Un paio di stivali bianchi in cavallino con suola antipioggia.
- Collant di cotone misto lana.
- Completo passepartout in cotone felpato.
- Maglioncino dolcevita.
- Giacca a vento.
- Cappello e guanti d'obbligo.

Dicembre, erano previsti due giorni di sosta e non potevo farmi mancare un vestitino per la sera abbinato al cappotto di astrakan comprato in saldo in un outlet di New York, credo più frequentato dai miei colleghi che dagli stessi residenti.

Mentre chiudevo la valigia, per poco non dimenticavo il beauty con i trucchi.

Tutto pronto, rimaneva anche lo spazio per eventuali, anzi certi, acquisti; non vedevo l'ora di provare la *baba de caracol* (estratto di bava di lumaca), un ottimo idradante, e la crema *Cicatricure* spiana rughe, in vendita nelle farmacie Pharmacity.

Ero emozionantissima, avrei passato il Capodanno con Davide, infatti per quell'occasione, avevamo pensato, come spesso accadeva, di volare insieme, utilizzando i biglietti scontati che ogni hostess di qualsiasi compagnia ha a disposizione per il proprio compagno.

Davide disse che aveva chiesto ufficialmente la separazione coniugale e mi tenne al corrente di tutti i dettagli legati all'atto giudiziale.

Avrei festeggiato con lui per tutta la notte e saremmo andati a ballare nella tangheria situata in una delle zone più carine della città chiamata *Palermo*.

Avevo l'acquolina in bocca al pensiero della famosa cena argentina a base di carne di prima scelta e la passeggiata su *Caje Florida*, piena di negozi, mi allettava alquanto, vista l'estrema convenienza dell'euro sul pesos.

In venti minuti ero già in aeroporto.

Tutti a bordo, imbarco terminato, si parte.

Il tempo di volo per l'Argentina sembrava interminabile, dopo quattordici ore riesci a conoscere molti dei passeggeri, potrebbero nascere anche delle belle amicizie.

La mia conoscenza della lingua spagnola piena di sbagli e poco fluida diventava improvvisamente scorrevole e spesso più ardita nell'osare le nuove parole apprese durante le conversazioni.

Fu in questo volo che conobbi Estella Perez, quando mi chiese aiuto per sollevarsi dal suo posto. Estella aveva circa cinquant'anni, una straordinaria bellezza interiore avvolta da un grande dispiacere; doveva ancora adattarsi alla sua nuova condizione e non era preparata a quel cambiamento radicale: adesso percepiva solo luci e ombre; la sua cecità sopraggiunse tardivamente, in maniera subitanea e irreversibile.

Era come avvolta in una nube opalescente, ma aveva affinato gli altri sensi, compensando la vista mancante.

Le offrii la mia piena disponibilità nell'aiutarla, se lo avesse desiderato, e lei mi fece una strana richiesta.

Avrebbe voluto toccare il mio viso per potermi vedere poiché con il suo tatto riusciva a percepire la realtà esterna.

Nelle sue parole comprendevo una soffocata amarezza verso un destino crudele e un celato sconforto per l'irreversibilità della perdita di un dono prezioso.

Poggiando le mani sul mio volto, mi chiese come fossero i suoi occhi dopo aver sollevato gli occhiali scuri, e fu felice di sentire da me che sembrava avesse uno sguardo naturale e che non avessi notato nessuna anomalia nelle sue pupille.

Presi atto di essere una donna molto fortunata, è straordinario possedere la vista.

Toccato il suolo, fui felice di salutare Estella e tutti i passeggeri che avevo accompagnato durante il volo, ma non vedevo l'ora di arrivare al più presto in albergo per poter riposare un po' in camera, e prepararmi per quel Capodanno che sarebbe stato indimenticabile.

Una doccia e subito a dormire per qualche ora, dopo aver sistemato i vestiti dentro l'armadio, onde evitare di stropicciarli ulteriormente.

Cesare, un nostro collega, era anche lui molto stanco.

Quella sera avrebbe raggiunto la saletta, collocata al piano terra, dedicata agli equipaggi di tutte le compagnie aeree che alloggiavano in albergo, e partecipato alla festa che venne organizzata.

Decise di farsi un bagno caldo nella vasca dell'hotel ma, assopendosi, dimenticò di chiudere il rubinetto e non si accorse che, in poco tempo, l'acqua fuoriuscì dalla camera, attirando la cameriera del piano, che entrò e vide il suo corpo immobile.

Atterrita e pensando che fosse morto, chiamò la sicurezza che avvertì il comandante e l'equipaggio della disgrazia.

Ci ritrovammo tutti ammutoliti davanti a lui, nella sua camera, nel suo bagno, davanti un corpo inerme, statico, privo di qualsiasi indumento.

In quello stesso istante, Cesare aprì gli occhi e, coprendosi alla meno peggio, restò incredulo, turbato e sbalordito dai nostri sguardi, divenuti stupefatti.

Fu un falso allarme, un banale errore.

Sfiniti, ritornammo in camera.

Misi la sveglia alle 21.00 *local time* (in Italia 01.00 a.m.) poiché la cena era prevista per le ore 23.00, avrei chiuso gli occhi per qualche oretta, e a mezzanotte *Via con lo champagne!*

Un buon riposo era necessario, mi sentivo le ossa rotte e la schiena indolenzita, avevo la necessità di allungarmi nel letto.

Allo squillo della sveglia telefonica ho subito pensato di ritardare di una decina di minuti il risveglio, accorgendomi che il fuso orario italiano non mi aveva abbandonato.

Davide fu d'accordo con me, anche lui non riusciva ad alzarsi, eravamo troppo stanchi, quella decina di minuti era necessaria e in quel frangente, quel letto dalle lenzuola fresche di bucato era molto più attraente di una serata in discoteca.

Appena riapro gli occhi, *Se non dieci, saranno passati forse venti minuti,* mi accorgo che era già mattina e la festa di capodanno terminata. Sento una grande delusione per non aver festeggiato la sera precedente, neanche i fuochi d'artificio erano riusciti a svegliarci.

Il clima era caldo, caldissimo.

Quel primo gennaio, a Buenos Aires era una giornata estiva, la temperatura superava i 28 gradi, e improvvisamente mi accorsi di aver sbagliato a fare la valigia, dimenticando di controllare le previsioni meteo, diverse da quelle italiane.

Avrei raggiunto la stradina piena di negozi con i miei stivali rivestiti di pelliccia sintetica; l'abitino termico con le maniche lunghe sarebbe stato sostituito al più presto con un prendisole che avrei comprato a breve, insieme alle infradito, ma solo dopo aver attraversato il grande stradone che mi separava dalla stradina pedonale, mi accorsi che i negozi erano chiusi, le strade deserte, dei *tangheros* e dei suonatori di fisarmonica neanche l'ombra perché il primo gennaio erano tutti al Mar della Plata.

Prendemmo così il traghetto al porto, di fronte l'albergo, e scoprii il fascino dell'Uruguay, il paese della tranquillità, un'oasi di pace che si presentava con lussureggianti praterie. Ed io ero lì, nello sterminato bassopiano della Pampa, pensando alla mia vita, formata da tantissime piccole vite, da attimi, momenti e ricordi che si univano insieme, dentro un cosmo che faceva parte di un me e di un noi sempre diverso, di un dove disparato, di un tempo indefinito e variabile nello spazio, di un domani che altrove è già ieri, o viceversa, di una colazione che lì è cena, di un luogo che qui è notte mentre gli altri si svegliano per andare in ufficio e i figli iniziano le lezioni a scuola.

Rientrammo in albergo il giorno successivo.

Un volo indimenticabile

Carrello non estendibile

Airbus A321 – Volo Roma Fiumicino-Milano Linate

Decollo 07.30, arrivo previsto 08.30.

Ero in casa, di riserva: dalle 05.00 a.m. alle 05.00 p.m.

Mi addormentai la sera prima, avendo cura di telefonare all'ufficio turni per accertarmi che tutto fosse confermato e, al momento, nessun volo fosse *scoperto*, come si dice in gergo.

«Sogni d'oro, non preoccuparti!» mi risposero, gentilmente.

Chiesi alla baby sitter, per sicurezza, di dormire da me.

Finii di vedere il film che era iniziato in seconda serata.

Il trillo del telefono alle 05.10 del mattino fu una doccia fredda, una punizione ingiusta, come se qualcuno avesse tirato via con forza quel morbido cuscino in cui custodivo piacevoli sogni.

«Volo AM 2113 del 17 maggio, ora di imbarco 07.10, arrivi fuori servizio a Linate e prenderai servizio sulla Linate-Roma, Roma-Tel Aviv, Tel Aviv-Roma.

Tra circa 40 minuti devi essere operativa, buon lavoro e scusa per l'orario!»

«Prego» fu l'unica parola che riuscii a biascicare prima di riattaccare la cornetta.

Il caffè era necessario, anche se metà mi cadde dalla tazzina, poggiata sul comodino.

Non ricordavo più esattamente dove sarei dovuta andare, ricontrollai la notifica inviata.

Mi affrettai a prepararmi.

«...Linate... imbarco 7.10...

Ma dove ho messo il copri occhiaie???»

Già prevedevo di acquistarne un altro al duty free di Tel Aviv, fornito di ogni tipo di crema conveniente, avrei preso anche i Sali del mar Morto, impossibile resistere ai suoi benefici. Una tra le difficoltà che prevedevo erano i pasti speciali, su quel volo, quasi tutti li richiedevano, infatti al momento del check-in o anche in fase di prenotazione del biglietto aereo, si può richiedere una preferenza di pasto secondo le personali esigenze, dettate da osservanze religiose, di salute o di semplice gusto personale.

La particolarità del pasto kosher, il pasto ebreo, è costituita dalla totale assenza di lievito dai cibi secondo la più antica tradizione ebraica, l'origine di questa tradizione risale al periodo della precipitosa fuga degli Ebrei dall'Egitto, talmente precipitosa che non ci fu neanche il tempo di far lievitare il pane.

Il Timbro del Rabbinato deve essere stampato nel certificato, accluso in ciascun pasto e garantisce la perfetta aderenza alle specifiche norme di lavorazione e preparazione secondo i più stretti dettami della tradizione ebraica, come uso carni *glatt*, o impiego di posate e stoviglie nuove, ecc.

Arrivata in aeroporto prendo un altro caffè al bar insieme al pilota, gradito e necessario per entrambi. Mi accorsi che i passeggeri erano tutti svegli, in fila per l'imbarco, con giacca, cravatta, profumo, valigetta, pronti per arrivare puntuali ai vari appuntamenti mattutini.

Gli assistenti di volo armarono i portelloni, inserendo una leva che aggancia la barra agli scivoli. Questi restano armati per tutta la durata del volo in caso di emergenza poiché, in tale posizione, si gonfiano automaticamente in pochi secondi, permettono una rapida evacuazione e potrebbero anche essere usati come battelli in acqua.

Il volo si svolse con tranquillità e senza criticità, io ebbi la pessima idea di prendere un altro caffè.

In procinto di atterrare a Linate, e quando tutti stavano già pensando che l'aereo stesse per toccare il suolo, all'improvviso, con un assordante rumore di motori alla massima potenza, il comandante decise repentinamente di riattaccare e di riprendere quota.

La giornata era bella e soleggiata, dunque non fui la sola a chiedermi cosa fosse successo.

Non vedevo altri aerei, occupavo il posto 30F in fondo all'aeromobile e non sentivo nessun rumore anomalo.

Fu di grande conforto l'annuncio del comandante, nessuno notò una voce preoccupata.

«Sono il comandante del volo, scusate del disagio, ma un piccolo inconveniente ci ha costretti a riattaccare, nessun problema, ci riavvicineremo immediatamente.»

Dopo aver sorvolato l'aeroporto per pochi minuti, cominciarono le procedure per un nuovo atterraggio.

Pochissimo tempo prima di toccare terra, riecco una seconda riattaccata.

Sembrava difficile riuscire ad atterrare.

Tutti erano in silenzio, quasi ammutoliti.

Rincuorante la voce del comandante:

«Mi dispiace informarvi che, a causa di un inconveniente tecnico sull'aeroporto di destinazione, purtroppo saremo costretti ad atterrare sul vicino aeroporto di Malpensa, da dove sarete trasportati fino a Linate attraverso un bus che vi attende al nostro arrivo.

Mi scuso nuovamente per il contrattempo.»

Fu solo un sospetto, ma sembrava che la voce del comandante tremasse.

Tutto bene, eravamo in forte ritardo ma più tranquilli.

Il collega mi guardò fisso negli occhi e mi sussurrò qualcosa che mai avrei voluto sentire:

«NON FUNZIONA IL CARRELLO!»

«Cheee?»

«Hai capito, non farmi ripetere.»

«Ne sei certo??»

«Non vorrei esserlo.»

«No, ti sbagli, non è vero, non è possibile» pensai, sperai.

Invidiavo gli altri che non sapevano nulla.

«Il carrello non funziona?????» chiesi senza voce, per non essere ascoltata e muovendo solo le labbra.

«Sì, la spia avverte che non funziona, e non il carrello si abbasserà toccando terra, andiamo a Malpensa per un atterraggio di emergenza» sussurrò.

«Il carrello non funziona???» mi chiesi, non riuscivo ad accettare la notizia.

«Cazzo, il carrello non funziona!» pensai.

«Ma perché non sono rimasta a casa mia?»

«Che senso ha stare in volo sopra questo aeroplano senza carrello funzionante??»

Tremai, sudai freddo, pregai.

Non ero pronta per morire, non sarò mai pronta per farlo.

Sorvegliai le uscite di emergenza più vicine e, conoscendo bene la conformazione della porta e la leva di apertura, mi concentrai su quello che avrei dovuto fare nell'aiutare tutti a uscire attraverso gli scivoli.

«Slacciate le cinture!»

«Lasciate tutto a bordo!»

«Da questa parte!»

«Prima i piedi, poi la testa!» se fossero usciti dai finestrini.

Avrei dovuto adottare parole semplici, comandi positivi e chiari, ma necessari nei momenti di panico, pronta anche a spingere chi avesse indugiato e a sottrarre violentemente le valigie trasportate ostinatamente con sé, che avrebbero danneggiato gli scivoli e ostacolato il flusso degli altri.

Verificai che quella mamma seduta accanto a me avesse allacciato per bene la cintura supplementare al suo piccolo e consigliai di porre tutti i bagagli sopra le cappelliere ben chiuse.

L'atterraggio era imminente, tutto così silenzioso, calmo.

Accennai una posizione di sicurezza che avrebbe potuto ripararmi dal forte urto.

«Ce la faremo?» mi chiesi.

In cabina di pilotaggio provarono un ultimo tentativo: aprirono manualmente il carrello tirando una leva che avrebbe fatto aprire il portellone e cadere il carrello con la forza di gravità.

L'atterraggio non fu neanche brusco, l'aeromobile si spense dopo aver toccato terra.

Restammo fermi in pista, in attesa di essere trainati al parcheggio.

Nessuno si accorse di niente, io accennai un sorriso al passeggero infuriato per il ritardo al suo congresso. «Questi disguidi sono inconvenienti che succedono solo ai vivi», pensai. Quel tizio non sapeva quanto eravamo stati fortunati.

Per il forte ritardo, saltarono i voli successivi e io rientrai a casa stanca, con un ultimo saluto a quei colleghi che rivedrò *chissà quando*, e che neanche ricorderò i nomi, ma le sensazioni sì, quelle resteranno salde dentro di me e, magari rincontrandoli tra un mese o forse anni, avrò un sorriso, non ricordando neanche dove, come e quando ci siamo conosciuti, o le intime confidenze scambiate - mentre potrebbe capitare che l'altro ricordi tutto perfettamente - ma negli occhi brillerà quella sensazione gradevole, o sgradevole, di un richiamo alla memoria lontano di *quel qualcosa che neanche ricordo cosa* -

per gli innumerevoli viaggi - che mi aveva colpito e che adesso è impresso in qualche angolo lontano della mia mente. E' davvero difficile spiegarlo meglio di così.

Per oggi, era arrivato il momento di dire basta ai caffè.

Riuscii a prendere mio figlio al doposcuola per accompagnarlo al corso di nuoto.

Fu felice di rivedermi inaspettatamente, al posto della baby sitter, e mi chiese, come sempre, « Mamma, cosa mi hai portato dal tuo viaggio?». Gli regalai quella matrioska tradizionale in legno che avevo acquistato appositamente per lui nella piazza Rossa a Mosca, durante il volo precedente, e gli raccontai di aver visto il Mausoleo di Stalin accanto al muro del Cremlino e di aver assaggiato il caviale; nel frattempo chiamai Davide, dovevo raccontargli cosa mi fosse successo, poi finalmente mi distesi sul divano di casa, chiusi gli occhi e mi lasciai avvolgere dalla compagnia dei miei pensieri.

Niente di grave

Ricordo che da piccola, mio padre mi ha sempre tenuto sotto una campana di vetro, mi ha protetto da tutto e da tutti con il suo controllo, e l'ultima parola spettava a lui.

Non mi concedeva di esprimere personali opinioni che fossero differenti dalle sue.

Doveva insegnarmi la sua di verità, e dovevo assimilarla esattamente corrispondente, senza cambiamenti alcuni e senza alternative.

Non permetteva che io mi potessi comportare in maniera errata, quindi io non potevo impegnarmi nella ricerca di un pensiero personale, né prendere iniziative: mi avrebbe protetto lui dal mondo esterno, ogni mia azione, prima di essere eseguita, doveva avere la sua approvazione.

Cancellava ogni mia macchia senza traccia di alone, se qualcosa non era ammesso era severamente punito, dovevo essere come una bella statuina plasmata e forgiata da lui, in base alle sue aspettative.

Non so se bruciassero più i divieti, quel suo sguardo che a me appariva crudele, oppure il tono di voce troppo autoritario e severo, per il resto non parlavamo quasi mai, a parte quelle interrogazioni a sorpresa sui compiti scolastici, pretese dopo un accurato controllo sul mio diario di scuola.

C'era un muro troppo alto tra me, sua figlia femmina, e lui che non riusciva a trattarmi da persona alla pari e a oltrepassare quel limite che ci separava e che, tra l'altro, neanche io ero capace di superare.

Ho sempre provato a essere quello che lui voleva, e ovviamente non sono mai riuscita a esserlo.

Mi trovavo in difficoltà nel mantenere le regole imposte, nel dovermi rimettere in equilibrio e dare un senso alle cose, ad avere un pensiero diverso da tutti e ad allontanarmi dalle opinioni e dai giudizi assoluti che mi sono stati inculcati durante tutta la vita.

Scoprivo che il mondo non è sempre così disciplinato, come lui mi aveva insegnato e come anche io avrei voluto credere che fosse, c'erano anche molti percorsi tormentati e disagevoli.

Cosa è giusto?

Cosa è sbagliato?

Quelle domande, delle quali istintivamente già conoscevo le risposte, improvvisamente divennero più complicate.

Ciò che era morale passò in secondo piano.

Un turbinio di sentimenti, di attrazione, di avidità, di rimorsi e rimpianti, tutti contrastanti tra loro, frullava nella mia testa.

Era sbagliato portare avanti questa complicata relazione? Non era giusto aprirsi alla possibilità di un nuovo amore incontrando qualcuno che finalmente mi capisse, condividesse le stesse idee, accettasse il mio modo di fare e mi rendesse più ottimista nella vita?

Furono tante le domande a cui a fatica cercavo di dare una risposta.

Non volevo far male a nessuno, meno che mai a me stessa, eppure non riuscivo ad alleggerire quel peso che gravava sulla mia coscienza.

Nonostante tutti i miei scrupoli, mi innamorai di un uomo trascurando il suo stato civile.

Con severità intransigente, Dante Alighieri avrebbe collocato la mia anima, percossa e sbattuta crudelmente da una perenne bufera senza poter scegliere la direzione, nel secondo cerchio di quell'enorme imbuto sotterraneo che descrive come l'Inferno, convinto che l'amore non dominato dalla ragione conduca a perdizione e dannazione, seppure anche lui avesse ammesso di non essere pienamente d'accordo e di provare dolore per questo castigo imposto, sarei stata in compagnia di Paolo e Francesca, di Ginevra e Lancillotto.

Mi chiesi se la mia passione potesse trasformarsi in peccato e quel sogno di felicità diventare proibito.

Oltretutto, Davide ultimamente non si dimostrava degno della mia trasgressione, poiché non mi rivelava onestà dei sentimenti, viveva con ipocrisia e slealtà, e pareva trascurare le pene che derivavano dal mantenere questo sgradevole doppio gioco: non aveva il privilegio di essere libero, di uscire senza nascondersi.

Iniziai a domandarmi se fosse vera la notizia dell'imminente separazione, mentre acquisivo da lui informazioni sempre diverse sulle date per la presentazione in Tribunale e sui rinvii richiesti dall'avvocato relativi alla causa matrimoniale in corso.

Le mie perplessità erano dolorose, impacciata, esitante, mi interrogavo sulle mie vere intenzioni, avendo quella scomoda sensazione di sospettare che anche io fossi colpevole, eppure Davide era perfetto nel farmi sentire beneamata e desiderata.

Non perdeva occasione per dimostrarmi che ero sempre nei suoi pensieri, era presente quando desideravo vederlo, cucinava per me, mi donava oggetti carichi di valore affettivo, si apriva con confidenza, mi svelava la sua paura di perdermi, mi rassicurava della sua fedeltà sentimentale e mi metteva al corrente di ogni mossa sulla conduzione della sua vita, spesso doveva rientrare a cena *per vedere la figlia*.

Era piacevole sentire la sua gelosia nei miei confronti, era sempre pronto a dissipare la mia diffidenza con rassicurazioni meticolose, curate fin nei minimi particolari, forse troppe.

Eravamo come due fanciulli attratti dal reciproco tepore, con uno sconfinato desiderio di ritrovarsi insieme e trascorrere con spensieratezza maggior tempo possibile.

Quando ci vedevamo era come se tutto il resto sparisse, se tutti i problemi restassero all'esterno, fuori dai cancelli della consuetudine quotidiana.

Si sarebbe potuto scatenare un temporale e non ce ne saremmo accorti perché il suono delle nostre risate, delle nostre canzoni, dei nostri scherzi, era sempre più forte del frastuono dei tuoni, il fulgore da noi emanato era più abbagliante di quello dei lampi.

Davide riusciva a trascinarmi in un altro mondo, divertente, frizzante quasi effimero, quasi irreale, lui mi caricava di energia e mi coinvolgeva nella sua continua ricerca del brivido.

Era capace di dissolvere ogni inquietudine e condurmi dentro un'utopia, dove solo noi eravamo i protagonisti, un immaginario circo, nel quale io ero una trapezista che decideva di buttarsi e saltare senza la rete, sperimentando l'esperienza di vivere le emozioni al massimo.

Ogni momento passato con lui lo conservavo nella mia mente, nel mio cuore, come se si srotolasse la pellicola di un film che non mi lasciava mai libera.

Immagini, profumi, espressioni, flash del suo volto, peculiarità soggettive, confidenze svelate si presentavano ininterrottamente, come un cortometraggio interiore che tornava a riavvolgersi e si impadroniva della mia attenzione durante il giorno.

Per festeggiare il mio compleanno mi portò a Fuerteventura, un sogno di isola nelle Canarie al largo della costa africana, e mi sorprese regalandomi quel paio di scarpe rosa che io avevo ammirato dalla vetrina di un negozio il giorno precedente. Ricordo quel momento quando corremmo ridendo a crepapelle sulla Rambla di Barcellona per raggiungere un autobus e arrivare in orario al mio *pick up* con l'equipaggio, quando cenammo a Madrid a Plaza Mayor afferrando le *tapas* con le mani, o quel giorno a Londra, quando al mercatino Spitalfields sulla Commercial Street, acquistammo *streat wear* a prezzi stracciati oppure quando mi face assaggiare per la prima volta quella piccantissima 'nduja calabrese a Reggio Calabria, la sua città d'origine.

Ero raggiante in sua compagnia e lui amava seguirmi durante i miei voli.

Volo AM 1902 Roma-Las Vegas

Appena entrato in aereo, il passeggero del volo diretto da Roma a Las Vegas non aveva una *bella cera*, appariva molto debilitato e Donatella, la mia collega, mi disse che quel pallore e quella carnagione giallastra sul suo viso erano poco rassicuranti, inoltre eravamo stati informati dalla moglie che il marito soffriva di una malattia polmonare, anche se lui affermava di sentirsi bene. Durante il volo quel passeggero mangiò e chiese persino una birra.

Arrivati quasi all'altezza della Groenlandia, lui si sentì male: aveva mal di pancia, un alito pungente, e la temperatura corporea fredda, dopo pochi minuti apparve come fosse svenuto.

Renato, il responsabile del volo, aveva un forte senso pratico nel risolvere con responsabilità e risolutezza ogni problema e qualsivoglia criticità, anche nelle situazioni più difficili, sapendo donare sorrisi a facce nervose e ristabilendo così sempre armonia a bordo.

L'emergenza fu improvvisa.

Pareva che il cuore di quell'uomo dalla grande corporatura avesse smesso di battere, insieme al respiro.

Renato e altri colleghi lo presero immediatamente in braccio e lo distesero nel corridoio, davanti al portellone della porta 2R di un boeing 777. Il medico che prestò spontaneamente soccorso era in viaggio di nozze con la moglie e si chinò per fare la respirazione bocca a bocca, nel tentativo disperato di salvare quella vita preziosa. Le braccia degli altri dottori, che accorsero solidali, si alternavano in un massaggio al cuore con una forza così violenta e disperata che pareva deformare quel corpo ormai inondato di liquidi per un'emorragia interna in atto, causata dai polmoni annegati per un edema inarrestabile.

Il sangue iniziava a fuoriuscire dal naso, dalla bocca.

La corsa per salvarlo fu angosciante, si tentò anche con una puntura di adrenalina all'altezza del cuore e la rianimazione fu effettuata incessantemente fino alla constatazione che quel corpo, poggiato inerme sul corridoio dell'aereo, era ormai privo di vita.

In quel momento, l'unione e la fratellanza umana tra colleghi e passeggeri apparvero ai miei occhi, insieme alla celebrazione dell'amore per quella vita che si dimostrò indifesa contro la potenza del destino.

Il corpo venne rivestito da coperte, e da sacchi di plastica a protezione degli odori che si sprigionarono, e riparato dalle tende.

Quando un passeggero muore a bordo, si crea sempre una situazione difficile, soprattutto per i passeggeri che dovranno continuare a viaggiare per ore accanto a un cadavere, il quale verrà nascosto alla vista da una coperta.

A bordo di un aeroplano, quando un passeggero muore ad alta quota, non può essere spostato dal suo posto dai membri dell'equipaggio, e soltanto il medico ha l'autorità per poter decretare il decesso del passeggero.

La prassi vuole che si avvisi la torre di controllo di quanto avvenuto e una volta a terra, un medico legale, avvisato dalle autorità aeroportuali, stabilisce ora e causa del decesso.

Tra le varie Compagnie aeree, solo la Singapore Airlines è dotata di un *armadio per cadavere*, un vano per contenere un corpo umano, in caso dovesse verificarsi il decesso.

Abbracciai la moglie, attanagliata da una crudele fatalità ancora per lei indecifrabile, cercando di attenuare i brividi che la scuotevano in modo irrefrenabile, le tenni la mano, lei strinse la mia senza più lasciarla.

L'odore di morte emanato dai gas emessi che si sprigionavano da quel corpo, si diffuse nell'aria, all'interno dell'aereo.

Arrivammo a destinazione dopo ore, finalmente.

Le porte si aprirono.

La polizia americana interrogò tutti, i dottori si occuparono del corpo dopo averlo fotografato, un medico psicologo avvertì i figli all'aeroporto che sarebbe stata solo la madre ad abbracciarli, gli altri passeggeri sbarcarono infreddoliti per la temperatura appositamente tenuta bassa per contrastare la diffusione dei microbi, l'equipaggio andò in albergo dopo i necessari ulteriori controlli doganali.

Finalmente in camera.

Adoro quella piacevole sensazione di chiudere la porta dall'interno e di appendere quel cartellino con quella scritta così accattivante: *Do not disturb*.

Che invenzione fantastica!

L'ultima cosa che avrei fatto era accendere la televisione, perché adoravo quel silenzio al mio arrivo, quella stanza ordinata dai letti rifatti con estrema accuratezza, quella toilette intonsa e quel brivido entusiasmante di liberarsi dai vestiti e da quell'uniforme, poggiandola provvisoriamente sul divano, di allungare la camicia usata sulla sedia vicino alla scrivania, le scarpe davanti al letto - che inciampi appena passi - e le calze sopra il paralume della lampada del comodino, facendo però attenzione a non accenderla per non bruciarle, di poggiare l'Ipad sul secondo letto vuoto, la borsa aperta sopra la tv, spargendo i trucchi, la crema, il deodorante, la spazzola e il dentifricio ben in vista in bagno, pronti all'utilizzo e prendendo tutto il posto a disposizione, senza un ordine apparente, senza condivisione con nessuno, solo con me stessa: senza possibili giudizi esterni e commenti altrui, che peraltro sarebbero stati comprensibili e fondati, visto lo stato effettivo di quel disordine. Mi addormentai, dopo aver fatto una lunghissima doccia calda, essermi messa la crema su tutto il corpo, chiuso le tende per offuscare la luce esterna, mettendo la mascherina sugli occhi e accendendo il riscaldamento a dismisura - come piace solo a me - e restando con il trucco un po' sbiadito, seminuda e le gambe gonfie dal volo sopra un cuscino, senza l'obbligo di essere di bell'aspetto, neanche presentabile, o rispecchiare il prototipo e l'immagine che gli altri spesso ti attribuiscono. Eravamo finalmente soli: io e il mio ordinatissimo caos.

Dolci momenti di solitudine e di silenzio. Sapendo che il prossimo suono udito sarebbe stato quello di una sveglia all'ora che io stessa avevo deciso, e per di più con l'opzione di continuare a dormire, sempre e soltanto a mio insindacabile giudizio. E il risveglio sarebbe stato accompagnato - oltre che dagli inevitabili segni di pressione del cuscino sul viso per via del sonno profondo - dalla visione di una bustina di caffè liofilizzato a mia disposizione accanto al boiler elettrico.

Tutti restarono ammutoliti e profondamente toccati per l'accaduto, eppure intimamente ognuno di noi decise di non scoraggiarsi e di continuare a portare avanti i progetti che aveva in mente, prima del tragico avvenimento, per quel viaggio: era un modo per superare lo sgomento e il forte impatto emotivo.

Il giorno successivo, un collega andò a sposarsi a Las Vegas sopra una Cadillac rosa con la sua compagna, che aveva deciso di partire con lui e seguirlo sul volo come passeggera per il felice evento progettato da tempo; Cristina affittò una bici per fare una passeggiata fino a Malibù, Elena prese la metro per raggiungere il suo maestro di yoga; Cinzia si incontrò come programmato con i suoi amici residenti in California, Donatella decise di non mangiare hamburger, Claudio e il primo ufficiale andarono al concerto del Gibson Amphitheatre nei pressi dell'Universal City, poiché il produttore italiano degli artisti che si esibivano, conosciuto in volo e con il quale si era creato un rapporto speciale per il grave accaduto, li aveva invitati personalmente. Cercammo tutti di reagire a quell'evento traumatico senza riportare conseguenze nefaste,e nei giorni successivi fummo invitati a partecipare a colloqui con lo psicologo, per accertare la persistenza dell'idoneità psicofisica e per eliminare ogni residuo negativo di quell'esperienza, che avrebbe potuto nuocerci senza una adeguata elaborazione di quello specifico episodio. La salvaguardia dell'integrità psicofisica dei naviganti è importante perché le loro mansioni e le responsabilità sono ad alto rischio di stress, incidono tra le altre cose, anche la disagevole qualità della vita affettiva, in molti casi altamente sregolata, e influiscono le particolari condizioni nelle quali viene svolto il lavoro, con fattori quali rumore, microclima, radiazioni cosmiche, difficoltà a seguire una corretta igiene alimentare, irregolarità dei ritmi quotidiani, insonnia da fuso orario, frequenti spostamenti.

Le hostess sono tenute, per questi motivi, a sottoporsi a visita medica periodica, programmata sul turno e che viene effettuata presso l'istituto di Medicina Legale dell'Aeronautica Militare con accurate analisi che comprendono una lunga lista di accertamenti e rilasciano un certificato di idoneità da allegare annualmente alla licenza.

Con il passare del tempo imparavo nuove regole comportamentali necessarie per un buon andamento del volo, e facevo tesoro di ogni esperienza per anticipare e risolvere qualsiasi tipo di situazione, anche di questa, che fu preziosissima e fece parte di quel bagaglio che portavo sempre con me.

Guida al passeggero cortese

Seduto nella sua poltrona, un passeggero iniziò a sbracciarsi, a suonare impaziente.

Lo scampanellio era continuo, incessante, preoccupata pensai a un'emergenza.

«Buongiorno, posso esserle d'aiuto?»

Un signore apparentemente distinto, ma sprezzante e sostenuto nei toni, mi chiese sventagliando con una fetta di melanzana in mano: «Scusi, lei sa cosa è questa schifezza?»

«A me sembra una melanzana» risposi.

Si tranquillizzò, ne prese atto e non chiese altro.

Non era un'emergenza, forse stress emotivo o frustrazione dovuta al viaggio.

Troppo spesso ci si dimentica che gli aerei non sono ristoranti, e si offre ciò che viene imbarcato dal catering, che verrà riscaldato in piccoli forni. Noi non possiamo modificare quello che viene offerto in base ai gusti personali di ciascuno, e non bisogna considerare le hostess come cameriere – senza offesa per nessuno, naturalmente – perché non lo sono: piuttosto, a parte i compiti prevalenti legati alla sicurezza personale, all'emergenza fuoco, a quella sanitaria, o al supporto psicologico, siamo *padrone di casa* che ricevono i loro ospiti, offrendo un servizio che assicuri di rendere gradevole la permanenza a bordo, oltre che priva di rischi.

Per l'andamento di un buon volo è auspicabile venirsi incontro: per una rapida risoluzione di eventuali inconvenienti, e per garantire la sicurezza è necessario che i passeggeri rispettino le disposizioni dettate dall'equipaggio senza impedire lo svolgimento delle sue funzioni, seguendo tutte le leggi, i regolamenti e le condizioni del viaggio, poiché in ogni momento gli assistenti di volo devono prioritariamente tutelare la sicurezza del proprio volo.

Se un passeggero, a causa del suo comportamento a bordo, mette in pericolo l'aeromobile, o qualcuno non osserva gli avvertimenti richiesti, verranno adottate misure necessarie per bloccare il protrarsi di tale comportamento.

Non è permesso viaggiare in stato di ebbrezza o sotto l'effetto di sostanze stupefacenti, in alta quota, tale stato psicofisico subisce un peggioramento considerevole e questo rappresenta un pericolo per se stessi e per gli altri a bordo di un aeroplano, specialmente nel caso in cui dovesse presentarsi una situazione di emergenza.

In tali condizioni, è contemplata la possibilità di rifiutare l'imbarco al contravventore, infatti l'uso eccessivo di alcol può portare un individuo a comportamenti aggressivi, permettendo alla situazione di degenerare, è quindi importante che gli assistenti di volo usino la massima attenzione nel servire bevande alcoliche, nei casi in cui il passeggero manifesti segni di alterazione.

Non è consentito servire sostanze alcoliche ai passeggeri di età inferiore ai 16 anni, anche se il minore è accompagnato dai genitori consenzienti (art. 689 del Codice Penale).

Alle hostess è vietato bere alcolici otto ore prima del servizio.

Regole e norme comportamentali vanno rispettate, buon senso e buona educazione sono importanti per una serena convivenza di tutti, specialmente in un ambiente ristretto, che offre pochi spazi e nessuna privacy.

Alcuni suggerimenti sono necessari per coloro che hanno preso l'aereo pochissime volte, per i novelli viaggiatori, per chi effettua il primo volo, un po' maldestro per la novità, o per i giovanissimi animati da entusiasmi e senso di libertà, generati dalle vacanze imminenti.

Le circostanze si ripetono con facilità, simili tra loro, su quasi tutti i voli: in partenza davanti al gate la fila è già lunga, eccoli all'imbarco non appena effettuato l'annuncio che apre le operazioni di accesso al volo.

Tutti si alzano prontamente in piedi, i nervi sono tesi, e tentano di accaparrarsi i primi posti di una fila che immediatamente diventa lunghissima, con operazioni poco signorili di sorpasso, trasformando i gomiti in armi improprie e aiutandosi con il bagaglio a mano per non perdere le posizioni ottenute.

I più agguerriti non riescono ad apprezzare le note della musica di bordo, il loro obiettivo è conquistare i posti più in fretta possibile e arrivano appesantiti in aereo, stanchi dai pesanti bagagli e dalle buste dello shopping stracolme che non hanno mai poggiato a terra per poter raggiungere il loro posto.

Appena arrivati in prossimità della propria poltrona, bloccano l'imbarco stando in piedi per sistemare con molta calma i voluminosi bagagli, controllare l'ambiente, colloquiare con il vicino e chiamare al telefono qualche parente o amico, avvertendolo che si trovano in aereo, dimenticandosi naturalmente della presenza di alcuni, dietro di loro, che attendono di poter raggiungere i loro posti, e altri che non vedono l'ora di accapigliarsi per riuscire a passare e ottenere un'altra cappelliera libera e sufficientemente spaziosa per le valigie che hanno rifiutato di spedire.

Tanti provano avversione nel doversi sedere e allacciare le cinture, vivendolo come una costrizione insopportabile,e detestano avere l'obbligo di spegnere il cellulare appena si chiudono le porte.

All'arrivo di destinazione, i nostri amati *gremlins* , alcune volte così ironicamente soprannominati, non vedono l'ora di slacciarsi le cinture ancora prima dello spegnimento del segnale luminoso, si alzano di scatto per accaparrarsi il bagaglio posto sopra le cappelliere ancora chiuse per motivi di sicurezza, e corrono ostinati lungo la cabina con l'aeromobile ancora in movimento e in fase di rullaggio, per superare tutti e giungere per primi alla porta, ancora chiusa e armata con gli scivoli di emergenza.

Se è vero che esistono buone norme per essere una hostess perfetta, esiste anche la possibilità di individuare alcuni accorgimenti da adottare quando si vola come passeggeri - me per prima - per rendere il viaggio godibile e gradito per tutti. Si tratta di qualche consiglio e semplici indicazioni, frutto di anni di esperienza:

A - Non occupare il posto in prima classe possedendo un biglietto in zona economica, poiché le hostess saranno costrette a invitare il cliente a prendere il posto prestabilito, dato che i posti sono preassegnati e numerati.

B - Spegnere cortesemente il telefonino cellulare non appena si sente l'annuncio che verrà fatto dopo la chiusura delle porte, senza temporeggiare nelle telefonate.

C - Il computer deve essere tenuto spento nelle fasi di decollo e atterraggio. Non rifiutatevi di spegnerlo, ciò imporrebbe di avvertire il comandante e comporterebbe ritardo alla partenza.

D - Allacciare le cinture di sicurezza e non insistere che sarà fatto quando lo riterrete opportuno.

I tempi di controllo della cabina sono molto ristretti e la vostra sicurezza è molto importante.

E - Non è possibile mettere i bagagli sotto i sedili presso le uscite di emergenza poiché, in caso di evacuazione rapida, tutti dovranno aver modo di uscire da quelle porte senza inciampare e senza che nessun oggetto ostacoli il passaggio.

F - Non chiamare l'assistente di volo in prossimità del decollo se non per motivi di massima urgenza.

Anche le hostess hanno l'obbligo di mettere le cinture di sicurezza in questa fase e rischiano gravi conseguenze, se non cinturate, in caso di frenata improvvisa o aborto di decollo.

Qualunque necessità relativa a succo d'arancia, paura, fame, o informazione sul volo successivo, sarà presa in considerazione dopo.

Per chi avesse problemi di sensazione di conato imminente, ricordo che l'unica cosa da fare è prendere il sacchetto posto nella tasca della poltrona, successivamente andare a sciacquarsi in bagno, inumidendo polsi e tempie con acqua fredda.

G - Mi raccomando, non infilare le cicche di gomma da masticare nel sacchetto sopra descritto, dall'esterno non si percepisce che siano state usate e saranno inutilizzabili al successivo impiego.

H - Fate attenzione che il bagaglio messo sotto la poltrona davanti a voi non intralci il corridoio, non impedisca l'agevole passaggio delle persone, e non blocchi i carrelli di servizio, potrebbe inoltre smagliare le calze di nylon delle hostess in servizio.

I - Può capitare che l'aereo arrivi a destinazione in ritardo: tra i numerosi motivi, i più frequenti sono cause tecniche, ritardi da voli precedenti, o autorizzazioni da parte della torre di controllo.

Capisco il disappunto, e spesso la rabbia da parte del passeggero è giustificata per le considerevoli difficoltà derivanti dal ritardo quali la perdita volo in transito, il mancato appuntamento importante, le attese prolungate, ecc.

In questi casi siamo molto spiacenti e cerchiamo di dare le possibili soluzioni, ma le persone spesso non hanno in quel momento la lucidità di capire che la loro collera, purtroppo, non cambierà la situazione e creerà soltanto ulteriori disagi e perdite di controllo dannose per una civile convivenza a bordo, oltre che per la salute.

Evitate, se fuori luogo, di emettere sentenze e giudizi personali attaccando l'operato di coloro che lavorano al meglio, rappresentando la compagnia, propongo come valida ed efficace possibilità, quella di riferire i vostri reclami inviandoli per iscritto al destinatario competente.

J - Il non salutare o lo sguardo torbido e minaccioso da parte del passeggero che arriva o si allontana dall'aereo, come espressione di disappunto per eventuali disagi avvenuti, non è gradevole né utile.

K - In aereo molte persone hanno bisogno di riposare, di leggere un libro, una rivista, di avere semplicemente un po' di tranquillità per poter lavorare, altri, essendo di buon umore o inebriati per una vacanza che sta per cominciare, hanno voglia di cantare, ridere, fare baccano. È opportuno, quindi, non parlare a voce alta e mantenere un tono di voce normale, comprendendo le esigenze altrui.

L - Quando l'aeromobile è pieno, non si ha la possibilità di imbarcare tutti i bagagli a mano, soprattutto i trolley più grandi in cabina, può capitare che non ci sia più il posto dove collocarli, né il modo di rimpicciolirli.

In alcuni casi non esiste alternativa, rassegnatevi a lasciare con dignità le vostre valigie etichettate che verranno messe sottobordo e ritirate all'arrivo.

M - Se il valigione rigido fuoriesce dalla cappelliera, quest'ultima non potrà essere chiusa. Suggerisco di trovare sempre una sistemazione idonea o chiedere aiuto per evitare successivi disagi nel disincastrare tutti gli altri bagagli.

N - Ricordo che le cappelliere sono di tutti: si mette il bagaglio dove c'è posto e in quelle ancora vuote, poiché nessuno compra il possesso della singola cappelliera posta sopra la propria poltrona e nessuno è autorizzato a togliere i bagagli degli altri già stipati.

O - Controllare sempre l'orario di imbarco quando si passa per il duty free, lì è come se il tempo si fermasse.

P - Non si fuma in bagno perché si rischiano multe esose e una denuncia per attentato alla sicurezza altrui, fino alla tentata strage. Cari fumatori, aspettate di arrivare a terra, inoltre una sigaretta fumata in volo causa il doppio dei danni fisici a causa della rarefazione di ossigeno in cabina.

Q - Non è elegante né seducente guardare fisso negli occhi, con eccessiva insistenza - tipo sguardo languido alla Sean Connery o ammiccamento da Casanova consumato - le hostess durante la dimostrazione degli equipaggiamenti di sicurezza.

R - Dopo aver consumato il pasto servito su vassoio, siete pregati di lasciarlo così com'è: sarà ritirato e riposto nelle apposite intersezioni dei carrelli che prevedono un piccolo spazio corrispondente per ciascuno.

Se unite tutti i vassoi della vostra fila, impilate le tazze piene di liquidi, i piattini, e i vari contenitori alimentari in un unico piano, mettendo altresì la forchetta in cima infilzata sulle pietanze residue, costringete le hostess ad acrobatiche quanto sgradevoli ricostruzioni dei vassoi originali. Grazie in ogni caso per il pensiero.

S - A bordo di un aeromobile, vi consideriamo nostri ospiti: un sorriso è il miglior ringraziamento.

T - Non poggiarsi con tutto il peso sugli schienali poggiatesta dei sedili anteriori per alzarsi dalla poltrona. Questo provoca fastidio al passeggero che occupa la poltrona davanti, inoltre fate in modo che lo schienale della vostra poltrona non sia totalmente ribaltato all'indietro quando c'è il servizio dei pasti, in modo da farli consumare in maniera agevole al passeggero seduto dietro di voi.

U - Non legare mai il bimbo in braccio con la vostra stessa cintura, verrà fornita quella supplementare idonea. In caso di un'emergenza quale la frenata improvvisa, il piccolo rischierebbe, in quel modo, uno schiacciamento dovuto al vostro peso su di lui.

V - Siate disponibili eccezionalmente a effettuare un cambio posto, senza attaccamenti irrefrenabili alla collocazione a voi assegnata al momento del check-in.

W - Accelerate il più possibile le operazioni di imbarco occupando i posti assegnati, date sempre un'occhiata alla fila di persone che aspettano dietro di voi.

X - Non dimenticate telefonino o giacche o passaporti al passaggio del metal detector, in ogni caso ricordatevi il luogo e il modello in modo da poter contattare il personale di scalo per un eventuale ritrovamento o rivolgetevi all'ufficio *Lost and found*.

Y - Il pulsante di chiamata è un gioco divertentissimo per i bimbi, bloccate gentilmente quel delizioso ditino.

Z - Non tutte le testate dei quotidiani vengono imbarcate: inutile insistere.

Esistono anche regole relative al bagaglio a mano che bisogna sempre osservare. Sovente, nascono diatribe e spiacevoli inconvenienti. Meglio evitarli, informandosi prima sulle prescrizioni che cambiano spesso, per cui è opportuno dare un'occhiata, prima di partire.

Generalmente è consentito portare in cabina, oltre agli effetti personali, un solo bagaglio a mano con dimensioni che non superino i 55 centimetri di base, i 35 centimetri di altezza e i 23 centimetri di profondità, per un massimo di 8 chilogrammi di peso, e al fine di proteggere i passeggeri dalla nuova minaccia terroristica costituita dagli esplosivi in forma liquida, sono state adottate nuove regole che limitano la quantità di sostanze liquide da portare a bordo, mentre non vi sono limitazioni per i liquidi inseriti nel bagaglio in stiva, quello consegnato al check-in per essere ritirato nell'aeroporto di destinazione. Nel bagaglio a mano, presentato ai punti di controllo aeroportuale, i liquidi consentiti sono in piccola quantità e devono essere contenuti in recipienti e inseriti in un unico sacchetto di plastica richiudibile: la capacità massima consentita è di 100 millilitri (1/10 di litro) per ogni passeggero.

I liquidi comprendono oltre che acqua e altre bevande, anche creme, profumi, spray, deodoranti, mascara e dentifricio, persino il formaggio fresco o fuso.

Si possono acquistare liquidi oltre i punti di controllo, ma sarà bene non aprire, prima di essere arrivati alla destinazione finale, le buste sigillate nelle quali tali prodotti saranno confezionati e conservare la prova d'acquisto. In caso contrario, transitando presso gli eventuali aeroporti intermedi, i liquidi acquistati potrebbero essere sequestrati ai controlli di sicurezza. Non sono ammessi indosso e nel bagaglio a mano oggetti che possano costituire armi improprie come lime di metallo, forbici, mazze da golf, monopattini, ecc., né sostanze infiammabili, velenose, tossiche e infettive.

Regole per i telefoni in volo

L'utilizzo dei cellulari a bordo è consentito a terra fino alla chiusura delle porte, l'uso del personal computer, purché non collegato con stampanti né con lettori di compact disc, è invece consentito, previa autorizzazione del comandante, da dopo il decollo a circa dieci minuti prima dell'atterraggio.

La commissione europea ha modificato le norme sull'uso dei telefoni, che potranno essere utilizzati a bordo degli aeromobili solo in determinati casi.

Sulle rotte intercontinentali i telefoni installati saranno allacciati a una rete cellulare installata sull'aereo e a sua volta collegata alla terra via satellite, consentendo così il loro utilizzo senza interferire con la strumentazione aerea.

Altri piccoli consigli che sarebbe opportuno seguire per l'utilità di tutti:

- Mai lasciare soldi, chiavi e oggetti preziosi nella valigia spedita in stiva, potrebbero inavvertitamente arrivare a una destinazione diversa dalla vostra.

- È preferibile una borsa a mano morbida piuttosto che rigida, dato che è più malleabile, più confortevole e più capiente per l'elasticità, rischiando inoltre meno graffiature evidenti.

- Per evitare che il bagaglio possa confondersi con altri simili è consigliabile renderlo riconoscibile applicando etichette, adesivi, fasce colorate, ecc. che vi aiuteranno a individuarlo più velocemente all'arrivo, per maggior sicurezza, lasciare sempre un biglietto da visita all'interno.

- Durante un volo di lungo raggio andare in bagno prima che vengano tolti i vassoi dai tavolini, per evitare di trovare lunghe file e servizi meno puliti.

- La toilette è frequentatissima, chiudete la porta con il chiavistello per evitare scene imbarazzanti, per ogni evenienza sussiste la possibilità di aprirlo dall'esterno.

- Portare sempre un maglioncino o una sciarpa, in aereo l'aria condizionata fa spesso brutti scherzi.

- Sugli aerei l'aria è molto asciutta, utilizzare crema idratante e burro cacao per le labbra per evitare le screpolature.

- La scelta degli abiti deve essere dettata soprattutto dalla comodità: non guasta mai anche la sobrietà, scegliere preferibilmente indumenti larghi e non aderenti. Prediligere vestirsi a strati, per gli sbalzi di temperatura sia all'interno che all'esterno.

- Non dimenticate mascherina e tappi per le orecchie per agevolare il riposo.

- Non rimanete seduti nella stessa posizione per molto tempo, ed evitate di accavallare le gambe mentre si è seduti, è dannoso per la circolazione del sangue.

- Indossare scarpe comode, il piede si gonfia visibilmente in volo.

- Verificate che le calze siano in ordine e senza buchi, prima di partire, affinché possiate togliere serenamente le scarpe ai controlli.

- Masticare una gomma americana o mangiare una caramella in caso di disturbi alle orecchie.

- Bere frequentemente acqua naturale durante il volo, evitando gli alcolici.

- Latte e bibite gassate potrebbero causare fastidiosi disturbi intestinali in volo.

- Avere presente che, in caso di colite, gli zuccheri della frutta fermentano e procurano gonfiore addominale.

- Portare sempre con sé uno spazzolino da denti, ricordarsi che le verdure tendono ad affacciarsi tra i denti e gli intingoli ricchi d'aglio rischiano di regalare un alito non freschissimo.

- Spesso la tensione del volo, associata alla felicità di un atterraggio privo di catastrofiche conseguenze, sfocia in un applauso per i piloti che, dato che hanno la porta chiusa, non potranno sentire e che, peraltro, non considerano eccezionale un atterraggio senza feriti e danni strutturali. Quindi l'applauso è possibilmente da evitare.

- In viaggio con dei bambini, sarebbe bene scegliere i voli meno affollati, è preferibile arrivare al check-in in anticipo rispetto agli altri per avere più possibilità di scegliere i posti a sedere e non rischiare di essere divisi. Generalmente, i posti assegnati ai genitori con neonati sono quelli in prima fila di fronte alla paratia anteriore della cabina perché c'è più spazio per allungare le gambe e la possibilità di appendere la culla.

- Su molti aerei, i sedili delle prime file hanno i braccioli fissi e, nell'eventualità che rimanga un posto libero, non sarà possibile sdraiarsi.

- Non trovate la carta d'imbarco e siete sicuri di averla persa? Con calma, guardate dentro il passaporto o in tasca, sarà lì al 99% dei casi.

- Non chiudere con chiavi o combinazioni le valigie in partenza dagli USA perché gli addetti alla sicurezza hanno il dovere di controllare e aprire il bagaglio, anche facendo saltare la serratura.

- Non sentirsi offesi né risentiti alla richiesta del personale navigante di mostrare la carta d'imbarco, è un controllo obbligatorio da espletare.

E per la Preparazione del viaggio

- Informarsi bene sui luoghi meta dei viaggi.

- Informarsi sulla compatibilità del proprio stato di salute rispetto al clima dei luoghi in cui si sta andando.

- Adeguare, se necessario, le modalità di viaggio al proprio stato di salute.

- Procurarsi prima di partire alcuni prodotti utili nelle piccole emergenze.

- Vaccinarsi secondo i consigli ricevuti.

- Adottare misure più stringenti, ove necessario, di igiene personale, alimentare, ambientale.

- Affrontare il viaggio con equilibrio, evitando gli eccessi.

I viaggiatori hanno grandi responsabilità che è bene conoscere, infatti potrebbero arrecare danni quali l'inquinamento, l'estinzione di specie animali e vegetali, lo sperpero delle risorse, la perdita di tradizioni, cultura e valori, la prostituzione e lo sfruttamento in paesi ecologicamente sensibili e potenzialmente fragili, per sottosviluppo o povertà, e subire disturbi legati a pressioni umane.

La legge italiana punisce con la pena di reclusione (art. 16 della Legge 269/98), ad esempio, i reati inerenti alla prostituzione e alla pornografia minorile, anche se sono stati commessi all'estero: talvolta c'è chi lo dimentica.

Per preservare la diversità della storia, della cultura, delle tradizioni e dell'integrità dei paesaggi bisogna assumere un atteggiamento responsabile nei confronti dei paesi visitati, tutto ciò richiede sensibilità e consapevolezza dei danni che si possono arrecare.

È bene ricordare anche che sono stati vietati dall'Unione Europea i souvenir esotici, con multe da 3 mila a 10 mila euro - se lo scopo è commerciale arresto fino a un anno e multe di 100 mila euro - per coralli, braccialetti e orecchini d'avorio, conchiglie e oggetti in pelle di animali a rischio estinzione.

Il comandante

«È il vostro comandante che vi parla, stiamo sorvolando le Alpi e, alla vostra destra, potete ammirare uno splendido panorama.»

Il comandante è una figura carismatica: ha pieno potere a bordo dell'aereo di cui è titolare, è responsabile di ciò che avviene in volo.

Un buon comandante deve sempre favorire l'integrazione dell'equipaggio.

La voce del comandante Renzo Cometti, a capo del volo, era calda, rassicurante, ne venivano distinte bene le singole parole: informava e accoglieva i passeggeri con tono cordiale e autorevole.

Era un uomo che trasmetteva sicurezza e non dimostrava mai titubanza, affascinato dal mondo della navigazione e della tecnica aerea fin da piccolo, prese i primi brevetti poco più che adolescente e fece in seguito carriera come ufficiale nell'aeronautica militare, prima di passare in servizio nella nostra compagnia.

Riusciva a mantenere sempre integro e unito il suo equipaggio, divenendo spontaneo punto di riferimento per qualsiasi evenienza e dimostrando tatto e comprensione, unite ad equilibrate e risolutive decisioni sul da farsi.

Aveva una conoscenza tecnica arricchita dalla grande esperienza e incoraggiava tutti a esprimere un qualsiasi eventuale dubbio, prima della partenza.

Ebbi la fortuna di incontrarlo su parecchi voli.

«Buongiorno, sono il comandante del volo» disse il giorno che feci la sua conoscenza nella saletta di presentazione degli equipaggi, e diede a tutti una stretta di mano accogliente.

«Il mio scopo è di portare a termine il nostro volo in sicurezza, e sarà mia cura fare in modo che tutto proceda per il meglio. Sarò sempre a vostra disposizione e vi auguro un buon lavoro.»

Si presentò così, quando lo incontrai.

Breve, conciso e pertinente.

Con cortesia e socievolezza offrì a tutti un caffè, prima di partire: intuii che sarebbe stato un piacevole volo, il suo carisma mescolato al suo senso pratico e avvolto da grande intelligenza, faceva prevedere un buon inizio.

Io non fui l'unica a essere colpita da quella voce cordiale e schietta.

«Adesso che siamo sulle nuvole, posso andare a salutare il comandante?» mi chiese Emanuele, un ometto di sei anni, tenendosi per mano con Serena, la sorellina di otto anni, più grande ma più timida, dagli occhi azzurri che brillavano e lunghi capelli biondi.

Le guance della bimba all'improvviso si tinsero di rosso; entrambi mi guardavano, sorridenti, con gli occhi spalancati, in attesa di una mia risposta.

Sapevo che, purtroppo, con le nuove disposizioni, non avrei potuto esaudire la loro richiesta, ma comunicai al comandante il loro desiderio.

Con gentilezza, mi disse che sarebbe stato lieto di conoscerli, non appena atterrati, durante lo sbarco dei passeggeri in aeroporto.

Emanuele e Serena furono entusiasti ed emozionati per la sua cordialità, e realizzarono dei disegni con le matite colorate, da donargli a fine volo.

Nella stessa giornata l'avvicendamento proseguiva con un volo successivo, adesso eravamo, su un AirbusA300, in volo da Roma Fiumicino (aeroporto Leonardo da Vinci) a Palermo (aeroporto Falcone e Borsellino): orario previsto di atterraggio 11.05.

Tutto procedeva come previsto, e la vita in cabina non smetteva di fornire spunti interessanti: la pronuncia e i modi di dire siciliani erano a me ben conosciuti, apparivano caratteristici e accattivanti:

-«Gradisce qualcosa da bere?

- «Un po' di *arrangiata*, per favore.»

Oppure:

- «caffè, se *ccè*» o «tè, se *ccè*» che sarebbe la formula abbreviata di: «Non si preoccupi se dovesse essere terminato il caffè o il tè, potrei fare una seconda scelta qualora non fosse disponibile».

O «Il caffè è già zuccherato?» è una domanda frequente poiché noi, in Sicilia, spesso aggiungiamo lo zucchero direttamente nella moka, prima di offrirlo agli ospiti.

Questo lavoro è così: piacevole per molti aspetti, ma non una professione come le altre, anche se spesso può sembrarlo: tutto può cambiare in un solo istante e bisogna essere pronti. Sempre. Un accadimento improvviso e inaspettato può avvenire e cogliere di sorpresa in ogni momento, solo con la competenza e l'addestramento continuo si può riuscire ad identificare i rischi in tempo e risolvere il problema con un uso appropriato del processo cognitivo.

Un cicalino lampeggiante irruppe all'improvviso, nella routine del servizio svolto. L'interfono segnalava la chiamata, io interruppi ogni attività e presa la cornetta comunicai la mia presenza all'ascolto, come da procedura. La voce del comandante scandiva le parole con attenzione: invitava alla massima attenzione per informazioni severamente importanti riservate a solo noi membri dell'equipaggio, e non era affatto rassicurante:

«Devo informarvi che è stata notificata una segnalazione di minaccia di bomba a bordo in volo su questo aeromobile, è necessario osserviate ognuno l'area di competenza e poniate attenzione a qualsiasi cosa possa insospettirvi, e nel caso avvisatemi senza toccare nulla. Dato il poco tempo a disposizione non sarà possibile compiere questa operazione con l'aiuto e la collaborazione dei passeggeri per l'identificazione e controllo del loro bagaglio. È necessario evitare panico che aggraverebbe inutilmente la situazione, quindi vi chiedo di compiere questa osservazione con la massima discrezione e di non divulgare la notizia.

Interrompiamo immediatamente la salita e manterremo costante la quota cabina, per prevenire l'attivazione di un ordigno che possa avere un innesto barometrico.

Da parte mia, mi sento in dovere di aggiungere che è fondamentale non perdiate la calma.»

Il metodo utilizzato per dichiarare quella minaccia era avvenuto sia con una segnalazione telefonica in forma anonima, sia come notifica per iscritto da uno sconosciuto, attraverso una lettera rivenuta all'aeroporto di partenza.

Esperti del settore, avevano verificato l'attendibilità e determinato un alto livello di rischio: l'intimidazione era riferibile a un obiettivo ben individuato e preciso: il nostro aereo, il nostro numero del volo.

La minaccia, valutata con codice rosso come evento credibile e specifico, metteva in pericolo l'incolumità di tutti e lo scopo finale da raggiungere, da parte di tutte le autorità, era la difesa, la tutela e la protezione della vita umana.

Rammentai tutto quello che avevo imparato al corso: la mia mente faceva riaffiorare le diciture da manuale.

Le cause presupposte alla radice di tali movimenti eversivi sono, in linea di massima, ispirate da emotività per rivalse personali, da ragioni di carattere economico, da megalomani, da disturbi mentali, o da ritorsioni sociali o politiche. La minaccia di bomba a bordo si differenzia dal dirottamento: il dirottamento di un aeromobile è una situazione in cui sono presenti una o più persone che con l'uso di armi, violenza o mezzi illegali assumono il controllo di un aeromobile e dei passeggeri. Il comandante a bordo dell'aereo ha anche funzioni di pubblico ufficiale e, in casi più gravi, ha la facoltà di prendere misure più drastiche quali l'utilizzo di mezzi di costrizione a bordo, l'effettuazione di un atterraggio in un aeroporto diverso da quello di destinazione e la richiesta di un intervento delle autorità di polizia.

Procedure e norme interne di sicurezza, anche da parte del personale di volo, sono finalizzate a evitare e ridurre drasticamente questo rischio.

Esisteva quindi la possibilità di un ordigno barometrico a pressione, che sarebbe potuto esplodere non appena toccata una certa quota, bisognava atterrare il prima possibile per ridurre la pressione differenziale, o almeno contenerla, quindi gli effetti di un'esplosione in atterraggio, e dovevamo prepararci ad un'emergenza. Il rischio di seri danni alle persone e all'aeromobile era da non sottovalutare, e io lo sapevo: ci avevano insegnato anche questo.

A quei tempi i controlli non erano accurati come ai giorni d'oggi, prevedevano minori misure di sicurezza sulla vigilanza e verifica dei bagagli a mano, si potevano portare liquidi, le scarpe non venivano controllate e probabilmente i dispositivi per i metalli erano tarati in maniera differente. Tutto quel che riguarda la sicurezza, è in continua evoluzione, anche le norme che riguardano la cabina di pilotaggio, ad esempio, dalla fatidica data dell'11 settembre 2001 sono cambiate: non è più possibile entrare per visitarla. I dispositivi di sicurezza sono maggiorati.

Non c'era tempo per fare un accurato controllo in aereo che potesse identificare un eventuale ordigno esplosivo: potevamo solo compiere un esame visivo, e riferire eventuali anomalie in grado di ingenerare sospetto.

Il volo appariva tranquillo, subito dopo quella comunicazione, ma non lo era più lo stato d'animo di tutto il personale in servizio.

All'inizio, noi eravamo quasi paralizzati, pressoché increduli, passarono alcuni secondi prima di recuperare l'equilibrio psicologico, in questi casi in pochi secondi accadono molte cose.

Cose come tranquillizzare la collega scoppiata in lacrime e impedire a un altro collega di fumare una sigaretta dentro il *galley*, che allora era consentito in volo poiché il divieto riguardava solo sigari e pipa.

Una sensazione di nausea, al contempo, si stava impadronendo di me.

Un intenso dolore tuonava e rimbombava nella mia testa e osservava, come un film orrendo, quell'episodio che mai avrei voluto vivere.

Perché non ero rimasta a casa?

Abbandonai quel pensiero inutile e controproducente, ed ebbi presente che le statistiche mostrano che la maggior parte delle emergenze vanno a buon fine, se correttamente gestite, bisognava che gli assistenti di volo collaborassero attivamente gli uni con gli altri poiché è tale cooperazione che garantisce sicurezza ed efficienza a bordo.

Mi ripetevo che il ruolo centrale di una hostess è la sicurezza a bordo, infatti è necessario possedere il brevetto per l'abilitazione in volo, conseguito dopo rigide selezioni e un severo esame presso Civilavia, l'attuale ENAC, Ente Nazionale Aviazione Civile.

Tutto il personale di volo è tenuto a seguire un programma di formazione in materia di sicurezza, per il mantenimento dell'attestato e lo sviluppo professionale.

Il programma di aggiornamento periodico ha cadenza annuale e, a fine corso, si sostiene un test di verifica finale che autorizza la ripresa dell'attività lavorativa. Vengono inoltre impartite annualmente lezioni riguardanti il primo soccorso, la procedura BLS per il massaggio cardiaco, la respirazione artificiale e viene rilasciato un attestato che abilita a espletare i compiti di pronto soccorso e di emergenza.

Questa sequenza di pensieri divenne il mio supporto, la mia guida, il mio ancoraggio per restare lucida, e fare bene quel che dovevo fare.

Chinandomi di quando in quando, fingendo di aver smarrito un orecchino, verificai che i giubbotti salvagente posti sotto le poltrone fossero regolarmente posizionati, osservando le file cercai di vedere se qualcosa di strano fosse visibile, controllai i bagni.

Nell'evenienza di un ammaraggio di emergenza, del resto, avrei aiutato tutti a indossare il giubbotto, spiegando un'altra volta che avrebbero dovuto gonfiarlo solo dopo essere usciti dall'aereo perché farlo prima avrebbe impedito un'agevole fuga, con il rischio di rimanere intrappolati. Da quel momento in poi, tutto sarebbe potuto accadere.

Ispezionai gli specchi di segnalazione, le pistole lanciarazzi, le radio palmari e assicurai ogni oggetto libero.

Ripassai a mente alcune procedure: successivamente all'impatto avrei aperto le porte, afferrato la zattera e trascinato fuori i passeggeri strappando i bagagli dalle loro mani, cercando poi di raccogliere tutta l'attrezzatura e, cosa più difficile, controllato il caos provocato dal panico.

Incrociai gli sguardi dei colleghi. Sembravano sereni, normali: io sapevo che non era così.

Io sapevo che un ordigno barometrico poteva deflagrare da un momento all'altro. Sapevo che i miei pensieri, quel che guardavo, che ascoltavo, avrebbe potuto essere quel che della mia vita restava.

Eravamo molto bassi, ormai. Dovevo sedermi.

Mi allacciai la cintura e, preparandomi per l'atterraggio, spinsi istintivamente con forza le mani sopra le orecchie, forse per proteggermi dal rumore che si sarebbe sviluppato.

I miei pensieri erano un turbine.

«Mamma, quante cose avrei voluto dirti.»

In brevi secondi una moltitudine di scene tratte dalla mia vita affollò la mia mente, dalla nascita, all'infanzia, all'adolescenza, a oggi.

Non c'era più tempo, ne avrei voluto altro a disposizione per apprezzare ancora più la vita, per completare tutto quello che avevo lasciato a metà, per abbracciare mio figlio, mia sorella e dire loro di non preoccuparsi per me perché ci saremmo amati per sempre, perché siamo tutti di passaggio, perché la morte fa parte della vita.

Scontato, forse banale. Non in quel momento.

Avrei tanto voluto sentire Stefania.

Non c'era più tempo.

L'aereo stava per toccare terra.

Non c'era più tempo.

Mi veniva da piangere.

Non c'era più tempo.

Trattenni il respiro.

L'atterraggio fu leggero, perfetto.

L'aeromobile si avviò al parcheggio.

Sentii la voce del comandante: lo nascondeva bene, ma stava tremando:

«Preghiamo i signori passeggeri di rimanere seduti fino al completo arresto dell'aeromobile.»

La voce della mia collega, subito dopo, sembrava irreale. Era incerta, instabile, provata. Ma solo io potevo comprendere queste sfumature:

«Signore e signori, benvenuti a Palermo, sono le ore 11.05 e l'atterraggio è avvenuto in orario. Vi auguriamo un piacevole soggiorno. Arrivederci.»

La minaccia si rivelò falsa.

Lo sgomento si trasformò in un sorriso, ma diventò subito rabbia nei confronti dell'ignoto autore dell'ignobile atto.

Avevo voglia soltanto di tornare a casa.

È peccato maledire qualcuno?

Ho peccato.

Non dimenticherò mai l'accaduto.

Atterrai, di nuovo, sulle piste della mia realtà quotidiana, ritrovando la vita privata che avevo lasciato fuori dalla porta del grande veicolo volante.

Adesso avevo *bisogno di casa*, di silenzio, di staccarmi da ogni paese, da ogni latitudine, da ogni ambiente esterno, dal mondo che mi aveva circondato fin'ora, da tutto, da tutti, da ogni voce, da ogni rumore, dallo sguardo delle persone, dalle loro parole, dai pensieri: da quelli degli altri, e anche dai miei.

Desideravo riprendere le abitudini trascurate per giorni, riordinare e toccare tutti quegli oggetti che non posso mai portarmi dietro, benchè la valigia diventi sempre la mia piccola seconda casa, usarli e riscoprire la comodità del mio focolare, del mio divano, del mio letto, del grande computer che ho sulla scrivania, di tutta la scelta dei vestiti e delle scarpe che ho nell'armadio, benchè usi sempre le stesse, desideravo guardare i miei quadri, innaffiare le piante.

Quando si rientra a casa le cose hanno un profumo di buono, di conosciuto, quello è il luogo di sempre: ritrovi le certezze, i ricordi, e anche le speranze. Aprii la porta e sentii di esserci, nonostante spesso gli altri possano non prendere in considerazione o comprendere appieno i tuoi stati d'animo attuali, oppure pretendere un immediato supporto, o una tempestiva risoluzione di quegli impegni rimasti inevasi, dato che per giorni si perdono quasi inevitabilmente le tracce della tua presenza. Con i miei giorni d'assenza, gli orari diversi dagli altri, i week end in cui sono spesso lontana, i giorni settimanali nei quali sono libera, mentre gli amici sono impegnati, e i tempi vissuti a singhiozzo, tutte le mie energie si concentravano nei giorni di riposo: rivolte a ritrovare e ricollegare quei fili lasciati sospesi con le continue partenze. Difficile starmi dietro, lo comprendevo, ma proprio per questo motivo, le mie cose, le braccia e la comprensione della persona amata erano fondamentali: mi donavano forza e sicurezza.

E io le stavo ancora una volta cercando.

L'imprevisto

Davide diventò una chimera che mi ubriacava di ilarità.

Quando mi chiedevano perché fosse finita, con mio marito - domanda spesso ricorrente soprattutto fra le mie colleghe - raccontavo la mia storia, anche per svuotare il rimanente rancore, e disegnavo in maniera perfettamente negativa le due figure, causa dei miei mali, il traditore e la sua amante.

Incontravo gli assensi dei miei interlocutori nell'additare i responsabili e mi accorgevo dello scontro con l'altra verità, diversa da quella descritta, in cui nessuno era colpevole, o, meglio, anche io lo ero.

Ripensavo a me, a Davide e poi mi irrigidivo, quasi a disagio, per quelle parole di condanna istintivamente pronunciate che, al momento, non mi davano più quella soddisfazione iniziale; proseguivo quasi pentita per quelle dure e incalzanti accuse, che si ritorcevano anche contro me stessa.

Elargivo comprensione verso il probabile innamoramento del mio ex marito e della sua attuale compagna, e ancora venivo ammirata per la saggezza dimostrata.

Provavo a giustificarli, riflettendo sulla mia effettiva posizione, attenuavo visibilmente le critiche precedentemente mosse, provando una leggera accettazione verso le loro azioni: scelte dettate da una passione, dalla nascita di nuovi sentimenti, dalla morte dei precedenti: la vita di ognuno che proseguiva su nuove strade, verso direzioni inaspettate.

Riducevo il mio dolore, la mia irritazione, le tristezze e mostravo tolleranza e indulgenza verso quel *delitto* consumato, lungi dal voler ferire nessuno, un peccato che colpa non era, o non era così grave, anche se inizialmente visto come un intollerabile affronto: lacrime e clamori che il tempo, inesorabile, anestetizza.

Era un inganno difficile da confessare perché mostrava le basi di un fallimento, evidenziava gli errori che si fanno nella vita, e sottolineava le debolezze e le fragilità di entrambi.

Spesso nei casi di sospetto tradimento si preferisce talvolta illudersi che tutto vada per il verso giusto, e si ritiene che sia in corso solo una crisi passeggera: non importa duri da mesi, forse anni, se non si è più innamorati come prima, se non c'è più comunicazione, né complicità o se anche l'attrazione sessuale si è spenta da parte di entrambi, ci sono cose più importanti a cui pensare.

Tutto tornerà come prima, più o meno, ma al momento non importa provare a recuperare o sforzarsi di capire, ci sono gli impegni quotidiani, gli spazi personali, i doveri da adempiere, la routine di una vita ormai collaudata, che va avanti quasi da sola: come un treno partito, che prosegue il suo cammino lungo una rotaia già segnata, con la destinazione già prefissata, senza soste previste.

Si rimane come ipnotizzati dal suono delle rotaie che riecheggia sempre uguale, con gli stessi toni fissi e continui, con le stesse pause regolari, monotone ma conosciute, familiari.

Ci si chiede perché cambiare, a volte.

Perché scomodarsi dalla carrozza con cuccetta del tuo matrimonio, alla fine comoda, che ti protegge da quello che potresti trovare fuori, e perché non illudersi di un amore sicuramente prosciugato, ma appagato da una quiete apparente, da una realtà conosciuta e, quindi, tranquillizzante, da un figlio in comune su cui poter riversare tutto l'affetto che non si è saputo soddisfare altrimenti?

Perché sobbarcarsi di tutti i problemi su come affrontare la vita, diversamente dagli ordini prestabiliti, perché pensare a ulteriori complicazioni affettive, legali, economiche, familiari?

Perché assumersi la responsabilità di una vita più impegnativa, più dura, più scomoda, più sconveniente, più difficile, più pesante?

Più adulta?

Più vera?

Più responsabile?

Più consapevole?

Perché?

Per avere cosa, in cambio?

Per essere se stessi?

Per distruggere i sogni e le illusioni?

Per crescere a fatica?

Il solo chiedersi se ne valga la pena, è troppo faticoso.

L'uomo è poco accorto nel nascondere i segnali inequivocabili di un tradimento, professionisti della tresca a parte: e ce ne sono tanti.

A me è bastato prendere un telefonino, usato precedentemente dal mio ex marito, per fare una telefonata e ritrovare inaspettatamente i messaggini d'amore, lasciati distrattamente inseriti nella memoria del telefono.

Non appena letti quei messaggi inaspettati, il mio stomaco si contrasse, il battito del cuore salì di colpo vertiginosamente e il mio sistema nervoso diventò difficile da controllare.

Sentii il sangue che scorreva in tutte le vene del mio corpo arrivare con gran fretta fino alla testa e avvertii delle palpitazioni fino alle tempie con un tintinnio forte e continuo, quasi esplodessero; vidi le mie mani tremare a dismisura e, quasi paralizzata nel corpo, feci fatica a sedermi, gli occhi rimasero spalancati e fissi.

Sapendo di non sognare, vidi una realtà quasi irreale che non credevo potesse essere la mia, pur essendola.

Parole dolci, affettuose che non erano rivolte a me, né erano usuali nei miei confronti.

Pensai che le fate e i fantasmi esistessero solo nelle favole di mio figlio, come potevano materializzarsi nella mia vita?

Telefonai a quel numero, incredula, affinché questo incubo si rivelasse tale, e mi rispose la seducente voce di una signorina con accento straniero e di giovanile baldanza che aumentò il flusso sanguigno già abbondante nel mio cervello.

Mi ritrovai in quella casa, dove anni fa avevo vissuto momenti dolorosi e silenzi assordanti in compagnia del mio ex marito, dove i nostri sguardi avevano perso quell'entusiasmo che neanche l'amore e l'impegno nei confronti di Alessandro, nostro figlio, riuscì ad accendere.

Tutte le fotografie furono sostituite e i mobili spostati in posizione differente da prima, i vestiti distribuiti in maniera diversa negli armadi, diventati più spaziosi.

L'album fotografico e il vestito di nozze finirono in soffitta vicino a un aspirapolvere mal funzionante in disuso e l'albero di Natale di plastica impacchettato insieme agli addobbi dorati.

Davide, intanto, ribadì che necessitava di ulteriore tempo per distaccarsi del tutto dalla moglie, non voleva far del male alla figlia.

Il tempo passava.

Feci un sogno: in spiaggia creavo un castello di sabbia ben costruito, sembrava reale.

C'erano le torri, il cancello, il ponte e una stradina che arrivava fino al bagnasciuga, e dentro rivedevo i festeggiamenti del giorno del mio matrimonio con un'atmosfera di inebriante felicità, il giorno più bello della mia vita.

Tutto era magnifico.

Io, affinché potessi partecipare, cercavo di entrare all'interno, penetrando la sabbia con le mani ma, in questo modo, rovinavo il castello.

Cercai di contenerlo, ma rapidamente si stava disintegrando.

Alla fine si era totalmente sgretolato tra le mie mani.

Piangevo perché la mia costruzione si era distrutta, la festa sparita.

Ne costruii un altro, anche questo molto bello.

Dentro eravamo Davide e io, felici e sereni.

Questa volta sapevo che non dovevo toccarlo, si sarebbe sbriciolato, sapevo che dovevo averne cura, e starne lontana.

Ma... piovve.

Le gocce iniziarono a frantumare lentamente il secondo castello; l'unica cosa che potevo fare era proteggerlo, ripararlo.

Tutto fu inutile, mi restavano solo le mani sporche, imbrattate di sabbia bagnata.

Anche quel castello sparì ancora, sfaldandosi.

Il dolore fu silente, questa volta.

Una, solo una piccola lacrima cadde dalle mie guance e raggiunse il terreno sabbioso: lì nacque un filo d'erba.

Da giorni avevo un senso di nausea e frequenti mal di testa, il seno gonfio e un ritardo del ciclo.

Andai a farmi dei controlli e saltai il turno che mi era stato programmato, non mi sentivo in forma per affrontare il volo su Shanghai.

Il ginecologo, dopo un'ecografia, mi disse che ero in stato di gravidanza.

Davide impallidì, era preoccupato ma felice, emozionato e anche ammutolito, proprio come me.

Questo non era previsto.

Tutto ok

Ero in partenza per Teheran e preparai la valigia con cura perché in quel luogo avrei dovuto indossare vestiti molto morbidi, che non facessero intravedere le forme del corpo, coprissero le braccia fino ai polsi e le gambe oltre le caviglie.

Per il rispetto delle leggi iraniane non dovevo dimenticare di indossare un foulard per coprire i capelli e la nuca, che avrei fissato con delle mollette per mantenerlo stabile e non farlo scivolare; preferibilmente avrei evitato trucchi vistosi e profumi troppo intensi.

In quel luogo, le regole sono molto severe, come le pene in caso di inosservanza.

Il codice penale islamico, fin poco tempo fa, permetteva la lapidazione delle adultere e delle donne che sono state violentate, stabilendo che le pietre non dovrebbero essere tanto grosse da uccidere la condannata al primo o al secondo colpo, oltre che l'impiccagione dei minori; ancora oggi esiste la pena di morte per l'omosessualità, in base ai regolamenti che rispecchiano rigorosamente la sharia.

Il paese è culturalmente molto conservatore e se io non avessi rispettato la sensibilità nazionale e religiosa, con codici di comportamento molto rigidi, avrei potuto rischiare la flagellazione per reati quali non portare il velo o non rispettare le norme sull'abbigliamento, e la detenzione da parte della famigerata polizia religiosa, preposta alla *prevenzione del vizio e alla promozione della virtù*.

Constatavo le estreme differenze di cultura, tradizioni, orientamenti e regole tra uomini che fanno parte dello stesso pianeta, io non ho mai apprezzato il radicalismo e l'esasperazione, preferisco l'equilibrio che necessita di una moderata tolleranza.

Non ricordavo quale fosse l'unico giorno settimanale nel quale era consentita la frequentazione, per sole donne, della piscina dell'albergo; aggiunsi, comunque, anche il costume intero e la cuffia.

Mi affrettai per accompagnare mio figlio a scuola, prima della partenza.

Ero più tranquilla perché adesso Alessandro era felice.

Viveva serenamente con l'idea di avere una famiglia allargata.

Adesso era spensierato, quando stava con il papà e la sua fidanzata - che abitavano nella casa dove lui era nato e cresciuto insieme a me e i nonni paterni - viveva in quella villa durante le mie assenze lavorative.

Il complesso di Edipo che ogni bimbo ha nei confronti della madre, con relativa gelosia del padre per emulazione che si spera venga superato in epoca puberale, si era trasferito verso la donna del mio ex, e mi diceva che ne era innamorato.

Un pomeriggio, giocavamo insieme:

«Bimbo mio! Specchio, specchio delle mie brame, chi è la più bella del reame?»

Ogni piccolo bimbo pensa che la mamma sia sempre la più bella e la più buona del mondo, avrei creduto.

Sentire quel nome, diverso dal mio, fu come una pugnalata allo stomaco. Per fortuna, alla centesima volta - poiché forse non aveva capito bene la domanda - ne feci quasi un'abitudine.

Il piccolo mi confidò che avrebbe voluto anche sposarla, la bella del reame.

Il mio bimbetto preferiva le bionde con accento straniero, e io evitai velenosi commenti, poiché sarebbero stati solo dannosi per la sua apprezzabile ingenuità, oltre che rivelatori della mia poca saggezza e bassa levatura morale.

Alessandro avrebbe voluto che noi fossimo stati insieme, e che tutti avessimo vissuto nella stessa casa.

Lui ha sempre il desiderio che i genitori ritornino a costituire la famiglia originaria e non perde mai le sue fantasie di un ricongiungimento.

Il piccolo crescerà, capirà.

Davide, intanto, non aveva ancora abbandonato la casa coniugale.

Io ripartivo, poi ritornavo, ci rivedevamo, ne riparlavamo, ma poi doveva partire lui per lavoro e, dopo una litigata, ripartivo io.

Ero come una rondine, che ricostruisce il nido in ogni posto in cui va, foglia dopo foglia, legnetto dopo legnetto, portando con sè pezzi di casa come il pigiama preferito, il tè aromatizzato, il profumo di sempre, una foto di quando ero in vacanza, il maglione che indosso abitualmente a casa, un libro scelto con cura. Ero come un'aquila, in viaggio da una vita, che vola da sola sopra un letto di nuvole, in alto e lontano da tutti. Come una farfalla, che si posa di fiore in fiore, di Stato in Stato, che coglie l'essenza e i colori diversi di ogni petalo, di ogni foglia, fino a diventare prigioniera dei suoi voli, dei suoi viaggi: fino a non poterne fare a meno.

Gli aeroporti erano tutti uguali e al contempo tutti diversi, e pian piano scoprii le particolarità di ognuno. L'aeroporto non è più solo un luogo di passaggio: in un'epoca di perenni viaggiatori e di lavoratori pendolari è diventato un posto in cui fermarsi e rilassarsi quando si è in attesa o in transito.

All'aeroporto di Barajas di Madrid si sono specializzati in trattamenti a tempo, come i massaggi da venticinque minuti per migliorare la circolazione.

Al Terminal 1 di Heathrow a Londra c'è una palestra con area relax e cabine per trattamenti per il corpo, specifici per collo, spalle e schiena e altri che aiutano la pelle ad affrontare il volo.

All'aeroporto di Vienna si fa meditazione fra luci e aromi che cambiano e si alternano nell'arco della giornata.

A Zurigo si organizzano feste di compleanno per bambini.

Al Jfk di New York e al Charles de Gaulle di Parigi c'è una palestra aperta 24 ore su 24.

A San Francisco e Dallas sono allestite sale yoga fra i gate.

A Milano Malpensa esiste una clinica di bellezza e a Pisa un parrucchiere aggiusta la capigliatura rovinata dal volo.

In aeroporto a Bari c'è il percorso ginnico per fare moto e a Roma Fiumicino ci si può sottoporre a massaggi olistici, cromoterapia, musicoterapia e lampade solari.

All'aeroporto Schiphol di Amsterdam si gioca al casinò.

Alla discoteca Night Flight dell'aeroporto di Monaco di Baviera si balla fino a notte fonda.

Nei terminal di Dubai si può riposare in camere insonorizzate, e a Gatwick (Londra) un piccolo hotel offre micro camere climatizzate per rilassarsi qualche ora.

Il ricco aeroporto di Abu Dhabi ha un campo da golf da diciotto buche direttamente allo scalo.

All'aeroporto Changi di Singapore c'è una meravigliosa area di giochi riservata ai bambini, piscine e cinema.

Nell'isola di Ibiza, famosa per la sua vita notturna, è stato aperto il primo *Dance club lounge* con una selezione dei migliori dj del momento e una pista che offre la vista di aerei che decollano e atterrano.

Io giravo il mondo, intorno alla mia vita.

Oppure la mia vita, girava intorno al mondo.

In certi momenti non mi sentivo più in grado di capirlo.

Rientrai dal volo, percepivo che la dimensione temporale aveva perso la sua importanza, un tempo pieno ed intenso mi aveva portato in un angolo del cosmo, lontano dal mio mondo, dandomi il vantaggio di guardarlo da vicino, di assaporarlo, di conoscerlo e di portarlo con me nel mio bagaglio di memorie, di sapori, di profumi, di sentimenti, di persone. Un breve frammento di vita che avevo vissuto, orgogliosa di custodirlo e di percepirlo ancora dentro quella valigia che troneggiava stremata nel corridoio. Misi in frigo il pane proteico comprato al supermercato locale, fatto di crusca e farina di legumi e travestito da carboidrato: poi non ricordo più nulla.

In avvicendamento - Volo Napoli-Nizza

Il suono della sveglia, routinario per molti, non ha mai lo stesso orario per una hostess. A volte destabilizza. Appena lo senti non ricordi dove sei, con chi sei, a quale fuso orario si riferisce, in che continente ti trovi, potresti anche essere a casa, magari.

«Drin... Drin!!!»

«Drin... Drin!!!»

Erano le 05.15 del mattino e suonò il telefono.

«Pronto?»

«Buongiorno, questa è la sua sveglia.

Le auguriamo una felice giornata.

Good Morning, this is your wake up, we wish you a pleasant day!»

«Cosa?»

«Con chi parlo, scusi?

Non credo di aver capito.»

«Buongiorno, questa è la sua sveglia.

Le auguriamo una felice giornata.

Good Morning, this is your wake up, we wish you a pleasant day!»

«Pronto, chi parla?»

La voce registrata ripeté in continuazione la stessa identica frase.

«Dove mi trovo?»

Fu la stessa identica domanda che spesso ripetevo.

Aprii gli occhi, era tutto buio, cercai sul comodino di fianco al letto, con la mano, un qualcosa che assomigliasse a un pulsante per accendere la luce.

Cercai di riconoscere l'albergo, prima di pensare ad altro.

Le tende erano chiuse, non riuscivo a vedere fuori, al momento facevo fatica a capire se fosse mattina, pomeriggio o sera.

«Italia? Europa? Nord dell'America?»

L'albergo era lo Sheraton, ne ero sicura, riconoscevo lo stile e quella coperta inconfondibile color panna scuro che prendevo sempre dall'armadietto dato che spesso mi era difficile regolare il termostato dell'aria condizionata, per me sempre eccessivamente fredda.

La penna dell'albergo sopra il comodino mi fece identificare la città.

«Ma sì! Sono a Napoli!»

La pizza della sera prima, e gli spaghetti con la *pummarola 'n goppa* si facevano sentire nel mio stomaco, senza dubbio memore del bollito in salsa verde e della fonduta a cui avevo tentato invano di resistere due giorni fa a Torino.

Mi accorsi di aver pochissimo tempo.

Sembrava che anche il botulino iniettato da poco più di un mese mi avesse abbandonato, i solchi lasciati dal cuscino, dopo aver riposato, faticavano a riprendersi, pur avendo a disposizione il miglior fondotinta antirughe con effetto riempitivo.

Quel pallore giallastro resisteva al fard.

«Avrei bisogno di un caffè... doppio.»

Era quasi tutto automatico.

Mi affrettai a vestirmi, avevo fatto la doccia poche ore fa, appena prima di andare a dormire.

Trucco leggero, valigia a posto, attenzione ai collant e via per il giro in camera sperando di non avere dimenticato nulla, appena in tempo ricordai gli anelli lasciati in bagno.

Biascicai un «Buongiorno» a tutto l'equipaggio.

A quell'ora, non avevo voglia di vedere nessuno.

Avremmo fatto tre tratte: Napoli-Nizza, Nizza-Napoli, Napoli-Roma e finalmente avrei potuto apprezzare il mio lettone con le doghe, il materasso rigido, i miei morbidissimi cuscini, riabbracciare il gattino e leggere il libro dimenticato per la fretta di partire.

A quell'ora del mattino i passeggeri erano tutti più rilassati, assonnati, un po' lenti.

-«Biscotto o salatino?»

-«Sì!»

-«Tè o caffè?»

-«Sì!»

- «?»

Ripetevo la domanda soppesando le pause tra la «o».

E suggerivo ai Giapponesi, sempre presenti, che si ostinavano a parlare in italiano di pronunciare la loro «Accùa» , con un accento differente: «A'ccua», o in caso di urgenza o molta sete, sarebbe stato preferibile dirlo in inglese.

Ogni volo ha una sorpresa.

Tra colleghi s'instaura fin da subito un tono confidenziale, si scambiano rivelazioni intime, si danno e ricevono consigli, si racconta parte della vita, pur conoscendosi da poche ore.

Ci si abbandona a confidenze incaute, senza inibizioni, senza riservatezza.

È molto strano, ma è sempre così, come fosse una terapia pre/post decollo, in quei momenti non si hanno segreti.

Nel dialogo si instaura un rapporto privato intenso, a volte intriso di argomenti inconfessati; tutto è chiaro, vero, nudo, crudo.

Non ci sono mezzi termini né amici in comune, segreti taciuti o paura di offendere qualcuno, non viene menzionato il nome degli altri protagonisti.

Il punto di vista altrui è obiettivo, privo di scrupoli, sincero, spassionato.

Meglio dello psicologo, in fondo: persone che magari non rivedrai più per molto tempo eppure comprensive, compassionevoli, prive di giudizi e piene di interesse e curiosità per la tua vita.

Noi la chiamiamo *colleganza*, qualcosa di unico e speciale che accarezza la nostra vita in fondo solitaria, ascolta sfoghi nei momenti di dolore, ti guarda con benevolenza, e rende un turno pericoloso e pesante come Tel Aviv durante gli attacchi terroristici simile a quello spensierato che ti porta alle Maldive.

Spesso il comportamento dei colleghi è come quello di chi si conosce da sempre, è un filo invisibile che aiuta a partire nei momenti difficili, capita di passare il Natale o il capodanno sbattuto nel mondo chissà dove, e trovi il collega che ti aggiusta il foulard, ti rifà per bene il nodo della cravatta, ti toglie affettuosamente un capello caduto sulla giacca o ti avverte con tatto che hai il rossetto tra i denti, ti cuce il bottone staccato o il pantalone scucito se non sai farlo, porta i cornetti caldi dal bar durante il transito lungo, o la focaccia preparata dalla nonna per merenda, ti accompagna a dormire fino in camera d'albergo e ti assiste se ti senti male, ti offre una tisana nelle lunghe notti di chiacchiere nei galley, insieme ad intime confidenze che nemmeno alle persone più care e vicine oseresti fare, senza remore, vergogne o paura, donando pezzi importanti della tua vita, e ricevi altrettanto. È così che uscire di casa d'inverno con un tempo infernale alle cinque di mattina per fare un volo interminabile e a diversi fusi orari dal tuo, o lasciare tuo figlio in lacrime, non riuscirà a toglierti completamente il sorriso: lo ritrovi non appena incontri i loro sguardi al briefing, quelle facce amichevoli che ti aiutano nei momenti più difficili, e, pur conosciuti in brevissimi spazi di tempo, ti stringono in quei momenti di dolore e debolezza, danno consigli, fiducia, vicinanza. Ore passate durante le notti a raccontare la nostra vita, mentre i passeggeri dormono o guardano un film, regali organizzati in tutta fretta per festeggiare un compleanno in volo, risvegli con un caffè espresso preparato solo per te, e portato con la tazzina di ceramica dalla classe business vicino al tuo posto di riposo, salviettine calde per svegliarti con una carezza, o lasciarti dormire ancora un po' se hai detto di essere troppo stanca.

Risate, lacrime, dubbi, rivelazioni, chiacchiere, condivisioni, cene in giro per il mondo, notti insonni svegli fino alle cinque del mattino, sorridenti anche se sfiniti dalla stanchezza, come se ci si conoscesse da sempre: sentirsi uniti e tendersi la mano nei momenti più difficili, aiuta e può ridare equilibrio.

Solo chi fa il nostro lavoro può capire quella complicità e solidarietà che si crea dentro un aereo, capace di darti una rinnovata forza nella tua abituale *realtà terrestre*, avendo asciugato le lacrime, ascoltato i dolori, scacciato rabbia e frustrazioni, e donato conforto e soluzioni.

Ognuno tornerà nella propria vita, parallela a quella lavorativa, e potrà far tesoro di numerosi spunti e confronti avuti con altri che hanno già provato situazioni simili o vivono proprio la stessa o la affronterebbero in maniera diversa, in modo da potersi confrontare, capire, capirsi.

Una condivisione di esperienze ed emozioni senza filtri o secondi fini.

Ricordo ancora come fosse ieri le confidenze fatte durante gli anni di Roberta, Claudia, Emiliana e Francesca: Roberta che aveva scoperto Tunisi, descrivendolo come un luogo fantastico. Lei spesso si recava a trovare il suo amico, Samir, un beduino che accompagna i turisti per una galoppata nelle oasi del deserto, diceva che lui era un uomo forte e maturo di appena ventisette anni.

Claudia aveva conosciuto Marcel nello Zanzibar, durante il soggiorno di un volo charter.

Lui era un cacciatore di squali e l'ha sedotta con la sua chioma bionda e il fisico muscoloso, i suoi genitori sono francesi.

Emiliana chiedeva spesso i voli su Londra perché amava Richard con madre di provenienza giamaicana e padre britannico.

Francesca pendolava con New York perché si era innamorata di un soldato americano che era stato in missione in una base italiana, per resistere alla fatica prendeva la povere di guaranà, che reperiva ad ottimi prezzi nelle farmacie brasiliane, eppure era sfinita da tutti quei viaggi, lei avrebbe voluto lasciare tutto, sposarlo e vivere con lui.

In prossimità della partenza, Barbara, una collega conosciuta da appena un giorno, mi sorrise.

Aveva modi garbati e affabili, i capelli neri, corti e un neo sopra le labbra.

Percepii che aveva qualcosa da dirmi, sembrava fidarsi di me.

Mi chiese sottovoce se non notassi nulla di strano.

Dopo aver controllato la cabina, le luci funzionanti, le cinture allacciate e nessun rumore o odore preoccupante, io le comunicai che, secondo me, tutto era a posto, non mi pareva ci fosse nulla di grave.

Mi annunciò che lei credeva nella presenza degli Angeli e, pur essendo difficile accorgersi di loro poiché silenziosi e invisibili, mi assicurò che eravamo circondati, che tutto l'aereo ne era pieno poiché, mi spiegò, ogni persona ha accanto il suo angelo custode.

«Beh, potrebbe anche darsi, ma non ne sono certa...» asserii, eppure la vidi abbastanza convinta, si riteneva fortunata perché riusciva a percepire da loro anche suggerimenti e consigli.

Barbara non aveva figli, ma un prepotente desiderio di averne, che teneva nascosto sotto una dignitosa indifferenza quando si affrontava l'argomento.

Ultimamente, mi confidò, era diventata molto religiosa e non mancava mai di andare a messa in chiesa, persino quando stava male, quando era stanca o si trovava fuori in avvicendamento, non importava se si trovasse in Francia o in Germania e non capisse la lingua, non avrebbe potuto esimersi dall'andare.

Prima di iniziare il servizio, mi disse che si confessava tutte le settimane e preferiva che il suo confessore fosse sempre diverso, poiché era infastidita e provava vergogna ogni qualvolta doveva confidare di aver già consumato rapporti prematrimoniali.

Il volo proseguì.

Elena era raggiante, aveva richiesto di volare insieme al primo ufficiale, dopo essersi conosciuti per la prima volta sul volo precedente e avvertito una frequenza positiva e speciale attraverso i loro sguardi dopo poche parole scambiate in fretta durante una breve sosta a Dublino. Era affetta, a detta di molti, dall'ormai noto sintomo denominato *pilotite*, abbastanza diffuso tra la popolazione femminile.

Molte colleghe, infatti, hanno una particolare predisposizione a relazionarsi in modo amoroso con uomini che occupano la posizione di pilota o comandante, disdegnando i loro pari grado e procurando in questi ultimi forti invidie e gelosie. Quei galloni dorati cuciti sulle maniche delle giacche blu, quell'aquila in oro ad ali spiegate applicata sul petto dalla parte sinistra della giacca e quel fregio al centro del berretto formato da fronde di lauro ricamate hanno un forte potere seducente, ma il retro della medaglia, è forse poco conosciuto: i piloti tra loro parlano di aerei e di calcio in presenza femminile, di donne in loro assenza, ed è spesso sfiancante ascoltare due piloti che non la smettono di parlare di brevetti, ultraleggeri, attestati, looping (manovra acrobatica che si esegue formando con l'aereo un giro completo a forma di anello), motori, flaps, landing gear e bilanciamento del velivolo, forse meglio la finale di Champions League -ve lo dice chi odia il calcio.

Lui le disse che non era solito comportarsi in questo modo e, prima dei saluti finali, nella fretta di ritornare a casa, le chiese se avesse potuto contattarla per poterla conoscere meglio e proseguire quella breve conversazione che avevano iniziato. Così si ritrovarono su questo volo.

Ricevetti tutte queste informazioni in meno di dieci minuti, con una richiesta di consigli su dove poter andare a cena non appena atterrati.

Un passeggero chiese un'aranciata da bere, gliela porsi e indispettito me lo restituì bloccando con forza la mia mano e mi indicò il succo d'arancia.

Lasciai andare, non tutti conoscono le buone maniere.

All'improvviso una donna abbozzò uno strillo soffocato, non riusciva a parlare, e divenne blu, cianotica come per mancanza di ossigeno; il suo respiro era affannato con un rumore acuto e rumoroso, iniziò a tossire.

Portò disperatamente le mani alla gola e mi resi subito conto che sarebbe potuta essere un'ostruzione delle vie aeree.

Cercai di non farla preoccupare oltremodo rassicurandola, e spalancando la sua bocca non riuscii a vedere nulla che avessi potuto rimuovere, quindi velocemente le cinsi il torace, con le braccia sotto le ascelle, e, con la mano chiusa a pugno, diedi dei colpi addominali sotto il diaframma, esercitando una pressione che provocasse l'espulsione: era la tecnica del primo soccorso della manovra di Heimlich.

Si liberarono le vie aeree con la fuoriuscita di alcune noccioline che la donna aveva precedentemente mangiato, l'infortunata riprese a respirare e si sentì subito meglio.

Il comandante avvertì di un forte ritardo in arrivo, causa congestione del traffico sull'aeroporto finale.

Iniziarono le prime lamentele da placare che non sarebbero servite certo a far cambiare idea alla torre di controllo di Bruxelles che regolava il nostro atterraggio.

Comprendevo perfettamente il disagio, persino l'agitazione, simile alla mia, anch'io avrei perso l'appuntamento con il dentista di mio figlio nel pomeriggio, e purtroppo non potevo prendermela con nessuno.

In fase di atterraggio, mi allacciai la cintura e le bretelle dopo aver verificato che anche i passeggeri avessero le cinture correttamente allacciate, gli schienali delle poltrone in posizione verticale, che i tavolini fossero chiusi, che non ci fossero impedimenti alle uscite di emergenza e nei corridoi, e che non fossero in uso apparati elettronici.

Arrivati, dopo aver disinserito gli scivoli, si aprirono le porte.

Salutai, guardando tutti negli occhi con tono cordiale e rispettoso.

Alcuni non risposero, stizziti con me per il disagio subito. Durante il transito, in cinque minuti, mentre il personale delle pulizie passava l'aspirapolvere al mio fianco, mangiai un panino che sembrava di plastica, mentre la collega chiedeva con insistenza: «Imbarchiamo?».

La prima tratta era andata, sarei arrivata a casa stanca e, come prevedevo, con i piedi gonfi, e per quanto riguarda le gambe, sapevo sarebbe stato preferibile lasciare solo allo specchio l'immagine del gonfiore di un *dopo volo* e rincuorarsi della vista solo dopo un riposo con le gambe sopra un minimo di due cuscini, e lontane dai tacchi per almeno ventiquattro ore. La pelle, durante il volo, appare più secca e disidratata oltre a presentare inaspettate e improvvise imperfezioni e impurità, ma in compenso i capelli appaiono più morbidi e lucenti, fenomeno forse dovuto all'energia elettrostatica che si crea a bordo, capace anche di fastidiosissime scariche di scossa molto frequenti soprattutto per lo sfregamento delle scarpe con il pavimento (utile il sottotacco in gomma).

Sapevo inoltre cosa sarebbe successo a fine avvicendamento, poiché non appena messo piede a casa, il cervello delle hostess va di *default* in *modalità fame* e si crea un conflitto presente al rientro di ogni volo, specialmente quello di lungo raggio. Sempre lo stesso: brodino caldo che reintegra i liquidi e apporta sali minerali, o trancio di pizza con la mortadella?

Seguire la ragione del cuore o quella della mente?

Con l'aereo in transito, per pochi ma piacevolissimi minuti, tolsi le scarpe che a ogni tratta sembrano sempre più strette e che, per questo motivo, scelgo di mezza misura più grande.

Beatrice

La chiamerò Beatrice.

Era riuscita a fuggire via, a discapito di tutti, superando le precauzioni adottate e a farsi strada con forza fino al mio ventre; aveva preso posto e possesso, e cominciava a esistere.

Il suo cuore batteva e io percepivo la sua presenza; pensavo sarebbe stata una femmina.

A quella piccola anima non ho dato l'opportunità di vivere: *nessuno* mostrò opposizioni o resistenze a un mio timido proposito appena accennato, anzi l'idea venne accolta con impassibile accettazione.

Quella vita che iniziava a crescere indisturbata, avrebbe portato oltre alla gioia dei suoi genitori anche dolori, condanne, traumi, modificando radicalmente tutto, non solo la mia vita.

Dall'immagine che l'ecografo mi aveva regalato sembrava fosse un fagiolino.

Sicuramente già con la sua forte personalità e con un corpicino di pochi millimetri, con un accenno di occhi che, a breve, si sarebbero formati.

Beatrice è volata via, mentre io dormivo, anestetizzata dalle mani di un impreparato infermiere che bucò più volte il mio braccio diventato gonfio e livido, nel tentativo di riuscire a identificare la vena giusta che pareva sfuggisse alla sua vista e al tatto dei suoi insensibili polpastrelli.

La stanza era fredda e priva di colori, io tremavo, non so se per la temperatura così bassa o per la paura.

Le mie cosce erano aperte, sopra gelidi manici di acciaio, in una posizione imbarazzante e priva di difesa e privacy.

Altre clienti-pazienti erano sedute tutte in fila nella stessa sala ad attendere anch'esse di *ripulire l'utero*, così mi disse il medico quando, con estrema mancanza di delicatezza e garbo, rovistò dentro di me con i suoi guanti di lattice.

Avevo solo voglia che quel sonnifero facesse effetto prima possibile, credendo di dimenticare anche l'amore che, con Bea, avrei potuto conoscere.

Volò in alto, nel torpore dell'anestesia, e inverosimilmente ebbi come la sensazione di percepire la sua presenza.

Più che *ripulita*, al mio risveglio mi sentii insanguinata, insieme al camice che avevo addosso.

Mi ero appropriata del diritto di decidere di una vita altrui, quasi togliendomi ogni responsabilità con l'appoggio di una regolamentare legge statale.

Omicidio premeditato?

Avevo bisogno di tempo per fare i conti con me stessa, difendendo un inviolabile diritto di libero arbitrio legittimamente conquistato dalla donna.

Una scelta privata difficile.

Non bastò una semplice doccia a lavare via tutto.

Per coloro che mi giravano attorno era una delle tante giornate lavorative che speravano finisse presto per ritornare nelle loro case e nessuno mostrava alcun interesse per quello che il ginecologo, a breve, avrebbe operato.

Routine e spossatezza parevano aleggiare in quella sala aborti.

Notai una totale assenza di supporto psicologico e morale, abbastanza rilevante in quei momenti.

Gli operatori in sequenza preparavano le donne con poco riguardo, non considerando la loro angoscia derivante da quella decisione non ancora del tutto consapevole, dato il poco tempo a disposizione nel prenderla: donne spesso travolte da incalcolabili problemi che sembrano insormontabili, e incalzate dal precoce e impressionante sviluppo settimanale del feto, che già dal primo giorno appare con le sue forme.

L'unico a cui sentii di suscitare un po' di interesse fu l'infermiere che mi invitò a togliere le mutandine, guardandomi dapprima fisso negli occhi e poi spostando il suo sguardo intenzionalmente disattento verso i miei glutei.

A casa, con qualche antibiotico finì tutto.

Sembra strano, ma più i giorni a casa passavano e più mi mancava il volo, quasi fosse una droga. Mi mancava il briefing, le concitate fasi d'imbarco, e i passeggeri, anche chi vuole il *vaso de agua per la pastija* o la coca cola con il succo d'arancia, il caffè con due bustine di latte e cinque di zucchero, o la cioccolata calda *per adesso* e la tisana rilassante *più tardi*, mi mancavano gli appuntamenti per cena al *solito orario e senza impegno*, quegli acquisti considerai dei veri affari, i miei colleghi.

Dopo qualche settimana ritornai a volare.

Avrei desiderato portare con me mio figlio, per stare accanto a lui nel successivo viaggio, ad Accra, la capitale del Ghana, durante una mia sosta lavorativa, ma decisi di non farlo perché non era vaccinato contro la febbre gialla e temevo che le zanzare anofele potessero accidentalmente trasmettergli la malaria; gli promisi che, da grande, avremmo visitato insieme i luoghi più selvaggi, da buon amante della natura e interessato ai viaggi più avventurosi qual era.

«Beata te che giri il mondo». Era una delle frasi che più spesso mi rivolgevano. E io pensavo che non molti riuscirebbero a sopportare i sacrifici che comporta questo lavoro, una vita caotica e dai ritmi poco armonici, nella quale è difficile organizzarsi né è semplice conviverci con animo leggero. Eppure, se riesci a farlo, può regalarti infinite soddisfazioni.

Tutto si fa più chiaro

Era una bellissima giornata di fine maggio.

Una domenica che avrei trascorso insieme a mio figlio.

Io facevo i salti mortali con il cambio dei turni e le richieste dei giorni di riposo, per essere presente nelle occasioni più importanti e per ritagliarmi brevi spazi nella mia sfera personale.

Giovedì a Miami, martedì a New York, riuscendo ad arrivare in tempo da Parigi, il sabato sera sarei riuscita addirittura a cenare a Roma con il mio bambino.

Per metà del tempo ero una *madre normale* con scuola, compiti, maestre, dolci, cucina, TV, divano, festicciole di compleanno, e per l'altra metà una donna che viaggiava in ogni parte del mondo.

Davvero insolito, se non lo avessi fatto io stessa.

Raggiungevo famiglia e lavoro, e rincorrevo l'uomo che pensavo di amare.

Bisognava ristabilire le regole, mettere i paletti, prendere in mano la mia vita, non solo seguendo il cuore, ma provando a far partecipare anche la testa.

Arrivò un'altra estate e, come al solito, decisi di trascorrere qualche giorno in Sicilia.

Luglio, ore 11.00: vengo ricoverata d'urgenza all'ospedale di Catania durante le mie vacanze estive.

Avrei preferito andare subito in spiaggia, ma un insignificante disturbo al mio respiro e lievi fitte allo sterno mi suggerirono di passare per un controllo alla guardia medica incrociata lungo la strada che costeggiava il lungomare, pur ritenendo fosse eccessivo.

Credevo fosse una banale influenza sul nascere, che un'aspirina avesse risolto tutto.

Dopo accurati controlli, si scoprì veloccmente il collasso del polmone sinistro, il cuore spostato sul lato destro e l'arteria polmonare che avrebbe potuto spezzarsi da un momento all'altro.

Diagnosticato pneumotorace.

Bisognava operare immediatamente, avevo poche ore di vita in quelle condizioni.

La mia vita rischiò di sfumare e mostrò tutta la sua fragilità, in brevissimo tempo.

Distesa sulla barella che venne trasportata di corsa in sala operatoria, rimasi quasi incredula con indosso ancora il costume da bagno e il prendisole bianco a righe blu che avevo messo prima di uscire.

Il primo a precipitarsi da me fu mio padre che, preoccupatissimo, fece di tutto per assistermi al meglio.

Scorgevo i suoi capelli diventati tutti bianchi, ravvisai che le rughe del volto e delle mani segnavano fortemente la sua pelle, a dimostrazione del fatto che il tempo scorreva inesorabile, ma lui aveva la stessa forza e carica vitale che lo avevano sempre contraddistinto.

Guardai nei suoi occhi e li vidi luccicanti, con lacrime a stento trattenute.

Le sue mani nervose tremavano per la tensione e mi accarezzarono il viso, con dolcezza.

Erano così diverse da quelle che ricordavo da piccola, quando mi schiaffeggiavano per ingiuste punizioni.

Solo allora riscoprii che quegli schiaffetti erano impregnati di un'estrema attenzione e preoccupazione nei confronti di una figlia che cresceva, e che avrebbe voluto, a modo suo, difendere dalle difficoltà della vita.

Confidai qualcosa che in tutta la mia vita gli dissi pochissime volte, potrei contarle con le dita delle mani:

«Ti voglio tanto bene, papà.»

Prima che l'anestesia iniziasse a fare effetto, l'ultimo pensiero era rivolto a lui:

«A presto.»

L'improvviso e inaspettato accadimento mi avvertì che la vita è breve, che era tempo di fare delle scelte.

Durante il lungo ricovero e la convalescenza riuscii ad aprire delicatamente i miei cassetti, a guardarli, e ascoltarli con attenzione e cura.

Ho rivisto la mia vita, i momenti più felici e quelli più drammatici.

Ho visto gli errori commessi e ho desiderato fortemente la mia guarigione per riprendere quelle redini che avevo abbandonato a briglia sciolta.

Allora sembrava difficile assumere determinate decisioni, ora è diventato tutto semplice.

Mi fu vietato di prendere l'aereo per un determinato periodo, dato che il mio polmone non avrebbe resistito a questo stress, le lontane isole che amavo le avrei viste solo su libri e su qualche documentario.

Per un periodo indeterminato mi prescrissero di cambiare stile di vita, abbandonare lo sport, avere cura di non rischiare un seppur minimo raffreddore, non prendere pesi, sostenere continui controlli, visite e ricoveri ospedalieri e, in futuro, si sarebbe reso necessario un invasivo intervento chirurgico.

Mi piegai a queste regole.

Questa volta non c'era spazio neanche per una minima osservazione.

La rabbia era inutile, il dolore grande, la verità immodificabile.

Ci sono lacrime nel cuore che non arrivano agli occhi, ed è dura confrontarsi con i propri limiti, accettare la propria impotenza.

Il mio piccolino, accorgendosi della gravità della situazione, candidamente disse di non preoccuparmi, se fossi andata in paradiso, la compagna di papà sarebbe diventata la sua mamma.

Repressi a fatica il mio sguardo che lo avrebbe fulminato con il solo pensiero e spiegai che la mamma è solo una: la sua genitrice.

Ringraziai Madre Natura per aver dato alle mamme quell'illimitata e incondizionata pazienza e amore nei confronti dei propri figli e mi chiesi se fosse Alessandro ad avere una così flebile e poco spiccata sensibilità o se fosse solo un problema dovuto alla sua tenera età.

Davide venne a trovarmi in Sicilia, lo vidi e pensai che non avrei più voluto interferire nella sua vita.

Avrebbe continuato il suo cammino da solo e proseguito quella strada di piccoli e grandi inganni, diventati troppo abitudinari, con un'altra donna che non fossi io.

Nulla da aggiungere o chiarire.

Nel prendere questa decisione, il mio corpo sembrava di piombo, le gambe e le braccia come paralizzate, eppure mi sentivo più leggera.

Avevo ancora tanto da costruire, sempre convinta che è meglio aver amato e perduto che non aver mai amato.

Spesso quello che ci accade sembra banale, ordinario e mediocre per gli altri, mentre noi lo percepiamo come assolutamente esclusivo e raro: in fondo le vite di tutti noi sono uniche e speciali e fanno parte di quel progetto universale che si chiama vita.

Otto mesi più tardi, dopo la mia completa guarigione, Davide lasciò la moglie.

Ci riavvicinammo.

Eravamo felici e lui mi portava il caffè a letto, ogni mattina.

Tutti i giorni mi ricordava di quanto fosse innamorato di me.

È quell'uomo che avrei continuato ad amare per sempre, non lo avrei mai tradito.

Io ero innamorata di lui.

Senza ombra di dubbio o incertezza.

Senza neanche il bisogno di pormi la domanda.

Alessandro sembrava felice quanto me, aveva finalmente un valido compagno di giochi e una mamma sorridente.

Sarebbe durato?

Guardandolo negli occhi, pensavo proprio di sì. Ma ancora una volta mi sbagliavo, che donna sciocca, che donna illusa, che donna sprovveduta sono stata.

Ero una donna ancora fragile, che si sentiva invincibile e si illudeva di essere forte, appoggiata dalla sicurezza dei suoi sentimenti, della sua sincerità, della sua affidabilità, del suo buon gusto, della sua educazione, del suo apparente benessere, e forse anche dei suoi occhi azzurri.

Dopo quattro anni di vita insieme, un giorno arrivando a casa da Rio de Janeiro - con la divisa un pò stropicciata, i bagagli che profumavano ancora di sabbia e cachaca, il pareo colorato in dono per lui, di fronte ai piatti ancora da mettere in lavastoviglie ed ai i panni da riporre - dopo aver infilato un morbido maglione di cashmire pronto sulla sedia per essere indossato, Davide mi raggiunse e mi spiegò contrito nel suo dolore e guardandomi con estrema dolcezza, che tra noi non era più come prima.

Restai ammutolita per giorni, non avrei potuto sopportare

di sentirmi dire da qualcun altro quanto io sia stupida, più di quanto me lo ripeteva quella voce che dimorava assordante nella mia mente.

Mi ero fidata ciecamente, ma venni in seguito a conoscenza che la sua vita era accuratamente divisa in compartimenti stagni: poteva essere in un modo con una donna, e diventare una persona completamente diversa con un'altra, immergendosi pienamente nelle vite altrui e facendone parte. Davide era disonesto, tendeva a sfruttare a proprio vantaggio le relazioni interpersonali, e riteneva la sua partner come una figura accessoria della propria esistenza, avendo una sorta di antenne per coloro che vivevano momenti di fragilità: tipo me.

Io pensavo fossi la sua principessa, e lo ero, ma non sapevo avesse un harem.

Persino i suoi amici e conoscenti non erano al corrente di tutti gli aspetti della sua esistenza, lui mentendo soddisfaceva i suoi bisogni di ricevere ammirazione, non conosceva l'umiltà.

Scoprii successivamente altri molteplici tradimenti, raggiri e inganni nei miei confronti e non solo.

Sotto il tappeto di casa mia riesumavo briciole di falsità, macchie di infamia e sue tracce di polvere infima: i gioielli che custodivo erano spariti, persino la fede del matrimonio e l'anello di mia nonna Amalia.

Solo a lui avevo dato le chiavi di casa, e rivelato il nascondiglio del mio portagioie.

Ascoltavo le mie grida mute e le grasse risate sorde con cinismo, rivolgendole non più verso il destino, ma verso me stessa, perché nessun banale e inutile lamento avrebbe potuto alleviare il mio dolore.

Non c'erano più parole dotate di valore, capaci di risolvere, rassicurare e tranquillizzarmi.

I miei sogni così atterrarono bruscamente sulla pista della realtà, schiacciati dalla gravità dei fatti.

Lui sparì, e io non ebbi modo di ringraziarlo perché finalmente ero salva, non avrei creduto più nelle favole.

Before flight

«Sono in ritardo, e devo sbrigarmi a fare la valigia.

I pantaloni che preferisco sono ancora da stirare e le scarpe che ho messo ieri sera sono finite sotto il letto.

Le calze di ricambio, quelle, è già la seconda volta che le dimentico.

Avrò preso il trasformatore di presa per il carica batterie del telefono?

No, a San Paolo non serve, o forse sì, non ricordo bene... lo prendo lo stesso.

Devo ricordarmi di portare un piccolo ombrello – diffido delle previsioni meteorologiche – ne è prova la mia invidiabile collezione di ombrellini da borsetta multicolori, li acquisto per poter rientrare in hotel con abiti asciutti o poter fare una passeggiata in città imprevedibilmente piovose.

I capelli oggi sono indomabili e queste mollettine non tengono.

Ma perché ho tagliato, di nuovo, il ciuffo così corto? Forse la piastra per i capelli da borsetta potrà servirmi, con tutta quell'umidità, anche se in effetti non l'ho mai utilizzata?

Speriamo non dimentichi niente. Ah, il libro che stavo leggendo e pure la rivista della settimana scorsa che non sono riuscita a finire, e anche una limetta di carta.

Come saranno i colleghi, i passeggeri, il volo, l'equipaggio di condotta, l'assegnazione della mia posizione in aereo, il galley? Sono previsti pasti speciali? Ci saranno ritardi? Turbolenze?»

«Anna, non sei sempre così nervosa, quando parti. Tutto bene?» disse Valentina che era venuta a trovarmi, prima di andare in palestra.

«Beh, di solito non sono neanche così calma, è l'adrenalina che arriva prima di ogni partenza, di ogni volo, quell'ansia di ogni viaggio.

Vado a San Paolo, è lì che ho trascorso pochi giorni insieme con Davide e, anche se è da tempo che non ho sue notizie, lo ricordo in alcune circostanze, alcune cose che appaiono insignificanti agli occhi degli altri, mi ricordano di lui, la rabbia non mi abbandona...»

«Davide? Il principe dei bugiardi? Ma non avevi detto che per te era come se *fosse morto*?»

«Sì, è così, lui è morto ed è come se fosse morta una parte di me, ma ho conservato qualcosa di suo, del suo modo di vedere la vita, della sua caparbietà e quel pizzico di freddezza nell'affrontare i rischi. È morto, è defunto, è sotterrato!»

dissi chiudendo finalmente quel trolley che Davide e io avevamo comprato insieme a Miami, e che lui mi aveva regalato, pensando a quella cena in quel ristorantino vicino la fermata della metro di New York dove ordinammo del granchio, patatine fritte con formaggio fuso e caipirinha.

«È morto!»

«La caipirinha alla maracuja non mi è mai piaciuta, con tutti quei semini amari che si spargono sotto i denti, impossibili anche da masticare.»

«La odio!»

«???»

Avrei voluto non guardare l'espressione che rifletteva negli occhi di Valentina, il suo pensiero che si rispecchiava, a sua volta, nei miei occhi, e si affacciava nei miei pensieri.

Già.

Vedi? Lo ricordavo ancora.

Come fosse una malattia cronica che non volesse guarire del tutto.

Come fosse un testo scritto con il pennarello indelebile.

Non puoi far altro che scarabocchiare ogni singola lettera affinché diventi illeggibile agli occhi...

ma tu sai cosa c'è scritto sotto.

Stavo ancora soffrendo per un fantasma, per quell'uomo che pensavo che fosse, ma che non è mai esistito.

«Ha deciso di non amare, di non impegnarsi nella vita con una sola donna, ha ribadito che non è capace di provare affetto, starà raggirando qualcun'altra, come lui sa fare bene, per piccole avventure, viaggi, come dice, di sola andata» affermò Valentina.

«Sì, mi ha anche detto che io sono stata uno dei suoi più bei viaggi.»

«Perbacco» disse Vale

«Perbacco!» risposi.

«Vado o farò tardi» dissi inciampando su quel barattolino di stucco ormai indurito, che lui aveva usato tempo fa per riparare il buco sul muro sotto la mensola bianca della camera da letto. «Lui è alla ricerca di continue affermazioni, la figura materna della moglie lo rasserena e lo protegge come fosse una madre della quale ha ancora bisogno. Lo psicologo francese Jaques Lacan indicava come *jouissancè* il termine che descrive la gioia legata al bisogno di sentirsi rassicurati da qualcosa che si conosce già» ribadì Valentina.

«Vado, Vale, ci sei, quando rientro?»

«Sì, ti preparerò una buona colazione, ho tutti gli ingredienti per il *plumcake* e i *waffles* americani.»

«Questo è uno dei motivi per cui continuo ad amare il nostro lavoro! *Adiòs, amigas*.»

Percorrendo la strada per l'aeroporto mi sorpassò una moto, a forte velocità. Era simile a quella di Davide.

L'equipaggio era già riunito, il comandante ci invitava ad andare a bordo.

Non avevo sonno, pur essendo una partenza notturna, perché avevo riposato a sufficienza, eppure non vedevo l'ora di arrivare, rilassarmi nel lettone dell'albergo e passare da quel centro estetico dove avrei fatto la pedicure e il trattamento brasiliano specifico per lisciare i capelli, impregnati con la cheratina, *l'escova progressiva*.

Dopo l'*ok all'imbarco* da parte dell'addetto rampa, misi la giacca e mi avvicinai alla zona dell'aereo che mi era stata assegnata in partenza.

Tanti passeggeri, tanti bagagli.

Cercai di indicare la migliore sistemazione.

«No signora, il cane non può metterlo nella cappelliera, serve solo per i bagagli. Non importa che abbia la cuccetta rigida, deve sistemarlo sotto le gambe, vicino ai suoi piedi, c'è lo spazio necessario sotto il posto di fronte a lei.»

L'anziana signora, dopo aver poggiato sullo schienale della poltrona un bicchiere di plastica con dentro cubetti di ghiaccio e un residuo di Coca light, non sapeva dove piazzare il suo barboncino nano rinchiuso nel suo bauletto, che viaggiava con lei per la prima volta.

In fase di decollo una chiamata insistente di un passeggero mi costrinse a togliere le cinture, ormai necessarie anche per me, e raggiungerlo per un'eventuale emergenza. Scoprii che necessitava di una salvietta di carta per poter buttare il chewing gum che indicò nella sua bocca.

Finalmente si decollò.

Guardai fuori dal finestrino la mia città che si allontanava, con tutti i suoi abitanti, con tutte le mie problematiche che avrei voluto lasciare lì, le buttai dall'alto come una grossa zavorra destinata a sfracellarsi nel grigio asfalto delle piste di decollo.

Un amore usurpato, un amore di plastica.

Quanti pensieri scorsero, in quei brevi momenti di pausa in cui riempivo il bricco del caffè, quando per circa un minuto l'acqua scorreva dal boiler al contenitore di alluminio e la schiuma inizia a formarsi, fermandosi appena in tempo, quando sta per raggiungere l'orlo.

Il fiume della gioia passata converse con quello del rancore successivo e collimò, sfociando improvvisamente nel mare dell'indifferenza.

Fu così che riuscii a cambiare il finale: Biancaneve decise di svegliarsi dal lungo letargo, Cenerentola lanciò le sue scarpine, scoprendo la comodità di camminare scalza e il ranocchio che aveva preso le sembianze del principe si trasformò in rospo.

In flight Roma-Johannesburg

«Ci sarà una forte turbolenza subito dopo il decollo, rimanete tutti con le cinture allacciate fino a quando non vi chiamerò, mi raccomando che i passeggeri non si alzino dal loro posto, e voi ritarderete il servizio a bordo perché sono previsti forti temporali lungo il tragitto iniziale.»

Così il comandante si congedò dall'equipaggio per i necessari controlli da fare in cabina di pilotaggio.

Eravamo diretti a Johannesburg, io ero felice di avere la possibilità di poter ammirare la splendida luna che solo l'Africa è capace di mostrare nella sua interezza e grandiosità.

Desideravo immergermi nella natura e partecipare al safari nella riserva di Kruger, il parco più antico e rinomato al mondo, dove gli animali sono in piena libertà, e avrei condiviso la mia colazione con i babbuini che frequentavano l'oasi confinante con la piscina dell'albergo, soprannominato *Villa Arzilla*, in compagnia di un libro di Hermann Hesse.

Susanna, la mia collega, era grigia in viso e non voleva parlare con nessuno.

Indossava un paio di scarpe non regolamentari con una zeppa. Lei era sempre stata un po' anticonformista, o forse non riusciva più a portare quelle tacco 9, come usano portare le hostess appena assunte: con gli anni il tacco si ridimensiona notevolmente, perché avere cura dei piedi diventa una priorità per la maggior parte di noi, costrette a indossare a lungo scarpe alte e strette.

Il volo non sarebbe stato pieno, i posti assegnati erano poco più della metà e, appena terminato l'imbarco, in molti, chi dopo aver chiesto di cambiare posto, chi senza averlo fatto, chi di soppiatto, scrutarono le file di poltrone rimaste libere per poterle occupare singolarmente e sdraiarsi comodamente lungo le tre poltrone, occupate con bagagli e giacche nella perlustrazione iniziale.

Anche i numerosi posti liberi in prima classe vennero presi di mira, ma, purtroppo, i numerosi tentativi silenziosi, pur se giustificati da imprevisti dolori all'anca o febbre improvvisa, vennero respinti dal capo cabina con pacata durezza.

Luca organizzò il galley, Susanna e io rovistammo nel pasto equipaggio per stuzzicare qualcosa e Anita stava per aprire un contenitore con dentro delle polpettine al sugo che aveva preparato a casa.

Alessandro, nel galley, mi invitò a non bere la Coca-Cola light perché fa male e svelava i benefici della dieta zone che lui seguiva da tempo, mentre Nicola cantò una canzone per mostrare la sua voce, non prima di aver informato della sua passione per la musica, della chitarra elettrica, delle esperienze passate con la sua band che ha cavalcato rinomati palchi italiani e tenendo in mano il carnet dei biglietti in prevendita della sua prossima esibizione.

Cristiano sapeva tutto di tutti e consigliava che è buona abitudine chiamare a casa sempre, per avvertire, in occasione di un improvviso rientro anticipato, spiegava che le sorprese inaspettate non sono spesso piacevoli.

Aveva una memoria di ferro, e con dovizia di particolari iniziò ad avviare la *rubrica del cuore* di *radio galley* informando sui vari gossip e news scandalistiche della popolazione navigante.

Funziona così: quando c'è qualche notizia che vorresti divulgare, tipo accuse su qualcuno o informazioni di varia natura, basta spifferare in modo innocente e casuale, ma anche esplicito, quella precisa insinuazione, in modo che possa colpire la curiosità e innestare la frenesia del futuro pettegolezzo.

Un mezzo poco ortodosso, ma decisamente liberatorio.

È come se fosse una sorta di giornalino aereo che si tramanda a voce, quasi roba d'altri tempi, come i cantastorie, che divulgavano le vicende pubblicamente.

A volte le notizie sono in forma scritta e anonima, quindi senza assunzione di responsabilità delle citazioni, rinvenute nei pressi degli strapuntini o nei posti di riposo riservati agli assistenti di volo (in gergo: *strapuntinamento*).

Le considerazioni sono raramente obiettive, ed è così che le debolezze umane slittano lungo stupide scorrettezze.

Il volo procedeva serenamente. Pur svegliata di soprassalto dai colleghi dal breve turno di riposo, nel cuore della notte, ero ugualmente pronta, sorridente, ma non prima di un efficace lavoro di *ristrutturazione* in bagno, comprensivo di trucco, veloce messa in piega dei capelli, pulizia denti e una goccia di profumo.

Ci avvicinavamo alla nostra destinazione. Dopo aver effettuato l'ultimo servizio, stavamo per mettere a posto tutti i carrelli e riordinare il galley.

Un passeggero ci chiamò sgomento perché il suo vicino di posto sembrava stesse parecchio male, e precedentemente gli aveva chiesto aiuto, apparendo confuso, sudato, senza fiato e rivelando un'improvvisa oppressione dolorosa al petto.

Adesso il suo corpo si presentava privo di sensi, non si muoveva, era ripiegato su se stesso con gli occhi chiusi e la bocca aperta, immobile.

Turbata, lo presi per le spalle e lo scossi in modo energico, chiedendo frenetica se fosse riuscito a sentirmi, urlandogli con forza di svegliarsi benché l'unico movimento che avessi percepito era quello dei suoi occhi che si rivolgevano all'indietro.

Immediatamente Alessandro si attivò per cercare un medico a bordo e insieme a Luca provammo a distendere quella persona inerme a terra, nel corridoio.

Non agire con sveltezza si sarebbe potuto rivelare fatale, un intervento tempestivo avrebbe salvato una vita.

Controllai il battito del cuore, non batteva, e tutto faceva presagire un attacco di cuore, un infarto del miocardio; se il flusso sanguigno non fosse stato ripristinato in tempi brevi, sarebbe iniziata la morte per mancanza di ossigeno.

Dovevamo agire tempestivamente e io non ebbi altro pensiero che mettermi sopra di lui e praticare un massaggio cardiaco, come avevo appreso infinite volte ai corsi annuali, con la differenza che adesso non era un manichino in plastica resistente, era un uomo che rischiava di morire.

Senza sosta, senza pausa, con tutta la mia forza e tanta disperazione iniziai a fare delle compressioni al torace, seguendo un ritmo incessante e faticoso.

I colleghi mi aiutarono con la respirazione bocca a bocca, estendendo il collo, poi Cristiano somministrò ossigeno con la bombola, mentre il dottore arrivò e proseguì il massaggio.

Anita manteneva i contatti con la cabina di pilotaggio e Susanna manteneva tranquilli i passeggeri, che assistevano preoccupati e curiosi, pregandoli di rimanere seduti; Nicola si occupò della zona posteriore.

In quel momento drammatico ci ritrovammo uniti, sincronizzati, preparati all'improvviso incidente pur senza esserci organizzati precedentemente.

Riuscimmo a far riprendere il malcapitato e a salvarlo.

In atterraggio fu avvertita prontamente l'autoambulanza per il primo soccorso che prestò immediatamente le cure appena aperte le porte in arrivo; quell'uomo venne portato in ospedale.

After flight

Il turno si è concluso, ogni volo è una storia a sé.

All'uscita del briefing valigie e trolley si accantonano per un attimo, è tempo dei saluti, poi si ritorna a casa.

L'adrenalina tocca picchi altissimi e nell'aria si sprigiona quasi un senso di euforia: baci, abbracci, pacche sulle spalle, sguardi d'intesa, un «Arrivederci alla prossima!»

Ci si saluta ad alta voce, dopo essersi scambiati la vita per pochi giorni, condiviso fatiche, sensazioni, dolori, gioie, colazioni, pranzi, cene, sorrisi, lacrime, a volte rancori irrisolti; ci si incontrerà nuovamente tra giorni, mesi, forse anni... chissà. Chi fa il pendolare, chi corre a fare la spesa, chi rientra da solo in casa, chi giocherà con i figli, chi telefonerà, chi innaffierà i fiori, chi canterà a squarciagola, chi accarezzerà i gatti, chi siederà subito al computer, chi piangerà, chi metterà le pantofole e chi andrà a comprare un paio di scarpe nuove, chi correrà in banca e chi si fumerà una sigaretta.

Aprii l'uscio di casa, abbandonai le valigie stracolme e, con la mente offuscata dalla stanchezza, mi chiesi dove fossero le *empanadas* e le *medialunas* richieste da Stefania, da mettere subito in frigo.

Per fortuna ero sola, non avevo voglia di parlare più con nessuno né di rispondere al telefono che continuava a squillare.

Giurai che se avessi beccato di nuovo l'ennesima telefonata di proposte commerciali mi sarei potuta permettere di essere sgarbata, dato che per scocciarmi sembrava aspettassero il momento in cui riuscissi ad addormentarmi o quando avessi avuto una pausa per mangiare un boccone o durante l'ascolto di un'interessantissima notizia al telegiornale.

Dopo 14 ore di volo la prima cosa da fare era togliere la giacca, sedersi e guardare il soffitto per almeno 10 minuti, preferibilmente in silenzio assoluto.

Avevo appena mangiato un filetto con la cicoria, verso circa le sei del mattino: è normale, a bordo.

Presi un cappuccino.

Finalmente a casa, avrei potuto dormire qualche ora prima di guardare l'agenda con tutti gli impegni e gli appuntamenti presi nei giorni di riposo.

Sarei andata a prendere mio figlio nel pomeriggio.

Sorrisi pensando a quella coppia di passeggeri sulla settantina che viaggiava vicina, mano nella mano, godendo del privilegio di amarsi ancora, pur non essendo più giovane; a quel bimbo che stava piangendo e che, dopo averlo accarezzato, mi regalò un *sorriso sdentato*; a quella viaggiatrice solitaria che sarebbe arrivata fino in Perù con lo zaino in spalla; a tutti quei visi, quegli occhi, quelle vite che mi sono state accanto per ore.

A Marinella, la collega di volo, che durante le lunghe ore di assistenza mi ha dedicato le sue confessioni più intime per avere un confronto di opinioni.

Ad Alberto, il collega, che non voleva indossare il cappello ordinario della divisa per paura di perdere quei pochi capelli rimasti.

Ad Arianna, che esagerava nell'accuratezza eccessiva e metteva in fila ordinata le bibite in frigo in base alla marca; ad Angelica, divorziata, preoccupata per la febbre del figlio lasciato a casa con la baby sitter rumena; a Piero, soddisfatto della giacca di pelle su misura fatta in città; a Elisa, che avrebbe desiderato un secondo figlio dal marito, il quale si rifiutava di averne altri per le eccessive assenze materne in casa, anche se lei avrebbe anche abbandonato il lavoro per poterli seguire meglio; a Wilma, accecata d'amore per un uomo inaffidabile; a Betta, disposta a sedurre ogni uomo per paura di restare sola, terrorizzata di invecchiare e di non essere più amata, che finalmente ha ripreso le sedute con la psicologa convenzionata, la cui frequentazione è abbastanza in voga tra *naviganti*, dato che, in realtà, la conoscono un po' tutti. Alcuni preferiscono a lei la pratica dello yoga, altri si orientano verso il buddismo o verso l'esplorazione della spiritualità New Age, altri diventano sviscerati animalisti, qualcuno si riversa sui libri, molti hanno scoperto le endorfine positive che regala la pratica sportiva.

I vestiti dentro la valigia hanno sempre lo stesso profumo, quello dei posti lontani, e sono inumiditi dalla temperatura del vano cargo dell'aereo; li appallottolai e tentai un buon lancio, mirando il portabiancheria sporca.

Sciolsi i capelli elettrizzati e li spazzolai, ma non avevo voglia di mettere la crema sul viso, prima sarebbe stata obbligatoria la sua pulizia accurata dai residui di trucco divenuti disomogenei. La mascherina per gli occhi era necessaria in quella mattina piena di sole.

Misi la sveglia, non avrei voluto rischiare di dormire per tutto il giorno, diventando grillo di notte.

Valentina era rientrata da Toronto e aveva dimenticato le chiavi di casa; la invitai a stare da me.

Appena arrivata, non stava nella pelle nel raccontarmi le news del giorno; prima, però, mi mostrò la manicure appena fatta: le stelline dorate mi parvero eccessive.

Si tuffò nel mio letto, come ai vecchi tempi, con la camicia tutta sbottonata, il foulard usato come fascetta per capelli e la gonna sbottonata e sollevata sopra le cosce, diventata troppo stretta dopo il volo. Credo abbia sempre azzardato misure troppo attillate, rispetto alla sua taglia.

«Conosci quel simpatico di Walter Bassotto?» mi disse roteando le calze ormai strappate da un'incauta unghia al gel americano.

«Sì, anni fa, su un volo a Boston abbiamo cenato insieme durante un *avvicendamento*, e preso una calda *clam chowder*, un piatto di ostriche e un'aragosta gigante in un ristorantino vicino al porto» rispondo, ricordando l'accaduto, ma soprattutto la grandezza dell'aragosta.

«Bene, è venuto in camera mia e mi ha massaggiato i piedi, che bellezza!»

«Gentile» affermo, ricordando ulteriormente che aveva avuto insolite attenzioni lusinghiere, parecchi anni fa, anche nei confronti delle mie scarpe con il tacco.

«Mi ha invitato al suo compleanno, darà una festa grandiosa in un locale al centro di Roma, sono contenta, ma anche perplessa perché mi ha raccomandato di dire a tutti di presentarmi come *amica di un suo amico*.»

«Inviterà anche la sua fidanzata, ne sono certa.»

«Non so, a me non ne ha mai parlato, chissà, forse sbagli persona!»

«Sì, forse confondo i nomi, ma di alcuni uomini non c'è mai da fidarsi.»

Lei, dopo poche battute, preferì accasciarsi sul divano e tenere la TV accesa, non guardandola.

Valentina, delusa per la difficoltà di trovare un uomo maturo e con qualche equilibrio mentale, rimase comunque contenta di quella stimolazione manuale terapeutica, tuttavia strappò il bigliettino da visita dell'improvvisato massaggiatore.

Local time

Siamo alle solite: litigio prima di partire.

Perché le discussioni, gli imprevisti e le brutte notizie capitano sempre il giorno prima, se non lo stesso, di ogni partenza?

Eva quel giorno era esausta, il suo futuro marito era geloso, nonostante lui affermasse il contrario.

Aveva finalmente trovato l'uomo giusto, gentile e affidabile, onesto, generoso e, cosa non da poco, abitudinario: quasi un *extraterrestre* per noi.

Fortunata.

Si poteva permettere il lusso di avere i pesci d'acqua dolce, quelli a cui devi dare da mangiare e cambiare l'acqua tutti i giorni, e anche un davanzale fiorito, roba impensabile per un lavoro come il nostro.

Peccato che lui mal tollerasse questi allontanamenti da casa e non riuscisse del tutto ad accettare questo lavoro, da lui definito strano e anomalo.

Eva, serena, aveva ritrovato la *normalità* con un uomo al suo fianco sempre presente, che la rispettava e le dimostrava un grande affetto.

«Lui è bello, molto affascinante, forse in maniera eccessiva» affermò.

Era gelosa anche lei?

«È bravo e buono, oltremisura» ribadì.

Non sarà che noi donne siamo esageratamente complicate?

A mio avviso, sarebbe utile per tutte un approfondimento della teoria junghiana sulla zona d'ombra.

In quella giornata gelida invernale a Roma, io avrei preferito fare la valigia estiva, ma il cambio del turno con Rio de Janeiro non è stato accettato.

Sarei andata a Osaka, nel bagaglio non mancarono, quindi, le magliette e i pantaloni termici, ai quali mi ero ultimamente affezionata.

Il volo decollò in perfetto orario e, durante il servizio, un passeggero giapponese chiese «miluku?» con continui piegamenti di testa e grandi sorrisi.

Invitai a pronunciarlo con lo spelling inglese, intuendo che *miluku*, per lui, fosse una parola anglosassone.

Data l'insistenza, mi rivolsi alla hostess giapponese, che fortunatamente avevamo in equipaggio su ogni volo, e mi spiegò che *ciù miù* è il latte in lingua giapponese e il riferimento sarebbe stato MI (*mi*) L (*lu*) K (*ku*): milk.

Appena prima del raffreddamento parziale del caffè, offrii del latte.

Arrivati in albergo, era stravolta poiché il volo precedente era stato una New York con sei ore di fuso in meno rispetto all' Italia, e mi ritrovavo adesso in Giappone con otto ore in più. Ero indecisa se tuffarmi in un massaggio chiropratico o drogarmi di melatonina, e scelsi di fare solo un breve riposo, dopo presi un taxi, color giallo canarino, non solo per provare le porte automatiche dell'autovettura, ma anche perché prendere la metropolitana mi provocava ansia a causa delle scritte che non riuscivo a comprendere e della miriade di uscite per me ingestibili.

Andai a cena da Gan, che sembrava conoscere alla perfezione i miei gusti con sushi, tempura, kioza, e noodle.

In centro, la moltitudine di gente mi scavalcava, ma sempre chiedendomi scusa, e persino le macchine sembravano silenziose, come gli abitanti; ritenni che qui, il clacson, non fosse di serie.

Non mi spiegavo perché tutte le ragazze avessero le gambe storte e prediligessero lo stile Lolita, fatto di fiocchi, vestitini da bambola, scarpe rosa con la zeppa altissima, ciglia finte, cerone e parrucche bionde.

Rientrai in albergo, non prima di aver preso la maschera esfoliante per i piedi all'aloe. Riuscii a malapena a riposare: mi aiutò la stanchezza del volo. Mi sentivo disorientata, tre giorni fa alla stessa ora era pomeriggio mentre adesso è sera Sapevo solo di non avere più la cognizione del tempo, perdersi in Giappone con l'aiuto del fuso orario è una regola: se per te è giorno, qui è notte.

E viceversa. Il mio oggi, qui era già domani.

Tazza calda di tè verde offerta in camera, crema contorno occhi, mascherina morbida per totale oscurità, tende serrate, spensi l'aria condizionata e tutte le luci, l'indomani sarei dovuta ripartire.

Nel letto le palpebre erano chiuse, ma gli occhi non accennavano a spegnersi.

No, non riuscivo a dormire, mi sarei svegliata distrutta per il volo.

Lessi, poi mi lavai i capelli, misi una poltiglia nera sul viso che avevo preso per pulire la pelle, manicure, pedicure.

Tra poco qui sarebbe stata l'alba, ma il fuso orario italiano mi fece infine addormentare e sarei stata costretta a svegliarmi nel cuore della sua notte, per la partenza mattutina.

Avrei dormito meglio a casa.

Quando mi affacciai alla finestra erano circa le 8 a.m. *local time* e tutti correvano, correvano, correvano.

Le pupille dei miei occhi erano quasi come punte di spilli, i miei capelli avevano una piega assurda per via del cuscino che era posizionato sopra la testa e, sicuramente, anche loro avranno risentito del fuso.

Quella notte avevo dormito poco, e la salsetta del sashimi mi era ancora indigesta, eppure il piano del WC riscaldato era imbattibile, come le ciabattine e il kimono da camera. Come non *farci un giro*?

La pentola di ghisa che avevo comprato era pesantissima e quasi mi pentii dell'acquisto, ma sapevo che avrei cambiato idea non appena fossi arrivata a casa; ero fiera del coltello di ceramica che avrei regalato alla mia mamma confidando nella sua attenzione alle dita della mano.

Ero piena di cianfrusaglie del negozio *100 yen*, comprese le palline di Natale e le calze a cinque dita scomode ma particolari, da mettere con le scarpe infradito, le avrei regalate appena possibile.

Speravo che, al rientro, il volo non fosse overbooking.

Il mio unico desiderio era quello di tornare a casa, nel mio letto il più bello e il più comodo del mondo.

Turno di riposo

La notte di un'altra partenza arrivò, una leggera tensione iniziava a far capolino.

Il giorno precedente ero riuscita a fare un cambio turno: avevo ceduto la *mia Tokyo* – ho grandi difficoltà con quel fuso orario – per una Buenos Aires e avevo dovuto modificare immediatamente i miei pensieri dei giorni precedenti, che mi davano, come delle certezze, la proiezione, concepita con la mente, sul mio futuro. Immaginavo già da giorni la città, il clima freddo che avrei trovato e l'abbigliamento adatto da mettere in valigia, il sushi e la massaggiatrice shiatsu.

Avendo cambiato destinazione così repentinamente, era come se ancora dovessi resettare il pensiero e ritrovarmi mentalmente, tra qualche ora, in terra argentina con il suo tango, la temperatura torrida, e la carne bovina.

In un lampo ero ormai dentro l'aereo, in quel tubo di ferro che va veloce come un razzo e dove il tempo non ha lo stesso significato di casa mia.

Porto sempre due orologi, l'orario previsto per i vari servizi in aereo, compreso l'atterraggio, è riferito sia a quello italiano sia a quello della destinazione finale; è indifferente, quando l'aereo è in volo, puoi scegliere a quale orario far riferimento, non cambia nulla, basta solo rispettare le scadenze.

Ero nel lettino durante il mio turno di riposo e tutto taceva, non si sentiva il rumore dell'aereo, l'ambiente era insonorizzato, lo spazio del bunker angusto.

Nel boeing 777 siamo isolati rispetto ai passeggeri, l'accesso a questo vano, adibito al riposo, avviene attraverso una scaletta che ci fa entrare in una grande botola in alto, provvista di piccoli *loculi* forniti di materassini, coperte e tende per maggiore privacy.

In questo posto si respirava un po' a fatica, vi era poco ossigeno; come il tempo qui, anche l'aria sembrava fosse sparita.

Mi sentivo sospesa in una dimensione quasi irreale, con tutte le vite all'interno dell'aeromobile, che procedeva quasi abbracciando il mondo nella sua sfrenata corsa nello spazio, sopra le nuvole, e il mio pensiero andava fuori da lì, a coloro che proseguivano la vita sulla terraferma, nel loro tempo locale, con i ritmi abituali, con le loro felicità, le loro rabbie. Pensavo a quella carezza rubata da parte del collega, con uno spiraglio che invoglia a considerarla, pur avendo declinato l'invito; a quel progetto che avevo lasciato in sospeso, ancora da terminare, e a me, sospesa nel vuoto.

Distesa sul lettino dell'aereo, al buio e in un silenzio che pareva senza fine, percepivo le vibrazioni per la forte velocità: sentii come se fosse palpabile la fragilità dell'esistenza, l'immane mistero della morte e l'indecifrabile miracolo della vita; pensai allo spazio infinito, alla colossale immensità dell'universo, a tutti gli esseri umani, partecipanti a un progetto incredibile e straordinario, con un inizio e una fine, che vanno incontro alla propria fatalità, diretta verso rotte imprevedibili.

Pensai alla pelle morbida di mio figlio e alla dolcezza che provavo nell'abbracciarlo prima che si addormentasse.

Buonanotte.

Sarei stata svegliata dai colleghi del turno di assistenza, avrei tolto il maglioncino per dormire, annodato il foulard, fissato in fretta le forcine tra i capelli, messo un velo di rossetto per il successivo servizio, e avrei accarezzato il mio bimbo appena avrei potuto rivederlo, odorarlo, sfiorare il suo viso.

Era ora di colazione.

Io avrei voluto cenare.

Venti anni dopo

Anna

Anna vive in un paesino della periferia romana, in una casa con un ampio giardino, pieno di fiori.

Possiede una vasca di vetro con i pesci rossi e dipinge nel suo tempo libero.

Ha preso due settimane di part-time al mese, continua ad amare i viaggi intercontinentali, e a ballare quando è in casa da sola.

Anna dice che questo anno sarà l'anno dell'Acquario, il suo segno, e spera che vengano esauditi i suoi tre desideri: godere sempre di ottima salute, fare una lunga vacanza alle isole hawaiane della Polinesia e gestire una masseria in Puglia.

Apprezza tutte le gioie che la vita le ha regalato, la giovinezza sfiorita sembra accarezzare la serenità dei suoi occhi, relegando, ma custodendo vivide, tutte le esperienze vissute nelle cavità della sua memoria.

Ha avuto una vita speciale, una vita che la maggior parte delle persone non avrà mai: ha visto tutto il mondo, e anche di più, quanti ricordi, flash, foto, luoghi. Ha conosciuto persone di tutte le specie, religioni, etnie, ha avuto amori immensi, delusioni cocenti, ma non ha rimorsi e detesta i rimpianti.

Sa che nulla è per sempre.

Ludovica

Ludovica si è sposata con il suo fidanzato di sempre e si è trasferita a vivere a Bologna, facendo la pendolare su Roma per proseguire il suo lavoro.

Non ha avuto figli e trascorre gran parte del suo tempo libero viaggiando con il marito e preparando deliziose cenette. Adora la pasta alla carbonara.

Frequenta una scuola di ballo e spera che il colore dello smalto che comprava New York venga importato anche in Italia.

Eva

Eva si è sposata e ha avuto due figli maschi che la impegnano tantissimo e che frequentano la scuola internazionale.

Ha deciso di chiedere un lungo part-time che possa permetterle di stare più vicino alla propria famiglia e curarsi il mal di schiena che la affligge da tempo.

La suocera la aiuta nei periodi di assenza e può contare sul marito che rientra la sera a casa e accompagna i ragazzi ogni mattina a scuola.

Venderebbe l'anima al diavolo pur di restare nelle tratte di lungo raggio, adora il Nord America.

Da poco le è venuta una certa paura nel volare, dicono che capiti abbastanza frequentemente dopo anni di volo, soprattutto a chi ha figli.

Valentina

Valentina avrebbe voluto sposarsi con un collega che, dopo tre anni insieme, decise di prendersi una pausa di riflessione e, in questo periodo, scoprì di essere omosessuale.

Adesso ha una figlia con un uomo che la ama.

Da qualche anno è andata in pensione anticipata per un piccolo incidente che le ha precluso l'attività in volo.

Stefania

Stefania, al rientro da uno dei suoi viaggi all'estero che annualmente si concedeva per puro diletto, posizionò in malo modo il suo bagaglio: un'enorme amaca appena comprata in Messico.

Un distinto signore giapponese, aprendo la cappelliera, venne investito dal pesante oggetto esotico.

Lei si scusò e, visto il suo aspetto, parlò in inglese.

Lui notò la sua estrema gentilezza e la padronanza della lingua; le chiese, dato che erano diretti a Catania, se fosse siciliana.

Lo scopo del suo viaggio era trovare una ragazza di bell'aspetto e modi delicati che avesse conoscenza di italiano, inglese e siciliano, perché le interpreti giapponesi non erano capaci di tradurre il linguaggio, prevalentemente in dialetto, dei pescatori siciliani, con i quali l'uomo intrecciava il suo business per l'acquisto del tonno.

Stefania accettò di lavorare per la multinazionale giapponese quale traduttrice.

Ci sentimmo dopo un po' di tempo: era diventata la responsabile italiana di quella società, che si occupava di esportazione ittica dall'Italia al Giappone.

Lasciò il suo fidanzato geloso, mi confidò un giorno, dopo esserci incontrate sul volo per Tokyo.

Postfazione - Il tempo vola

I tempi sono cambiati. Viaggiare non appartiene più a una cerchia ristretta di persone, è diventato molto più accessibile e spesso è più conveniente recarsi all'estero che soggiornare in molte località italiane. La gente che viaggia oggi è molto più numerosa di quella privilegiata che si muoveva parecchi anni fa; non è più un vezzo per ricchi, gli italiani si imbarcano in aereo con la stessa facilità con cui partivano in vacanza in autovettura negli anni '60.

L'aereo di linea per il trasporto delle persone nacque nel primo dopoguerra con un AEG II che nel 1919 volò tra Berlino e Weimar.

Successivamente arrivò il famoso Douglas DC30.

In Italia il 5 maggio del 1947 il colonnello piemontese Virgilio Reinero salì a bordo del trimotore Fiat G 12 CA, denominato *Alcione* come la figlia di Eolo, effettuando il primo volo.

Nel 1950 furono assunte le prime hostess.

Nell'Italia maschilista del secondo dopoguerra, l'arrivo delle hostess venne ostacolato da alcuni perché *avrebbe distratto i piloti*, eppure la figura della hostess divenne una figura professionale molto ambita da tutte le ragazze.

Per partecipare alle selezioni, erano necessari requisiti quali la buona cultura, l'eleganza e capacità relazionali, richiesti ancora oggi.

Nel 1976 il Concorde, che superava la velocità del suono, fece il primo volo effettuando la tratta Parigi-Dakar-Rio de Janeiro e poi Parigi-New York.

Nel 1973 e 1979 si verificarono due grandi crisi petrolifere.

Nel 2001 un drammatico evento cambiò tutti i codici di sicurezza aerea: l'attacco alle torri gemelle.

La guerra del Golfo, quella in Iraq, l'epidemia Sars in estremo oriente e il caro petrolio ostacolarono la ripresa del trasporto aereo; il periodo dal 1991 al 2003 è stato il più difficile e tormentato dell'aviazione civile.

Negli ultimi dieci anni c'è stato lo sviluppo delle compagnie *low cost* che aumentano la possibilità di far volare, dati i prezzi meno sostenuti dovuti alla diminuzione di confort, e spesso alla mancanza di servizio a bordo.

Il calo dei prezzi dei biglietti aerei e il boom del traffico hanno il rovescio della medaglia.

Il comfort dei voli non è più quello di una volta, colpa della concorrenza, del calo dei rendimenti, ma anche del contenimento dei costi del biglietto, che ha obbligato le compagnie aeree a ridurre gli spazi nella zona economica tra una poltrona e l'altra.

Anche la riduzione del personale crea maggiori disagi e difficoltà di organizzazione rispetto al passato.

Dieci anni fa nelle classi di maggior prestigio il personale di volo si prendeva cura di ogni dettaglio: venivano servite innumerevoli portate, iniziando dal caviale, passando per il consommé preparato a bordo, il filetto era tagliato davanti al passeggero, i vassoi erano stracolmi di frutta e dolci, la lista dei vini e degli alcolici era fornitissima e le pezzuole di cotone, offerte dopo il decollo ai passeggeri, venivano impregnate con gocce di profumo.

Il prezzo dei biglietti aerei è calato del 40% e il numero dei passeggeri è aumentato, il mercato è diventato estremamente concorrenziale, le agenzie di viaggio vengono spesso sostituite con i biglietti online.

Volare non è più un sogno ma una realtà.

Notizie e documentazioni tratte da: Nuove regole sicurezza Enac, Codice penale, Codice della Navigazione Aerea.

Ringraziamenti

Ringrazio la persona più importante: mio figlio Luca per la forza che mi regala, se fossi una barca, lui sarebbe il mio faro e la mia ancora.

Printed in Poland
by Amazon Fulfillment
Poland Sp. z o.o., Wrocław

58487176R00164